Abbi Glines

Ashington – Verliebt in einen Earl

ABBI GLINES

ASHINGTON

VERLIEBT IN EINEN EARL

Roman

Aus dem Amerikanischen
von Heidi Lichtblau

PIPER

Mehr über unsere Autorinnen, Autoren und Bücher: www.piper.de

Wenn Ihnen dieser Roman gefallen hat, schreiben Sie uns unter Nennung des Titels »Ashington – Verliebt in einen Earl« an *empfehlungen@piper.de,* und wir empfehlen Ihnen gerne vergleichbare Bücher.

Alle lieferbaren Titel der Autorin finden Sie auf Seite 286.

Unser Versprechen für mehr Nachhaltigkeit
Klimaneutrales Produkt
FSC®-zertifiziertes Papier
Hergestellt in Europa

FSC
www.fsc.org
MIX
Papier aus verantwortungsvollen Quellen
FSC® C083411

ISBN 978-3-492-06330-2

Titel der amerikanischen Originalausgabe: »Glitter«, Abbi Glines Publishing, Fairhope, 2021

Redaktion: Carina Heer
Satz: Satz für Satz, Wangen im Allgäu
Gesetzt aus der Centaur
Druck und Bindung: CPI Books GmbH, Leck
Printed in the EU

Für Emerson – du, mein wildes, blitzgescheites und willensstarkes Töchterchen, bist Emma.

Alle Augen waren auf sie gerichtet, dessen war sich Miriam bewusst, ganz gleich, ob sie nun eine ganze Drehung vollführte oder auch nur leicht die Hand bewegte. Es fiel ihr schwer, ihr Lächeln aufrechtzuerhalten, und gewiss entging das auch ihrem Tanzpartner nicht.

Das war er also. Der letzte Ball, den sie als Miss Miriam Bathurst besuchte. Für weiteres Grübeln blieb keine Zeit. Ihre Entscheidung war gefallen.

Unwillkürlich versteifte sich Miriam in den Armen des Mannes, dessen Heiratsantrag sie an diesem Morgen im Rosengarten ihrer Tante angenommen hatte. Denn sie liebte einen anderen und nicht ihn, selbst wenn sie es sich noch so sehr gewünscht hätte. Andererseits konnte sie nicht ewig darauf warten, dass der Mann, dessen Liebe sie mitunter zu spüren geglaubt hatte, sich zu einer Entscheidung durchrang. Ihrer Mutter und Schwester zuliebe musste sie heiraten. Als sie aufblickte und ihrem Tanzherrn in die schönen grünen Augen sah, lächelte sie aufrichtig, wenn auch traurig.

Heute Abend würde sie zum letzten Mal ungezwungen seine Freundschaft und Gesellschaft genießen können. So vieles würde sich ändern, und sie hoffte, sie würde ihre Entscheidung nie bereuen müssen.

Denn wenn sie erst einmal seine Gattin war, würde der Mann, den ihr verräterisches Herz liebte, sie hassen. Ein Gedanke, der ihr unsagbare Schmerzen bereitete. Doch sie wusste, seine Wahl wäre nie auf sie gefallen. Das hatte er durch sein Versäumnis, sich zu erklären, deutlich gemacht.

SECHS MONATE VORHER

Miriam Bathurst

achtzehn Jahre und einen Monat alt

Man könnte meinen, im Leben einer jungen Dame gäbe es nichts Schöneres, als – eingedeckt mit eleganten Gewändern und einem hübschen Gesicht dazu – nach London zu reisen und auf den Heiratsmarkt geworfen zu werden. Zumindest wenn es nach meiner Mutter ging. Wäre jemandem an meiner Meinung gelegen gewesen, was offenkundig nicht der Fall war, hätte man anderes zu hören bekommen. Ich machte mir nichts aus all dem Mumpitz, den eine Londoner Saison versprach. Wer wollte schon in Ballkleider gezwängt werden, die unsäglich schwer und unbequem waren, und das Gewicht des hoch aufgetürmten Haars ertragen, das mit Perlen, Blumen und dergleichen mehr aufgeputzt war? Das alles klang so grauenhaft, dass ich liebend gern auf alles und jedes davon verzichtet hätte.

»Wie wahrhaft magisch muss es sein, inmitten all dieser Herrlichkeit zu tanzen. Kannst du dir vorstellen, wie sie alle schimmern, schillern und glitzern müssen?«, fragte meine zwölfjährige Schwester Whitney mit verträumter Stimme. Wie stets meldete sich umgehend mein schlechtes Gewissen. Es erinnerte mich daran, dass das, wovor mir so graute, eben das war, was Whitney sich so inständig wünschte – jedoch nie erleben würde. Seit einem schrecklichen Sturz vom Pferd mit neun Jahren zog sie ein

Bein nach und würde daher nie in einem Ballsaal tanzen können. Sie würde nie eine Tanzkarte an ihrem zarten Handgelenk tragen, auf der die Namen derer standen, die einen Augenblick in ihrer Gegenwart verbringen wollten. Sie würde nie als die wahre Schönheit angesehen werden, die sie war – es sei denn, ich änderte etwas daran. Es lag allein an mir, meiner Schwester das erträumte Leben doch zu ermöglichen. Für sie würde ich alles tun. Sogar mein eigenes Leben opfern.

Ich setzte ein Lächeln auf und drehte mich zu ihr um. Sie saß auf dem Sofa unseres gemeinsamen Schlafzimmers und sah mir beim Packen zu. Seit dem Tod unseres Vaters im vergangenen Jahr hatte sich unsere Welt auf den Kopf gestellt, was vor allem daran lag, dass mein Vater ein Spieler gewesen war und einen Berg Schulden hinterlassen hatte. Nun hatten wir nicht nur keine Dienstboten mehr im Haus, nein, auch Tafelsilber besaßen wir keines mehr. Um die Schulden zu begleichen und Essen auf den Tisch zu bringen, hatte Mutter alles verkauft, was ihr an Wertvollem in die Hände fiel. Ich störte mich nicht an der einfacheren Lebensweise, begrüßte sie sogar. Weniger Aufhebens um die Garderobe. Keine förmlichen Tischsitten. In meinen Augen unerwartete, glückliche Erleichterungen. Es machte mir nichts aus, mir mein Frühstück selbst zu holen und meiner Mutter und meiner Schwester die Mahlzeiten zu servieren, die ich zuzubereiten vermochte. Nach so manchem Missgeschick in der Küche war ich inzwischen zumindest imstande, eine ordentliche Kanne Tee zuzubereiten.

In London würde das alles nicht so einfach sein.

»Du wirst frischen Wind nach London bringen, Miriam«, schwärmte meine Schwester aufgeregt. »Wenn ich doch nur mit dabei sein könnte!«

Wehmut, gepaart mit Traurigkeit, lag in ihrer Stimme, und ich wünschte mir nichts sehnlicher, als dass Whitney alles bekäme, was sie wollte. Oft haderte ich mit Gott, dass es Whitney war, die mit einem hinkenden Bein geschlagen war und nicht ich. Ich wäre nämlich durchaus zufrieden gewesen, allein auf dem Land zu leben, Romane zu schreiben und die Einsamkeit zu genießen.

Ich war kein großer Freund der Menschen. So einfach war das. Ihr Verhalten ärgerte mich. Ich bevorzugte Wahrheiten, doch die meisten der Menschen, die ich bislang kennengelernt hatte, nahmen es damit nicht so genau. Zumeist kam es ihnen lediglich auf ihre Wirkung auf andere an. Allen außer Whitney.

Wenn es denn überhaupt ein vollkommenes Geschöpf gab, dann war sie es: selbstlos, freundlich, klug, voller Hoffnung. Mit ihrer Anwesenheit erhellte sie jeden Raum. Noch war mir kein zweiter Mensch wie sie begegnet. Sie war das wahre Juwel in dieser Familie, und ich würde dafür sorgen, dass der Augenblick kam, an dem sie erstrahlen konnte.

Ich besaß keine ihrer Eigenschaften; dem würde meine Mutter zustimmen, die mich oft wegen meines kecken und unhöflichen Benehmens ausschalt. Und mir widerstrebten die Dinge, die sie sich für mich wünschte. Genau das hatte im Lauf der Jahre immer wieder für Konflikte gesorgt. Früher einmal hatte ich mich danach gesehnt, dass Mutter mich ebenso liebevoll ansah wie meine Schwester. Aber mit der Zeit erkannte ich, dass Whitney im Gegensatz zu mir leicht zu lieben war.

Wann immer Mutter laut wurde, um sich über meine Manieren oder mein Verhalten zu echauffieren, war Whitneys liebe Stimme das Einzige, das mich im Zaum hielt. Sie war es, die ich nicht enttäuschen wollte. Anderen mochte das unlogisch erscheinen, aber die hatten auch keinen Einblick in unser Familienleben und wussten nicht, was wir durchgemacht hatten. Unser Vater war über keine seiner beiden Töchter glücklich gewesen. Er hatte sich einen Sohn gewünscht.

Dieser Wunsch schien in Erfüllung zu gehen, als meine Mutter ein Zwillingspaar gebar – doch mein Bruder überlebte nur wenige Tage. Mehr als einmal in meinem Leben hatte ich mir von meinem Vater anhören müssen, er wünschte, ich wäre anstelle meines Bruders gestorben. Ich wagte niemandem gegenüber zuzugeben, wie sehr mich das verletzte. Oft fragte ich mich, ob ich wohl Whitney ähnlicher wäre, wenn mich mein Vater weniger abgelehnt hätte. Ihr hatte er einfach keine Beachtung geschenkt, weshalb sie immerhin nie so harsche Worte zu hören bekommen hatte wie ich. Ihr sanftes Wesen machte es unmöglich, an ihrem Verhalten etwas auszusetzen.

Dieser Gedanke ließ mich auch verschmerzen, dass Mutter Whitney mehr Zuneigung entgegenbrachte als mir. Whitney brauchte das, denn sie war nicht so dickhäutig wie ich und hätte es nicht überlebt, eine ungewollte Enttäuschung zu sein.

»Onkel Alfred wird bestimmt nichts dagegen haben, nach dir zu schicken, da bin ich mir gewiss. Gleich nach meiner Ankunft werde ich ihn darum bitten. Ich kann den Gedanken an unsere Trennung nicht ertragen!«

Whitney sah strahlend zu mir auf. Ihr Lächeln war einfach zum Niederknien. Hätte ich auf Schönheit Wert gelegt, dann hätte ich sie für dieses zauberhafte Lächeln gewiss beneidet. Doch auf mein Aussehen gab ich nichts. Mein Gesicht diente nur dem einen Zweck, einen wohlhabenden Ehemann zu finden, um meine Schwester und meine Mutter gut versorgt zu wissen. Onkel Alfred hatte sich bereit erklärt, ihnen unter die Arme zu greifen, wenn auch nicht so, wie ich es mir gewünscht hätte. Zumindest, was Whitney anging. Ich hatte mich in der Bibliothek meines Vaters stundenlang in medizinische Fachzeitschriften vertieft und wusste daher, dass es Verfahren gab, die das Hinken meiner Schwester, wenn auch nicht vollkommen beseitigen, so doch zumindest lindern konnten. Was hieß, dass all ihre Träume wahr werden konnten! Mit ihrem märchenhaften Ansehen gehörte Whitney in schöne Gewänder und sollte in dem Licht tanzen, das nach ihren Vorstellungen aufs Wundersamste glitzerte.

Soweit es in meiner Macht stand, ihr das zu ermöglichen, würde ich es tun. Für meine Schwester würde ich mich einer Kugel in den Weg stellen, und manchmal hatte ich das Gefühl, es wäre ohnehin dasselbe. Vielleicht war die Kugel sogar vorzuziehen? Ich hatte nicht das Gefühl, als ob ich jemals in die Rolle passen würde, die ich jetzt zu spielen hatte.

Ich wandte mich wieder meiner Ausstattung zu, um meine finstere Miene bei dem Gedanken, mich mit einem Mann abgeben zu müssen, zu verbergen. Ich mochte Männer nicht. Schließlich hatte mir mein Vater die Grausamkeit des anderen Geschlechts vor Augen geführt. Da vertiefte ich mich lieber in meine Bücher oder griff zur Feder und verfasste Geschichten über mutige und einfallsreiche Frauen.

»Oh, glaubst du, er wird es tun? Wirklich?«, fragte Whitney, während ich ein weiteres Kleid zusammenfaltete und in meinen Koffer legte. Ich hatte noch nie selbst gepackt und bezweifelte, dass ich es richtig machte. Ich tat es aber so, wie ich es von den wenigen Gelegenheiten in Erinnerung hatte, bei denen Anna, meine ehemalige Zofe, es für mich getan hatte. Ich vermisste Anna so sehr. Sie hatte immer ein offenes Ohr für mich gehabt! Hoffentlich hatte sie eine gute neue Anstellung gefunden und wurde ordentlich behandelt. Mutter hatte mir zwar versichert, sie habe dafür gesorgt, dass alle Bediensteten gut untergebracht würden, aber bei meiner Mutter stellte sich immer die Frage, wie viel man ihr glauben sollte. Ich hatte sie schon bei so mancher Unwahrheit erwischt.

»Ja, da bin ich sicher. Nach allem, was ich gehört habe, hat Onkel Alfred das Herz auf dem rechten Fleck.«

»Weißt du irgendetwas über Tante Harriet? Mutter sagt, sie

ist Amerikanerin.« Whitney sagte das so, als müsste jemand aus Amerika äußerst exotisch sein. Ich lächelte.

»Mutter ist ihr bisher nur einmal begegnet und hat mir wenig über sie erzählt«, erwiderte ich aufrichtig, verschwieg jedoch Mutters pikierte Miene, als sie mich davon unterrichtete, dass Onkel Alfred mir eine Anstandsdame zur Seite stellen würde, um mir den Einstieg in die Gesellschaft zu erleichtern. Mutter billigte die Wahl ihres Bruders bei der Ehefrau eindeutig nicht. Was nur heißen konnte, dass ich Tante Harriet bestimmt ins Herz schließen würde.

»Ohne dich wird es in diesem Zimmer so einsam sein!« Der melancholische Ton, den Whitneys Stimme angenommen hatte, versetzte mir einen Stich ins Herz. Ich wollte sie nicht verlassen. Sie war der einzige Mensch auf der Welt, den ich wahrhaftig liebte. Ich legte eines der wenigen schöneren Tagesgewänder, die ich noch in den Koffer packen musste, auf das Bett und drehte mich zu ihr um.

»Ich werde dich schrecklich vermissen, und ich verspreche dir, dich so bald nach London zu holen, wie ich nur kann. Dass ich überhaupt gehe, tue ich auch für Mutter, aber hauptsächlich für dich. Ich wünsche dir alles Glück der Erde. Ich liebe dich!« Weder meine Mutter noch mein Vater hatten diese drei Worte je ausgesprochen, und ich sagte sie auch nicht oft genug. Dabei hatte ich von dem Moment an, als Mutter mir zum ersten Mal die in eine weiche gelbe Decke gehüllte Whitney gezeigt hatte, begriffen, was Liebe wirklich bedeutete. Selbst im zarten Alter von sieben Jahren hatte ich gewusst: Für dieses kleine Wesen würde ich alles tun. Ich würde es vor jedem Schaden bewahren, koste es, was es wolle.

»Ach, guck nicht so trübsinnig. Das hätte ich nicht sagen sollen. Ich wollte nur, dass du weißt, wie sehr du vermisst werden wirst.« Whitney zwang sich zu einem Lächeln, das ihre Augen nicht erreichte.

»Bis wir uns wiedersehen, werde ich jeden Tag traurig sein. Ich verspreche, dir in meinen Briefen von all den schönen Menschen, den belebten Straßen und den Klatschgeschichten zu berichten, die ich zweifelsohne hören werde«, versuchte ich, ihre Stimmung zu heben.

»Und von all den schönen Ballkleidern! Ich muss alles darüber wissen, wie sie funkeln und schimmern. Und auch den Grosvenor Square musst du mir ausführlich schildern.«

»Was denkst du denn? Ich werde ihn dir bis ins kleinste Detail beschreiben«, versprach ich und hoffte, dass ich ihren Erwartungen auch gerecht werden konnte. Ob ich das Gepränge, von dem sie träumte, überhaupt wahrnehmen würde? Meine Ansichten über den Heiratsmarkt standen in scharfem Gegensatz zu ihren.

1. KAPITEL

Miss Miriam Bathurst

Ohne dass ein Klopfen mich darauf vorbereitet hätte, schwang die Tür zu meinem Zimmer im Haus meines Onkels in Mayfair auf, und meine Tante Harriet kam hereingestürmt. Sie trug ein Kleid im reinsten Himmelblau und lächelte so breit, dass oberhalb ihrer Zähne das Zahnfleisch zu sehen war. Das tat sie gerne und oft. Inzwischen wusste ich, dass sie dieses Lächeln vorausschickte, wenn sie in ihrem seltsamen amerikanischen Akzent etwas anzukündigen hatte. Dabei sprach sie grundsätzlich in einer Lautstärke, als hielte ich mich im Zimmer nebenan auf. Ich fragte mich, ob sie es machte, weil ich mich mit ihrem Akzent und vielen der Ausdrücke, die sie benutzte, manchmal schwertat. Mein Onkel hatte sein Vermögen mit dem Export von Whisky, Tabak und Baumwolle aus New Orleans gemacht und dort auch meine Tante kennengelernt. Ich hatte schon viele Bücher über Amerika gelesen, die mich jedoch nicht auf meine Tante vorbereitet hatten. Sie war, wie Whitney erwartet hatte, in der Tat sehr … exotisch.

»Es ist angekommen, Honey, und es ist wunderschön!«, verkündete sie und breitete am Fußende meines Bettes ein Meer aus Stoff aus. »Ich sagte, das Kleid müsse einer Prinzessin gerecht werden, und die Schneiderin hat den Auftrag perfekt umgesetzt!« Sie stutzte. »Herrje, wie heißt sie gleich wieder? Es ist ein französischer Name, das weiß ich immerhin noch.« Tante Harriet biss sich auf die Unterlippe, eine weitere Angewohnheit von ihr neben der, mit mir wie mit einer Schwerhörigen zu sprechen.

»Marguerite Badeaux«, half ich ihr auf die Sprünge, obwohl mir klar war, dass Tante Harriet den Namen nicht behalten würde. Namen und auch andere Dinge vergaß sie oft. Erst gestern hatte sie ihre Hausschuhe gesucht, die sie, wie so oft, ausgezogen hatte, dabei hatte sie beide die ganze Zeit über in der linken Hand gehalten.

»Ja, ja, sie hat sich genau nach meinen Wünschen gerichtet. Sieh doch bloß!« Sie deutete seufzend auf das Kleid auf meinem Bett und hielt sich beide Hände dramatisch an die Brust.

»Du wirst einfach traumhaft aussehen. Noch atemberaubender als bei deiner Vorstellung vor der Königin, und dabei hast du da schon alle bezaubert. Wie eindeutig du doch ihren Beifall gefunden hast! Andererseits, wie denn auch nicht? Dein Gesicht ist das eines Engels. Ich hätte es nicht für möglich gehalten, dass ein anderes Kleid das von jenem Tag überstrahlen könnte, und doch schafft es dieses hier, und zwar über die Maßen. Du wirst im Handumdrehen unter der Haube sein!«

Whitney hätte einfach alles an diesem Kleid geliebt. Tante Harriet hatte recht, es war wunderhübsch. Doch da ich vor dem heutigen Abend eine Heidenangst hatte, konnte ich das überhaupt nicht schätzen.

Inzwischen weilte ich seit fast zwei Monaten in London und bereitete mich nun auf den eigentlichen Saisonbeginn vor. Tatsächlich hatte sich diese Zeit als faszinierender erwiesen als erwartet, da mir Onkel Alfred entgegen Mutters Aussage doch keine englische Anstandsdame zur Seite gestellt hatte. Stattdessen hatte er mich der Obhut Tante Harriets übergeben, was an sich schon unterhaltsam war. Sie wusste nichts über die Regeln und Einschränkungen der feinen Londoner Gesellschaft. Selbst an meinen trübseligsten Tagen zauberte sie mir mit ihren Malheuren und ihrem wunderlichen Verhalten ein Lächeln ins Gesicht. Insofern hatte ich die Zeit hier weit mehr genossen, als ich es je für möglich gehalten hatte.

Whitney hatten meine Briefe über meine Ausflüge mit Tante Harriet – das schloss ich aus ihren Antworten – sehr amüsiert. Fast glaubte ich, ihr melodiöses Lachen zu hören, wenn sie meine Beschreibungen der Tage las, die ich in Mayfair verbrachte. Ich vermisste sie schrecklich und hoffte, sie würde bald zu einem Besuch eingeladen. Doch Mutter sorgte sich viel zu sehr um meine Einführung in die Gesellschaft, als dass Whitney so bald hätte herkommen und mich ablenken dürfen. Mich lenkten ja die in mich gesetzten Erwartungen schon ab! Doch mein Zuhause vermisste ich schmerzlich, obwohl mir Tante Harriet täglich Unterhaltung bot.

»Ich schicke Betsey gleich zu dir hinauf. Du hast von Haus aus bezauberndes Haar, aber ich glaube, wenn man Betsey Zeit lässt, schafft sie es mit ihren Frisierkünsten, dass selbst eine Krone dagegen blass aussieht.«

Vermutlich ging ihre Fantasie mit meiner Tante durch, andererseits störte es mich auch nicht, dazusitzen und mich von Betsey frisieren zu lassen. Von meinem lang gehegten Wunsch, mir meine Haare kürzer schneiden zu lassen, wollte meine Mutter nichts wissen. Dabei bereiteten mir meine schweren kupferroten Locken oft Kopfschmerzen. Mutter allerdings schien sie für einen meiner größten Vorzüge zu halten. Wenn ich anderer Meinung war, so zählte das offenkundig nicht.

»Danke, Tante Harriet«, antwortete ich schlicht. Denn ich war dankbar. Für so vieles. Dafür, dass sie keine überspannte Langweilerin war. Dass sie glücklich darüber war, dass mein Onkel ihr die Aufgabe aufgehalst hatte, mich mit einem gut situierten und rechtschaffenen Mann zu verehelichen. Und dass ich, wenn ich mich gut anstellte, eine reelle Chance hatte, meiner Schwester ein besseres Leben zu ermöglichen.

»Ich kann nicht umhin zu bemerken, dass du über all das nicht glücklich wirkst.« Meine sonst immer so vergnügte Tante furchte die Stirn, und ich bekam ein schlechtes Gewissen, dass ich das verursacht hatte.

»Ich bin dankbar«, erwiderte ich, denn ich konnte mich nicht reinen Gewissens als glücklich bezeichnen, »ich vermisse nur meine Schwester«, gestand ich. »Aber ich bin so dankbar, dass Onkel Alfred und du mir diese Chance gebt. Mein größter Wunsch ist, meinen Beitrag dazu zu leisten, dass Whitney gut versorgt ist.«

Meine Tante sah weiterhin düster drein. »Und was ist mit dir, Honey? Du sprichst immer nur über das Glück deiner Schwester, was an sich ja sehr lobenswert ist, aber wie sieht's mit deinem eigenen aus? Willst du die Londoner Saison nicht genießen und als Ballschönheit gelten? Gehen dir denn keine Träume über deine Zukunft im Kopf herum? Alle jungen Mädchen haben doch Träume. Ich war schließlich auch mal eines. Und an meine Träume kann ich mich noch sehr gut erinnern.«

Ja, auch ich hegte Träume. Träume, aus denen nichts würde, weil aus ihnen nichts werden konnte. Ich wusste, wenn ich Tante Harriet davon erzählte, hätte sie Verständnis und würde nicht auf mich herabsehen. Aber es waren meine Träume, meine Geheimnisse, und so sollte es auch bleiben.

»Ich träume davon, einen Mann zu finden, der gütig zu mir und meiner Familie ist«, schwindelte ich. Aus diesem Grund war ich hier. Ich betrachtete es als meine Pflicht, aber es war *nicht* mein Traum.

Seufzend kam Harriet zu mir und tätschelte mir die Schulter, als ob sie mich trösten müsste.

»Vielleicht merkst du eines Tages, dass ich eine gute Zuhörerin bin. Ich habe mehrere jüngere Schwestern, weißt du? Und ich habe mehr auf dem Kasten, als es den Anschein hat.« Mit diesen Worten drehte sie ich um und rauschte mit raschelnden Röcken aus dem Raum. »Betsey!«, rief sie noch viel zu laut, bevor sie die Tür hinter sich zuzog.

Angesichts ihrer schrillen Stimme fuhr ich zusammen und musste mir dann die Hand vor den Mund halten, um mein Lachen zu dämpfen. Die Geschichten, die ich nach dem heutigen Ball in meinem Brief an Whitney zum Besten geben würde, würden in der Tat ... schillernd sein. Ohne es darauf anzulegen, würde Tante Harriet allen die Show stehlen. Ob sie wohl jeden so anbrüllte, mit dem sie sprach? Ich hoffte es wirklich. Es würde mir Unterhaltungsstoff für zwei Wochen bieten – mindestens!

Ich stand auf und ging zu dem blauen Kleid hinüber. Noch nie hatte ich ein so schönes Kleid besessen. Als ich jünger war, viel jünger noch als Whitney, hatte auch ich davon geträumt, so etwas zu tragen. Diese Unmengen an Seide! Ich berührte das Kleid kurz und lächelte. Whitney wäre hin und weg davon. In meinem nächsten Brief würde ich es ihr in allen Einzelheiten beschreiben.

Meine Eltern hatten beileibe nicht aus Liebe geheiratet. Und somit war ich bislang auch nicht davon ausgegangen, dass das zu einer Ehe dazugehörte. Doch mein Onkel betete seine Frau förmlich an, und sie vergötterte ihn schon fast. Es war erhebend, die beiden zu erleben, und es stand zu befürchten, dass ich mir für mich, je länger ich mich in ihrer Nähe aufhielt, insgeheim auch eine Liebesheirat wünschte. Doch der Gedanke war unrealistisch, und ich konnte meine Zeit auch nicht mit der höchst schrulligen Idee verschwenden, ich könnte mich verlieben. Was wusste ich schon von der Liebe? Wahrhaftig sehr wenig. Da besann ich mich besser auf andere Dinge und ließ nicht zu, dass mein Egoismus und meine Eitelkeit die Oberhand gewannen.

Wie immer herrschte auf der Straße vor meinem Fenster reges

Treiben. Gern beobachtete ich die Leute, die in ihren Tagesgewändern vorbeiflanierten, um gesehen zu werden. Wie sehr sich hier doch alles von meinem Leben auf dem Land unterschied! Dort hatten wir nur selten Gäste, und das Bedürfnis, andere in den Schatten zu stellen, war einem fremd. An den meisten Tagen fand ich mich in der Küche wieder, wo ich versuchte, etwas Essbares zustande zu bringen, oder Bettzeug wusch. Seit Vaters Tod hatten wir alle Arbeiten im Haushalt selbst übernommen. Während sich meine Mutter oft darüber beklagte und vor Überdruss seufzte, fühlte ich mich dadurch nützlich. Ich genoss es, dass mein Dasein dadurch an Sinn und Zweck gewann.

In dem Treiben unten auf der Straße hingegen konnte ich weder einen Sinn noch einen Zweck erkennen. Bis auf die Frage, was sie auf dem nächsten Ball tragen oder welches der Klatschblätter, die ihnen in die Finger kamen, sie lesen sollten, drückten die Menschen dort doch keinerlei Sorgen. Ich ließ mich auf die Fensterbank sinken und seufzte einmal mehr. Zu genau so einer Person würde ich mich nun auch entwickeln. Mir stand eine äußerst langweilige Zukunft bevor, da half alles Schönreden nichts!

2. KAPITEL

Der Earl of Ashington

Als ich das letzte Mal bereits am Vormittag ein Glas Brandy getrunken hatte, geschah das zur Feier des Umstandes, dass ich meine Stiefmutter aus dem Haus geworfen hatte, und um mich innerlich auf die Rückkehr meines erzürnten Bruders aus Paris vorzubereiten. Heute gab es nichts zu feiern, ich bereitete mich lediglich auf den Ballbesuch an diesem Abend vor. An den albernen Veranstaltungen, die mit der Londoner Saison einhergingen, nahm ich für gewöhnlich nicht teil. Ihr Besuch hatte in der Regel allein den Zweck, sich möglichst passend zu verheiraten, und daran hatte ich bis vor Kurzem keinen Bedarf gehabt.

Die Tatsache, dass eine Heirat und die Geburt eines Erben bedeuteten, dass mein Bruder nach meinem Ableben nicht die Nachfolge als Earl of Ashington anträte, war für mich zwar durchaus ein Ansporn gewesen, Brautschau zu halten. Als wirklich dringlich hatte ich die Angelegenheit jedoch nie erachtet, sonst hätte ich das Ganze mit mehr Elan vorangetrieben. Doch inzwischen hatte ich etwas Wichtigeres als einen Titel zu schützen, und es war in der Tat an der Zeit zu heiraten.

Eine Frau zu finden, die die Rolle der Countess einnehmen konnte, wäre an sich kein Kunststück gewesen. Junge Damen, die eben darauf vorbereitet wurden, fanden sich in London zuhauf. Doch in meinem Fall musste die Kandidatin auch noch eine andere, für mich weit wichtigere Rolle ausfüllen. Eine derartige Dame ausfindig zu machen erwies sich schon als wesentlich schwieriger.

Eine Countess zu werden war eine Sache, meine Gemahlin zu sein eine ganz andere. Mich gab es nämlich nur mit einer Beigabe, was aber niemandem bewusst war … noch nicht. Ich trank einen weiteren Schluck Brandy und lehnte mich mit einem langen, tiefen Seufzer in meinem Sessel zurück. Das vergangene Jahr war weiß Gott chaotisch gewesen, und meine Geduld war auf eine harte Probe gestellt worden. Zweifellos hatten nur Erinnerungen an meine Kindheit dazu beigetragen, dass ich nicht das Handtuch warf und mich vor meiner Verantwortung drückte.

Nunmehr war Eile geboten. Nach zahlreichen Nachforschungen war meine Wahl auf eine gewisse Miss Lydia Ramsbury gefallen. Sie war die Enkelin eines Dukes und von sanftem und ruhigen Gemüt, zudem durch und durch englisch und genau das, was dieses Haus brauchte. Die Wahl einer Mutter für meine Kinder nahm ich nicht auf die leichte Schulter, und ein hübsches Gesicht reichte keineswegs.

Die schwere Tür zu meinem Büro wurde schwungvoller geöffnet als nötig, und auch ohne hinzusehen, wusste ich sofort, welches Persönchen da hereingeplatzt kam. Es war über meine abendlichen Pläne unterrichtet worden und hatte nun zweifellos eine Menge Fragen auf dem Herzen. Ich setzte mich aus meiner entspannten Position auf und begegnete dem neugierigen Blick meiner Inquisitorin.

»Du gehst auf einen Ball?«, fragte sie. Bei der Erwähnung des letzten Wortes leuchteten ihre Augen auf. Ihre Vorstellungen von einem Ball waren weit von der Realität entfernt, da war ich sicher.

»Mylord, es tut mir leid. Miss Emma sollte eigentlich ein Schläfchen halten. Ich habe leider zu spät bemerkt, dass sie mir wieder einmal entwischt ist«, entschuldigte sich Alice, die wohl strapazierfähigste Gouvernante Englands, die hinter Emma in den Raum geeilt kam.

»Ich möchte auch auf einen Ball gehen!« Emma drehte sich kichernd vor meinem Schreibtisch im Kreis, dass die goldenen Locken flogen. »Schau, ich tanze wie eine Prinzessin!«

Ich nickte und sorgte dafür, dass das Lächeln, das Emma mir so oft entlockte, deutlich zu sehen war. Davon hatte sie in ihrem kurzen Leben noch nicht viel zu sehen bekommen, und ich wollte ihr nie eines vorenthalten. Schließlich wusste ich nur zu gut, was Kälte bei einem Kind anrichtete. Mein Bruder und ich konnten ein Lied davon singen.

»Miss Emma, um an Bällen teilzunehmen, seid Ihr noch zu jung. Es ist Zeit für Euer Nickerchen. Und nun kommt!«, befahl Alice in dem für sie typischen strengen Ton.

Völlig unbeeindruckt bedachte Emma Alice mit einem finsteren Blick und wandte ihre Aufmerksamkeit wieder mir zu. »Gehst du allein hin?«

Ich nickte. »Ja, ich besuche ihn allein.«

Das schien sie zu beunruhigen, denn sie blickte noch finsterer drein. »Du wirst dich einsam fühlen!«

»Emma, Seine Lordschaft wird dort vielen Freunden begegnen und auch Damen, mit denen er tanzen kann. Darüber braucht sich ein Kind nicht den Kopf zu zerbrechen. Für Euch heißt es jetzt ein für alle Mal: Ab ins Kinderzimmer!« Noch immer bemühte sich Alice, so zu klingen, als hielte sie die Zügel fest in der Hand. Dabei wussten wir alle drei, dass ihr die Kontrolle über das Kind längst entglitten war. Mir allerdings genauso.

»Alice ist unhöflich!« Emma machte wiederum ein düsteres Gesicht. »Sie ist oft unhöflich, Ashington«, meinte sie, und dieses Mal versuchte ich, mein Lächeln zu verbergen.

»Miss Emma!«, rief Alice entsetzt aus. »Wie oft habe ich

Euch schon gesagt, dass Ihr den Earl mit Lord Ashington anreden sollt?«

Achselzuckend stemmte Emma ihr kleines Händchen in die Hüfte. »Was weiß denn ich, wie oft! Ich kann ja nur bis zehn zählen und, wenn ich will, manchmal bis zwanzig.«

Unwillkürlich lachte ich auf, wofür ich von Alice einen missbilligenden Blick erntete. »Wenn meine Erziehung Früchte tragen soll, Mylord, dürfen wir sie nicht in diesem … rebellischen Verhalten bestärken. Es ist inakzeptabel!«

Alice hatte diese Arbeitsstelle erst angenommen, nachdem sie sich vergewissert hatte, dass mir klar war, dass sie von Emma erwartete, sich so zu verhalten, als wäre sie die legitime Tochter eines Earls. Alice wollte, dass Emma ein Leben führte, das meinem Rang entsprach, und zu gegebener Zeit in die Gesellschaft aufgenommen wurde.

Die warf in diesem Moment ihr langes blondes Haar zurück und strahlte mich an. Sie genoss es, wenn ich über ihre Mätzchen lachte und im Gegenzug von Alice gescholten wurde.

»Sie ist doch erst vier«, erinnerte ich Alice. Im Grunde war ich durchaus stolz darauf, wie intelligent und schlagfertig Emma in diesem zarten Alter schon war.

»Die Angabe in ihrer Geburtsurkunde zweifele ich an, Mylord. Für so ein junges Alter ist sie schon viel zu … reif und schwierig!«

Ich hingegen hegte keinerlei Zweifel. Dafür kannte ich den Zeitraum, in dem ihre Mutter mit ihr schwanger geworden sein musste, nur zu gut. Solange Bisset war gut über ein Jahr meine Mätresse gewesen, bevor wir unser »Übereinkommen« beendet hatten. Als Emma dann vor einem Jahr vor meiner Tür gestanden hatte, waren ihre Augen der einzige Beweis, den ich brauchte. Ihre Farbe und die Art, wie Emma mich ansah, sagten mir, dass sie eine Compton war.

»Emma, es wird Zeit, dass du mit Alice ins Kinderzimmer gehst. Beim Frühstück morgen berichte ich dir ausführlich von dem Ball. Na, wie klingt das?«

Ihr kleines, rundes Gesicht hellte sich auf, und sie nickte begeistert. So voller Energie, wie sie steckte, bezweifelte ich, dass Alice Emma heute dazu bringen würde, ein Schläfchen zu halten. Die Kleine drehte sich um und eilte zur Tür. »Beeilen Sie sich, Alice, ich muss ein Nickerchen machen!«

Angesichts des erschöpften Blicks, den Alice mir zuwarf, musste ich schmunzeln. Ja, Emma konnte einen auf Trab halten! Sie brauchte eine Mutter, keine Frage. Solange war ihr keine wirkliche Mutter gewesen, ehe sie sie in die Hände einer Fremden gegeben hatte. Ich würde nicht zulassen, dass ein weiteres Compton-Kind so behandelt wurde, wie ich in diesem Haus behandelt worden war. Ich bemühte mich sehr, ihre Illegitimität zu vertuschen, konnte mir aber nicht sicher sein, dass meine Lüge nicht irgendwann auffliegen würde. Vor allem angesichts der Tatsache, wie gut Emma sich schon ausdrücken konnte, befürchtete ich, dass sie vielleicht selbst Dinge ausplauderte, über die ich lieber den Mantel des Schweigens gebreitet hätte. Außerdem war das Gedächtnis dieses Kindes unglaublich, und das bedauerte ich insofern, als es Dinge gab, die sie besser vergessen hätte.

Die Tür schloss sich mit einem leisen Klicken, und ich griff erneut nach meinem Getränk. Mit Emma hatte sich für mich alles verändert. Vor allem mit Blick auf meine Zukunft. Ich durfte keine Zeit mehr verschwenden. Der Groll, den ich einst gegen meine Stiefmutter gehegt hatte, war vergessen. Mit dem Reitunfall, der sie letztes Jahr das Leben gekostet hatte, hatten sich all meine Ressentiments gegen diese Frau in Rauch aufgelöst. Und der Hass, der mir vonseiten meines Halbbruders entgegenschlug – nach dem Tod seiner Mutter zumal, als ob es meine Schuld gewesen wäre –, war nicht von Belang. Nicht, wenn ich an

Emma denken musste. Nach ihrer Ankunft hier hatte ich eigentlich bei entfernten Verwandten auf dem Land ein gutes Zuhause für sie finden wollen. Einen Ort, wo sie behütet aufwachsen und zu einer Gouvernante oder einer ähnlich respektablen Position ausgebildet werden konnte.

Doch schon zwei Wochen darauf wusste ich, dass Emma hierbleiben würde. Wie konnte man sie wegschicken, wenn man ihr hier das Leben bieten konnte, das sie verdiente? Ich hatte die Möglichkeit, ihr ein schönes Zuhause zu schaffen und sie aufzuziehen, wie es sich geziemte, und genau das hatte ich auch vor. Ganz zuoberst auf meinem Plan stand, eine geeignete Frau zu finden, die bereit war, Emma als mein Kind zu akzeptieren. In Lydia schien ich sie gefunden zu haben. Hoffentlich irrte ich mich nicht.

3. KAPITEL

Miss Miriam Bathurst

Ich kannte den Begriff »Opulenz« und war mir über seine Bedeutung im Klaren. Es war ein faszinierendes Wort, das ich gerne laut aussprach, doch bis zu diesem Moment hatte ich noch nie am eigenen Leib erlebt, was Opulenz *wirklich* bedeutete.

In meinen Büchern waren Bälle in adeligen Häusern nicht angemessen beschrieben worden. Jetzt erkannte ich, dass Whitneys fantasievolle Ideen vielleicht mehr Wahrheiten enthielten als geglaubt. Es war ein derartiges Glänzen, ein Wirbeln und Funkeln, dass ich nach meinem Eintreten in den Ballsaal für einen Augenblick geblendet war. Was London an Glanz, an Seide und Juwelen zu bieten hatte, gab sich offenbar in diesen Räumlichkeiten ein Stelldichein.

Während ich alles in mich aufnahm, verfasste ich im Geiste bereits einen Brief an sie. Nichts durfte ausgelassen werden! Ich war fest entschlossen, ihr solche Gesellschaftsbälle eines Tages zu ermöglichen. Doch bis dahin würde ich sie ihr so schildern, dass sie das Gefühl hatte, selbst dabei zu sein.

Tante Harriet stand neben mir, und ich musterte sie verstohlen. Ob sie von unserer Umgebung wohl ebenso beeindruckt war? Doch sie trug dieselbe Miene zur Schau wie sonst auch. Nun wandte sie sich mir lächelnd zu. »Na dann, auf, auf!« Sie machte eine Geste, als würde sie mich einladen, mich an einem Büfett zu bedienen. Tatsächlich aber war ich völlig ahnungslos, was wir jetzt zu tun hatten, und vielleicht hatte meine Mutter ja genau deshalb eine geeignete Anstandsdame für mich erbeten. Denn Tante Harriet war sich über den weiteren Ablauf offenbar auch im Unklaren.

»Lady Wellington, nehme ich an?« Bei der Nennung des offiziellen Titels meiner Tante drehten wir uns beide um. Zu meiner Erleichterung gluckste diese darauf nicht gleich los wie sonst so oft.

Vor uns stand die Gastgeberin des heutigen Abends, die Duchess of Rothesborne. Ich war ihr zwar noch nie begegnet, doch dank meiner gründlichen Vorbereitungen auf die Saison erkannte ich sie sofort.

»Ja, hallo …«, begann meine Tante, und ich machte rasch einen Knicks, damit Harriet nicht gleich ins nächste Fettnäpfchen treten konnte. »Euer Gnaden«, sagte ich, und meine Tante bemerkte ihren Fehler und tat es mir nach.

»Euer Haus ist wunderschön«, schwärmte Tante Harriet viel zu laut und schenkte der Herzogin dazu ein allzu breites Lächeln mit viel sichtbarem Zahnfleisch. Dass sich das nicht ziemte, verstand meine Tante natürlich nicht. Ich fügte dies sogleich dem Brief hinzu, den ich Whitney in Gedanken bereits schrieb.

Der einschüchternde Blick der Duchess war nun auf mich gerichtet, und ich versuchte, Ruhe zu bewahren. »Sie sind Miss Bathurst«, stellte sie fest, als ob sie mich über eine wichtige Neuheit informierte. »Ich war neugierig auf Sie.«

Unsicher, wie ich darauf reagieren sollte, behielt ich mein Lächeln bei, schwieg aber. Was hätte ich darauf auch erwidern sollen?

»Sie machen sich gut!«, fügte die Duchess hinzu. »Genießen Sie den Abend.« Noch ein kurzes Neigen des Kopfes, dann bewegte sie sich mit einem sanften Rascheln ihrer Röcke an uns vorbei.

»Mir schwirrt jetzt schon der Kopf«, raunte mir meine Tante zu, während sie weiterhin ihr allzu breites Lächeln zeigte.

»In der Tat«, stimmte ich zu.

Ein Gentleman, nicht viel älter als ich, trat auf mich zu. »Verzeihung, aber ich hoffe sehr, auf Ihrer Tanzkarte ist noch ein Platz frei«, sagte er mit einer angedeuteten Verbeugung.

Tante Harriet versetzte mir einen leichten Rippenstoß, und ich versuchte, nicht zusammenzuzucken, als sie dazu auch noch kicherte. Ich bezweifelte stark, dass sich dieser Mann als Retter meiner Familie erweisen würde. Dafür war er bei Weitem zu jung. Gleichwohl musste ich gesehen werden, um die Aufmerksamkeit anderer möglicher Bewerber auf mich zu ziehen.

Doch schon bald war ich des Tanzens und der ständigen Unterhaltungen über Belanglosigkeiten müde, und das Flanieren im Park oder am Square kam mir gar nicht mehr so töricht vor. Eigentlich war es als Zeitvertreib allemal vorzuziehen, man musste dabei ja lediglich hübsch dreinschauen und kam um die lästige Konversation herum. Dass sich nun mehrere Männer um mich scharten und auf mich einredeten, empfand ich hingegen als zermürbend. Um einen Ehemann zu finden – und deswegen war ich nun einmal in London –, war das zwar erforderlich, doch je länger es sich hinzog, desto klarer wurde mir, dass meine Vorliebe für das Einsiedlertum dabei ein großes Hindernis sein könnte.

»Ich bitte um Verzeihung, Gentlemen, aber mich dünkt, ich bin der Nächste auf der Tanzkarte der Dame.« Mit diesen Worten brachte eine tiefe Stimme die anderen zum Schweigen, und wie auf Kommando wichen die anderen Bewerber vor ihrem Besitzer zur Seite. Meine Überraschung darüber legte sich, sobald der Gentleman vor mir stand. Er strahlte etwas Einschüchterndes aus. Im Übrigen wusste ich genau, dass sein Name nicht auf meiner Tanzkarte stand. Das Verhalten der Umstehenden verriet mir jedoch, dass ich es hier mit dem Träger eines gewichtigen Titels zu tun hatte. Allerdings konnte ich mich keiner Anrede entsinnen, die zu diesem Gesicht gepasst hätte.

»Wenn Ihr gestattet, Lord Ashington, ich glaube, *ich* bin der Nächste auf Miss Bathursts Karte«, meldete sich ein Mann, der sich als Mr Fletcher vorgestellt hatte, mit leicht bebender Stimme zu Wort.

Ohne von ihm Notiz zu nehmen, stand Lord Ashington abwartend vor mir. In seinem Blick lag eine Herausforderung, die wohl an mich gerichtet war. Sollte ich ihm zuliebe etwa schwindeln? Meinen künftigen Ehegatten sah ich in Mr Fletcher zwar nicht, aber er war freundlich und hatte sich, wie das nervöse Beben in seiner Stimme verriet, für seinen Einwand gerade einen gehörigen Ruck geben müssen. Ich würde ihn jetzt nicht zugunsten eines einflussreicheren Mannes einer Peinlichkeit aussetzen, wenngleich Lord Ashington offensichtlich davon ausging. Arroganz war jedoch nie reizvoll, zumindest in meinen Augen nicht.

»Ich bin mir überaus sicher, dass Mr Fletcher recht hat.« Ich sah zu dem hochgewachsenen dunkelhaarigen Mann auf und weigerte mich, mich von seinem selbstsicheren Blick einschüchtern zu lassen. Bislang hatte ich mich hauptsächlich über diejenigen Mitglieder der vornehmen Gesellschaft kundig gemacht, deren Häuser wir diese Saison aufsuchen würden. Der Name Ashington befand sich nicht darunter. Sein Gesicht sagte mir gar nichts, doch die Reaktionen der anderen auf ihn ließen vermuten, dass er von Bedeutung war. Das war ja alles gut und schön, aber deshalb tanzte ich noch lange nicht nach seiner Pfeife!

Lord Ashington musterte mich einen Augenblick mit hochgezogener Augenbraue. »Ein Versehen meinerseits«, meinte er dann, wandte sich wieder Mr Fletcher zu und nickte leicht.

»Ich werde, äh, Lord Ashington, ich werde auf meinen Tanz verzichten, äh, wenn Sie es wünschen«, stammelte Mr Fletcher. Das war so armselig, dass ich am liebsten die Augen verdreht hätte.

War Mr Fletcher ein solcher Weichling? Was konnte ihm Lord Ashington anhaben, dass ihm so die Nerven flatterten? Hatte ich ihm zuliebe Lord Ashington nicht gerade abgewiesen?

»Das wird nicht nötig sein, Fletcher. Meine Aufmerksamkeit hat sich anderweitig verlagert, merke ich gerade.« Mit diesen Worten stolzierte Lord Ashington durch den Gang davon, den die anderen für ihn gebildet hatten.

Oh, là, là, das hatte gesessen. Eine weitere Unterhaltung würde es wohl kaum geben!

Jemand berührte mich nicht gerade dezent am Ellbogen, und als ich mich umdrehte, entdeckte ich meine Tante, die Lord Ashington mit besorgter Miene nachsah.

»Herrjemine, was hast du zu Lord Ashington gesagt?«, flüsterte sie mir zu.

»Er hat behauptet, er wäre der Nächste auf meiner Tanzkarte, was aber nicht stimmt. Er steht ja nicht einmal darauf!«

Tante Harriet kaute unruhig auf der Unterlippe. Woher stammte ihre plötzliche Besorgnis? Es beunruhigte mich etwas, dass sie Lord Ashington überhaupt kannte. Das Gesicht der Duchess hatte ihr vorhin nichts gesagt. Warum also seines?

Mr Fletcher trat auf mich zu und bot mir den Arm. »Darf ich bitten?«, fragte er, und so gern ich mir auch Tante Harriets Erklärung angehört hätte, hatte ich gegenüber Mr Fletcher doch eine Verpflichtung.

Schon bald nach dem Tanzbeginn begriff ich, dass Mr Fletcher nicht nur kein großer Redner, sondern auch äußerst angespannt war. An mir konnte es nicht liegen, daher schob ich es auf die Begegnung mit Lord Ashington. Das trübte meine Laune zwar ein wenig, doch verderben lassen wollte ich sie mir dadurch nicht.

Sobald unser Tanz geendet hatte, entschuldigte sich Mr Fletcher mit sichtlicher Erleichterung. Ein älterer Mann, der sich, meinte ich, zuvor als Lord Haddington vorgestellt hatte, nahm seinen Platz ein. Immerhin erzählte Lord Haddington gern von sich selbst, sodass ich nur mit einem Lächeln hier und einem Nicken da Interesse zu heucheln brauchte. Unterdessen ließ ich den Blick auf der Suche nach Lord Ashington durch den Raum schweifen. Ja, zugegeben: Meine Neugierde hatte die Oberhand gewonnen.

Auf eine dunkle und Unheil verkündende Art sah er durchaus attraktiv aus. Sein rabenschwarzes Haar war gerade lang genug, dass er es sich hinter die Ohren streichen konnte, und auch wenn es überaus gepflegt war, verlieh es ihm etwas Verwegenes. So, als würden Regeln für ihn nicht gelten. Gerade unterhielt er sich mit einer Dame, die mit ihren Haaren von lichtestem Blond und einem makellosen Teint einfach bezaubernd aussah. Sie hielt den Blick gesenkt, und eine leichte Röte betonte ihr Gesicht auf entzückende Weise.

»Gütiger Himmel, wer hätte das gedacht!«, sagte Lord Haddington in einem Ton, der mich aufhorchen ließ. Ich folgte seinem gebannten Blick zum Eingang, um zu sehen, was dort so interessant sein mochte. Allerdings entdeckte ich lediglich einen Mann mit honigfarbenem Haar, das mit einem Krawattenschal zurückgebunden war, aber nicht so wohlgepflegt wirkte wie das von Lord Ashington. Trotz seines hohen Wuchses, den breiten Schultern und seiner rebellischen Locken wirkte jener Mann auch nicht im Geringsten einschüchternd. Seine Augen funkelten verschmitzt, und sein zu einem charmanten Lächeln verzogener Mund gab ihm etwas leicht Verruchtes.

»Tja, nun könnte ja doch noch Leben in den Ball kommen«, erklärte Lord Haddington mehr zu sich selbst. Ich war mir nicht sicher, ob diese Worte für meine Ohren bestimmt waren. Der Tanz endete, und Tante Harriet bedeutete mir, mich zu ihr zu gesellen. Eigentlich stand als Nächstes ein gewisser Mr Needs auf meiner Karte, aber ich war am Verdursten und brauchte dringend eine Limonade. Nachdem ich Lord Haddington für den Tanz gedankt hatte, entschuldigte ich mich und begab mich zu Tante Harriet.

Kaum war ich bei ihr, packte sie mich am linken Arm und flüsterte: »Mr Compton ist hier. Von Lady Hawthsmore habe ich gerade gehört, dass er und Lord Ashington nur selten einen Ball besuchen. Und doch sind beide heute Abend da. Unglaublich! Hach, das könnte heute noch ziemlich unterhaltsam werden!«

Meine Tante liebte Skandale ebenso wie Klatsch und Dramen aller Art. Ich hatte ihr schon einige entsprechende Romane empfohlen, die ihr meines Erachtens gefallen mussten, doch bislang ohne Erfolg. Lieber steckte sie ihre Nase in eines dieser Skandalblättchen, die für die Dummheiten, die sie verbreiteten, viel zu viel Geld kosteten.

»Ich nehme an, Mr Compton ist der blonde Mann am Eingang des Saales«, erwiderte ich, ohne nachzusehen, ob er sich noch dort aufhielt.

»O ja, und man munkelt, er und sein Bruder, Lord Ashington, würden einander hassen. Was etwas mit der Mutter oder der Stiefmutter zu tun haben muss, da bin ich nicht sicher. Ich muss die Karten, die Alfred mir gegeben hat, einmal gründlicher studieren. Was hast du denn nun eigentlich zu Lord Ashington gesagt? Er wirkte alles andere als entzückt!« Tante Harriet schien die Begegnung noch immer in große Unruhe zu versetzen. Mich interessierte es hingegen nicht im Geringsten, ob er entzückt gewesen war oder nicht. Er jedenfalls war gewiss nicht entzückend. Das kantige Kinn und die unnahbaren, wenngleich perfekten Gesichtszüge wirkten meines Erachtens eine Spur zu hart. Die meisten Damen wären angesichts seiner Aufmerksamkeiten sicher dennoch dahingeschmolzen. Doch zu ihnen zählte ich mich nicht und war stolz auf mein Urteilsvermögen. Diese Gabe brauchte man auf der Suche nach einem wohlhabenden Ehegatten.

Ich zuckte unauffällig die Achseln. »Er war arrogant und anmaßend. Und arrogante Männer kann ich nicht ausstehen.«

Tante Harriet seufzte. »Verständlich. Doch genau dazu neigen Gentlemen mit Geld und Macht nun einmal.«

Ich wollte nicht glauben, dass ich zur Rettung meiner Familie nicht nur einen Mann, in den ich nicht verliebt war, in Kauf nehmen müsste, sondern einen arroganten noch dazu. Ein unerträglicher Gedanke! Je mehr ich über meine Zukunft nachdachte, desto unheilvoller erschien sie mir. »Ich brauche frische Luft!«, erklärte ich und entschied, nach einem Besuch beim Erfrischungsstand auf den Balkon hinauszutreten. Wenn ich auch nur noch einen Moment länger in diesem Saal blieb, klappte ich ob meiner plötzlichen Erkenntnisse über meine Heiratspläne noch zusammen.

Vielleicht würden mich die frische Luft und ein Moment für mich allein daran erinnern, dass noch nicht alles verloren war, nur weil ein Abend so maßlos enttäuschend verlief.

»Möchtest du, dass ich dich begleite?«, fragte meine Tante.

Das wollte ich ganz gewiss nicht. Mich verlangte vielmehr nach einem Augenblick der Ruhe und des Friedens. Weitere Auskünfte über die feine Gesellschaft, ob nun Klatsch und Tratsch oder harte Fakten, würden nur noch mehr an meinen Nerven zerren.

»Danke, nicht nötig. Falls du mich brauchst, weißt du ja, wo du mich findest.« Ich zog los und ließ den Limonadenstand lieber links liegen, damit sie mich nicht doch noch einholte.

Die frische Abendluft tat gut, reichte aber nicht aus, um meine Zukunft in helleren Farben erscheinen zu lassen. Noch nie hatte ich mich so viel unterhalten müssen, noch dazu über pure Belanglosigkeiten! Mir fiel es schwer, mich sanftmütig, bescheiden oder sittsam zu geben, und doch schienen Gentlemen bei der Suche nach ihrer Zukünftigen genau darauf Wert zu legen.

»Bekanntermaßen nehme ich an den Zusammenkünften der Londoner Gesellschaft für gewöhnlich nicht teil, doch immerhin noch genügend, um mit Bestimmtheit sagen zu können, dass ich noch nie das Vergnügen hatte, Ihre Bekanntschaft zu machen. Ein neues Gesicht, und ein so schönes wie das Ihre zumal, vergisst man schließlich nicht«, ertönte eine männliche Stimme, geschmeidig und gebildet. Ich war hinausgeflohen, um Unterhaltungen zu entgehen, doch ohne Erfolg, wie es schien.

Ich wandte mich um, um zu sehen, wer meine Ruhe störte. Mr Compton stand vor mir, die Hände in die Vordertaschen geschoben, das Jackett leicht verrutscht. Eine Strähne seines blonden Haares hatte sich aus dem Band an seinem Nacken gelöst. Die Abendbrise fuhr hinein, und ich beobachtete, wie sie an seiner Schläfe entlangtanzte. Seine Gesichtszüge ähnelten denen seines Bruders zwar, waren jedoch weicher, was seinem guten Aussehen jedoch keinen Abbruch tat und ihn zugänglicher erscheinen ließ.

»Ich bin nicht gekommen, um Ihrer Flucht vor dem Irrsinn im Ballsaal ein Ende zu bereiten. Ich wollte lediglich die Frau kennenlernen, die meinen Bruder so mühelos hat abblitzen lassen. Und Ihnen möglicherweise die Hand drücken, wenn ich so anmaßend sein darf.«

»Ich bin mir nicht sicher, was Sie meinen.« Ich verdiente meiner Meinung nach weder das Lob noch den Tadel.

»Verzeihung, ich hätte mich zunächst vorstellen sollen. Ich bin Nicholas Compton, und Ashington ist mein Bruder, äh, Halbbruder. Wir haben nur einen gemeinsamen Vater.«

Für wie faszinierend er diese Klarstellung auch halten mochte, mir war bereits bekannt, wer er war und in welcher Beziehung er zu dem unhöflichen Earl of Ashington stand. Doch ich unterließ es, ihn darauf hinzuweisen.

»Mr Compton, ich habe Lord Ashington nicht abblitzen lassen, sondern lediglich etwas richtiggestellt. Wissen Sie, er steht heute Abend nicht auf meiner Tanzkarte, und es wäre unhöflich gewesen, ihm zu erlauben, den Platz eines anderen einzunehmen. Ich bin aber weder unhöflich, noch dulde ich Unhöflichkeit.«

Ein Mundwinkel Mr Comptons wanderte zu einer Art schiefem Grinsen nach oben. Meine Antwort schien ihn zu belustigen, aber so attraktiv er auch war, ich konnte nicht erkennen, inwiefern sein Verhalten so viel besser war als das seines Bruders. Sie mochten beide umwerfend gut aussehen, doch von so etwas Oberflächlichem wie dem Aussehen ließ ich mich nicht blenden. Der äußere Schein konnte trügen. Was Mr Compton anging, so mochte er nicht so arrogant sein wie sein Bruder, doch das mutwillige Funkeln in seinen Augen empfahl ihn mir ganz und gar nicht.

4. KAPITEL

Mr Nicholas Compton

Ich war beileibe nicht ihretwegen hier, doch für Schönheit hatte ich schon immer eine Schwäche gehabt. Der eigentliche Grund meines Kommens befand sich im Ballsaal und wurde gerade von meinem älteren Bruder umgarnt. Wenn ich es schaffen wollte, ihn zu demütigen, musste ich weiter an diesem Plan festhalten. Doch ich war ein Mann mit einer Vorliebe für schöne Frauen, und die Frau vor mir war nicht nur hinreißend, ihr herausfordernder Blick appellierte obendrein an meine Urinstinkte. Das Einzige, was besser war als eine schöne Frau, war eine Herausforderung – und diese junge Dame hier vereinigte beides in sich. Dennoch war ich nicht ihretwegen zur Saison nach London gekommen. Ich durfte mich durch ihre Schönheit nicht aus dem Konzept bringen lassen. Rache war ein wesentlich erfüllenderes Gefühl als Lust oder Begehren.

»Ich überlege gerade, ob Fletcher durch diese Erfahrung an Selbstbewusstsein gewinnt oder Angst hat, Ashington jemals wiederzusehen«, sagte ich, ohne auf ihren Einwand einzugehen, sie habe Ashington keine Abfuhr erteilt. Was hieß das schon? Er hatte sich für sie interessiert, sie hatte ihn verschmäht. Das ließ sich nicht leugnen, so reizend ihre Abwehr auch sein mochte.

»Ich bin sicher, dass Mr Fletcher dadurch weder selbstbewusster wird noch irgendwelche Befürchtungen hegt. Er ist ein kluger

Mann weniger Worte und ein kompetenter Tanzpartner«, setzte sie sich für Fletcher ein. Und das Ganze ohne Wimperngeklimper und sanften Ton. Stattdessen loderte ein Feuer in diesen erstaunlichen Augen, das mich gleich für sie entflammte. Leichtsinnig von mir, ja, aber da ließ sich nichts machen. Was für eine Entdeckung!

»Mit anderen Worten, er ist öde. Ganz meine Meinung! Nichts geht Fletcher über seine Jagdhunde. Möchte man ihn zum Reden bringen, muss man nur diese Köter erwähnen, und schon redet er wie ein Wasserfall.« Ich zog bewusst über Fletcher her, nur um ein weiteres Mal zu sehen, wie ihre wunderschönen Augen Funken sprühten. Im Gegensatz zu den meisten der anwesenden Damen hatte sie nicht vor, mir während unseres Gesprächs den Kopf zu verdrehen – eine mehr als willkommene Abwechslung!

»Und was ist mit Ihnen? Wenn Sie so ein großartiger Gesprächspartner sind, worüber würden Sie sich dann mit einer Dame unterhalten, die Sie gerade erst kennengelernt haben?«

Ich konnte mich nicht erinnern, dass jemals eine Frau nicht darauf aus gewesen wäre, mit mir zu flirten, in London schon gleich gar nicht. Das war eine merkwürdige Erfahrung für mich, aber um ehrlich zu sein, war sie ... erfrischend. Gespräche mit Damen begann ich oft in der Erwartung, dass sie mich mit den Waffen der Frauen um den Finger zu wickeln gedachten. Diese Dame hier hatte nicht nur eine eigene Meinung, sie interessierte sich auch für die meinige! Wenn sie in London war, um einen Ehegatten zu finden, so ging sie es allerdings nicht richtig an. Ich wagte zu behaupten, dass selbst ihre Schönheit nicht von ihrer scharfen Zunge und ihrem Verstand ablenken konnte.

»Ich würde mein Interesse an ihr zeigen und herausfinden, was sie zum Lächeln bringt. Ihren Worten aufmerksam lauschen und nicht über mich selbst schwadronieren. Wenn ich mit einer Dame tanze, dann möchte ich mich danach daran erinnern, welche Dinge sie entzücken, und nicht nur, wer sie ist«, entgegnete ich ehrlich.

Ihre saphirblauen Augen weiteten sich leicht, sie lächelte aber nicht kokett oder bekam eine verzückte Miene. Hatte ich das jedoch wirklich erwartet? Wenn derart schlichte Worte das Bollwerk, das sie um sich herum errichtet hatte, zum Einsturz gebracht hätten, hätte sie keine wahre Herausforderung mehr dargestellt.

»Ich verstehe«, war alles, was die Schöne erwiderte. Sie warf einen Blick zurück in den Ballsaal. »Ich war lange genug weg. Nun muss ich zurück.«

Sie wollte vor mir fliehen, und wir beide wussten es. »Es war mir ein Vergnügen, Miss Bathurst.« Ich lächelte aufrichtig.

Sie fixierte mich mit verengten Augen. »Ich kann mich nicht erinnern, Ihnen meinen Namen genannt zu haben!«

Ich nickte leicht. »Nachdem ich Zeuge geworden war, wie Sie meinen Bruder abwiesen, habe ich mich über Sie erkundigt.«

Sie seufzte, als sei es ihr unangenehm, daran erinnert zu werden. »Noch einmal: Ich habe Ihren Bruder lediglich korrigiert, sonst nichts. Ein Titel bedeutet nichts, wenn man ihn benützt, um Arroganz und Macht auszuüben.«

»Leider ist der Rest Londons anderer Meinung«, gab ich zurück. Und keiner der entsprechenden Gentlemen dieser Saison würde solcherlei gerne hören. Miss Bathurst war wahrhaftig ein Schatz.

Als hätte ich ihr die letzte Hoffnung geraubt, dass die vornehme Gesellschaft nicht so oberflächlich war, wie es schien, huschte im Davongehen ein trauriger Ausdruck über Miriam Bathursts Gesicht. Während ich ihr nachblickte, überkam mich ein eigenartiges Schuldgefühl, dass ich derjenige gewesen war, der ihr reinen Wein eingeschenkt hatte.

Sie blieb stehen, um sich ein Glas Limonade geben zu lassen, und war im Nu von drei Männern umringt. Ich kannte sie und wusste daher, dass keiner davon mit Miriam Bathursts Schlagfertigkeit mithalten konnte. Ein junger Mann, der sich einbildete, sich in ihre Schönheit verliebt zu haben, würde diese Frau nicht befriedigen können. Ihre Mutter musste ihr gestattet haben, die Bibliothek aufzusuchen, anstatt ihr Handarbeiten oder andere alberne Beschäftigungen aufzudrängen. Miriam Bathurst war klug.

Ich löste meinen Blick von ihr und begegnete dem hitzigen meines Bruders. Er war nicht erfreut, mich zu sehen, andererseits war das, soweit ich mich entsinnen konnte, nicht der Fall gewesen, seitdem wir erwachsen geworden waren. Früher hatten wir uns recht nahegestanden, doch das schien eine Ewigkeit her zu sein – und ich bedauerte es. Andererseits sollte das Bedauern darüber auf keinen Fall meinen wohldurchdachten Plan durchkreuzen.

Ich nickte ihm feixend zu. Ja, Bruderherz, ich bin hier, um dafür zu sorgen, dass du noch weitaus schlimmer gedemütigt wirst, als es Miss Bathurst heute Abend getan hat. Mach dich darauf gefasst!

Ich richtete meine Aufmerksamkeit auf Lydia Ramsbury und wusste unverzüglich, dass es ein Kinderspiel sein würde, sie ihm abspenstig zu machen. Von Romantik verstand mein Bruder nicht das Geringste, die Sehnsüchte einer Frau ließen ihn kalt. In seinen Augen war Lydia eine geschäftliche Angelegenheit. Die Wahl seiner Countess hatte mit wahrer Zuneigung nichts zu tun, andererseits verhielt es sich bei anderen Angehörigen seines Standes ebenso. Sie waren allesamt durch und durch langweilig.

Ich hingegen hatte mich aus der einengenden Londoner Gesellschaft befreit. Was romantische Verlockungen anging, hatte mich Paris vieles gelehrt. Natürlich, Ashington führte den Titel, aber er hatte keine Ahnung, wie man eine Dame verführte. Hätte er sich doch nur eine interessantere Frau ausgesucht! Nichts an Lydia ließ mein Herz höherschlagen. Von Herausforderung keine

Spur. Immer vorausgesetzt, ich lag mit meiner Einschätzung überhaupt richtig, dass Lydia Ramsbury diejenige war, die mein Bruder als seine Zukünftige ausersehen hatte.

Als ich zum Erfrischungstisch zurückblickte, war Miriam verschwunden. Ich sah mich suchend um und entdeckte sie schnell: Sie tanzte bereits wieder. Bis auf die Tatsache, dass es ihre erste Saison war, wusste ich wenig über sie. Ganz sicher war sie auf der Suche nach einem Ehemann. Einen anderen Grund für ihre Anwesenheit konnte es nicht geben. Und doch hatte sie einen der begehrtesten Earls Londons abgewiesen, als er sich ihr genähert hatte. Das machte Miriam Bathurst so verflixt faszinierend, dass es mir schwerfiel, an etwas anderes zu denken.

»Compton!«, riss mich eine vertraute Stimme aus meinen Gedanken.

Ich wandte mich dem Mann neben mir zu. »Radcliff! Auf dem Markt, um eine Frau zu finden, richtig?«

»Mag sein«, brummte er. »Du auch?«

Ich schmunzelte über seine Frage, denn sie war beileibe nicht ernst gemeint. George Radcliff kannte mich schon viel zu lange, um davon auszugehen, ich würde hier meine künftige Frau finden wollen. »Ich bin nur hier, um Ärger zu stiften«, versicherte ich ihm.

»Soso. Na, etwas anderes habe ich auch nicht erwartet. Ich war nur nicht unhöflich genug, um es auch zu äußern.« Seine Mundwinkel verzogen sich zu einem amüsierten Grinsen. »Und was heckst du heute Abend dann Böses aus?«

Als ich noch einmal in Miriam Bathursts Richtung blickte, sah ich sie mit einem weiteren jungen Dandy tanzen, der überhaupt nicht zu ihr passte. Bekam die Gute denn keine Anweisungen von einer Anstandsdame? Himmel noch mal, ich hätte für sie eine weitaus bessere Auswahl an Partnern treffen können.

»Ah, wie ich sehe, hast du ein Auge auf Alfred Wellingtons

Nichte geworfen. Ja, sie ist ein wahrer Augenschmaus, soll dem Vernehmen nach aber eine scharfe Zunge haben. Heute Abend scheint sie sich ungemein zu langweilen. Es heißt, Wellington versuche, sie unter die Haube zu bringen, da ihr verstorbener Vater ihrer Mutter nichts als Spielschulden hinterlassen hat.«

Woher wusste Radcliff das alles nur schon? Nun, er war dem Klatsch eben genauso zugetan wie die alten Schachteln, die immer zusammengluckten. Immerhin brachte es etwas Licht ins Dunkel. Nach dem, was ich mitbekommen hatte, schien Miss Bathurst nämlich nicht sehr erpicht darauf, als Retterin der Familie aufzutreten.

»Erzähl einmal, Compton, warum bist du denn heute Abend wirklich hier?«, erkundigte sich Radcliff.

Ich sah zu meinem Bruder hinüber. »Eine Familienangelegenheit, könnte man sagen.« Ich hatte nicht vor, Radcliff Stoff zum Herumerzählen zu liefern. Der Mann war bei Weitem zu geschwätzig.

»Verrat mir nur nicht zu viel, mein Freund. Aber gut. Meine Neugierde ist zwar geweckt, aber ich habe keine Zeit, es dir aus der Nase zu ziehen. Mein Name steht als Nächstes auf Miss Bathursts Tanzkarte, und ich möchte meinen Platz nicht verlieren.« Er strahlte mich an, als hätte er einen Preis gewonnen. Radcliff würde bei Miriam Bathurst nie ausreichend Interesse wachrufen können, doch wer war ich, seine Hoffnungen zu dämpfen.

5. KAPITEL

Der Earl of Ashington

Es gab eine Zeit, da hatte ich mein Frühstück einfach in meinem Arbeitszimmer eingenommen. Inzwischen wusste ich indessen schon gar nicht mehr, wie ein ruhiger Morgen überhaupt aussah. Wenn ich nun frühstückte, dann gemeinsam mit Emma am Esszimmertisch. Den Entschluss, diese Mahlzeit mit ihr zu verbringen, hatte ich gefasst, weil ich als Kind dazu nie die Gelegenheit bekommen hatte. Ich fand, es würde ihrer Entwicklung guttun, und wenn ich ganz ehrlich zu mir selbst war, genoss ich Emmas Geplapper.

»Hast du mit einer Prinzessin getanzt?«, fragte sie mich jetzt, bevor sie einen Schluck heiße Schokolade trank. Sie schaute mich über den Rand ihrer Tasse hinweg neugierig an.

»Ich fürchte, es war gar keine da«, teilte ich ihr mit. Mir war bereits klar, dass sie mich noch mit vielen Fragen bestürmen würde, bevor ich meine Spiegeleier mit Schinken verzehrt hatte.

»Warum kann ich keine Scones mit Marmelade zum Frühstück bekommen? Ich liebe Marmelade!«, schwärmte sie und betrachtete mit finsterer Miene das Essen vor sich. Dann blickte sie wieder zu mir und war augenblicklich von ihrem unbefriedigenden Mahl abgelenkt. »Wenn keine Prinzessinnen da waren, wie kann es dann ein Ball gewesen sein?«

»Für einen Ball braucht man nicht unbedingt eine Prinzessin.«

Emma musterte wieder ihre Spiegeleier mit Schinken und rümpfte angewidert ihr Näschen. »Hast du etwas gegen Marmelade, Ashington?«

»Nein. Ich mag sie sogar sehr gern. Zum Nachmittagstee bekommst du Scones mit Marmelade. Ganz bestimmt.«

»Ich will den ganzen Tag über welche!«, erklärte sie reichlich resolut.

Ich musste grinsen und versuchte, meine Belustigung hinter meiner Tasse zu verbergen.

»Miss Emma, beschwert Ihr Euch schon wieder über Euer Frühstück? Ich habe Euch schon unzählige Male erklärt, dass es unhöflich ist, sich über das Essen zu beschweren, das man vorgesetzt bekommt, anstatt dafür dankbar zu sein.« Alice hatte gerade erst den Raum betreten, unser Gespräch jedoch eindeutig mitbekommen.

Emma zuckte die Achseln, als wären Alice' Worte für sie nicht weiter von Belang. »Wenn ich erst mal eine Dame bin, werde ich den ganzen Tag Scones mit Marmelade essen«, verkündete sie feierlich.

»Dann werdet Ihr schon bald nicht mehr in Eure Kleider passen«, gab Alice umgehend zurück.

»Alice, es waren keine Prinzessinnen auf dem Ball«, wechselte Emma das Thema einmal mehr.

Alice nickte. »Ich habe Euch gestern Abend schon erklärt, dass keine Prinzessinnen kommen würden.«

Vermutlich verstimmt darüber, dass Alice recht behalten hatte, verzog Emma unwillig den Mund und nahm einen weiteren Schluck von ihrer heißen Schokolade. »Ich wette, Prinzessinnen essen Scones mit Marmelade, wann immer sie Lust darauf haben«, erklärte sie niemand Speziellem und beäugte das Essen auf ihrem Teller.

»Mal sehen, ob wir es einrichten können, dass du morgen zum

Frühstück welche bekommst«, sagte ich schließlich, ehe Alice wieder mit ihr schimpfen konnte, erntete dafür jedoch einen missbilligenden Blick. »Miss Emma muss lernen, dass sie nicht alles bekommt, was sie verlangt«, erklärte sie streng.

Ich zuckte mit den Schultern. »Alice, es geht doch nur um Marmelade!«

»Das ist mir schon klar, Mylord, aber mit Kleinigkeiten fängt es an. Heute ist es Marmelade, morgen geht es um neue Gewänder und teure Juwelen.«

»Gar nicht wahr! Ich will keine neuen Kleider oder blöde Juwelen. Ich bin erst vier, Alice«, erklärte Emma mit entrüsteter Miene. »Aber mehr heiße Schokolade hätte ich schon gern!«

Ich hielt mir eine Serviette vor den Mund und kaschierte mein Lachen mit einem Husten, weil ich befürchtete, Alice könnte endgültig das Handtuch werfen, wenn ich Emma darin bestärkte, solche Äußerungen von sich zu geben.

Alice stieß einen verärgerten Seufzer aus und verließ das Esszimmer mit rauschenden Röcken. Emma wusste genau, wie sie ihre Erzieherin in Rage bringen konnte, und das in so zartem Alter! Eine sehr nützliche Eigenschaft für ihre Zukunft. Es würde nie einen Mann oder eine Frau geben, die Emma brechen konnten. In Anbetracht des Lebens, das sie geführt hatte, bevor sie an meine Türschwelle gebracht wurde, war ich dankbar dafür.

»Holt Alice mir noch mehr heiße Schokolade?«, fragte Emma mit dem für sie typischen engelsgleichen Lächeln, das Alice als trügerisch bezeichnete.

»Das halte ich für sehr unwahrscheinlich, Liebes«, erwiderte ich.

Mit gespielter Verzweiflung starrte sie wieder auf ihren Teller. »Mit genügend heißer Schokolade bekäme ich diese Spiegeleier viel leichter runter.«

»Seit wann magst du denn keine Eier mehr?«, fragte ich sie,

wohl wissend, dass sie seit Monaten jeden Morgen welche verputzte.

Sie reckte ihr kleines Kinn und begegnete meinem Blick mit gestrafften Schultern. »Seit Alice mir mal erlaubt hat, zu meinem Tee Scones mit Marmelade zu essen. Die liebe ich einfach!«

Mrs Barton, die Haushälterin, erschien in der Tür, die direkt in die Küche führte. Sie trug ein kleines Tablett in den Händen, und in ihren Augen lag ein deutliches Funkeln. Es war kein Blick auf das Tablett nötig, um zu wissen, was sich darauf befand. Emma hatte sich vom ersten Tag an ins Herz meiner Haushälterin geschlichen. Und ihr hatte sie es zweifellos auch zu verdanken, dass sie zu ihrem Tee die besagten Scones bekommen hatte.

»Guten Morgen, Mylord«, sagte sie mit einem leichten Neigen des Kopfes und ging zu Emma hinüber. Dort wartete sie darauf, dass ich ihr gestattete fortzufahren, was ich mit einem zustimmenden Kopfnicken tat. Ich fragte mich, was sie wohl gemacht hätte, wenn ich Emma die Leckerei nicht genehmigt hätte.

»Oh, danke, Mrs Barton!« Emma quietschte vor Freude, als die heiße Schokolade vor ihr stand und die Spiegeleier mit Schinken durch Scones mit Marmelade ersetzt wurden.

»Gern geschehen, Miss Emma. Noch braucht Ihr Euch ja wohl keine Sorgen um Eure Figur zu machen, hm?« Sie zwinkerte Emma zu und verließ zusammen mit den verschmähten Eiern den Raum.

Emma sah strahlend zu mir herüber. »Ich finde, Mrs Barton ist die liebste Frau der Welt!«

»Dem kann ich mich nur anschließen«, erwiderte ich. »Sie ist wirklich eine wunderbare Haushälterin.«

»Sie ist meine Freundin!«, berichtigte mich Emma.

»Ja, gewiss. Ich glaube, eine bessere gibt es nicht«, stimmte ich zu.

Emma hatte Sonne in unseren Alltag gebracht – und jede Menge Unruhe. Doch inzwischen hatte er sich eingespielt – zumindest innerhalb dieser Mauern. Nun hieß es, die richtige Countess zu finden, die sich mühelos in diesen Haushalt einfügen konnte. Bis gestern Abend hatte ich gehofft, dass Lydia Ramsbury ebendiese Person sein könnte. Doch sie war eine Spur zu ruhig, zu liebenswürdig, und zudem befürchtete ich, Miss Ramsbury könnte Emmas ausgeprägter Persönlichkeit nicht gewachsen sein.

Möglicherweise beurteilte ich sie aber auch ungerecht, denn meine Aufmerksamkeit war abgelenkt worden. Unwillkürlich war mein Blick immer wieder zu Miss Miriam Bathurst geschweift. Selbst noch, nachdem sie mir deutlich zu verstehen gegeben hatte, dass sie weder an meinem Titel noch an meiner Aufmerksamkeit interessiert war. Ich lächelte in mich hinein und stellte mir ein Zusammentreffen zwischen ihr und Emma vor. Sie würden ein gutes Paar abgeben, ohne Zweifel.

Ich wusste wenig über Miss Bathurst, aber das wollte ich heute ändern. Ich konnte mich nicht für Lydia Ramsbury entscheiden, bis ich sicher war, dass sie und ich, nein, … sie und Emma zusammenpassten.

6. KAPITEL

Miss Miriam Bathurst

Ich hatte es schon immer genossen, früh aufzustehen. Ein gutes Buch, eine Tasse heiße Schokolade – so sah mein perfekter Morgen aus! Aufwachen, um sich anzuziehen und sich auf Besucher einzustellen, das entsprach hingegen nicht meiner Vorstellung eines angenehmen Morgens – und doch würde mein Leben eine Zeit lang so aussehen, wie es schien. Je schneller ich einen Ehegatten fand, desto eher war es damit vorbei – aber leider auch mit meiner Freiheit.

Mit einem seelenvollen Seufzer machte ich mich auf den Weg in den Salon. Zu Hause traf ich meine Mutter und meine Schwester in der Regel dort an, wenn es auf Mittag zuging. Meine Mutter beschäftigte sich dann mit ihrer Handarbeit, und Whitney saß am Klavier. Im Haus meines Onkels sah das völlig anders aus, denn mit Handarbeit oder Musik konnte meine Tante ganz und gar nichts anfangen.

Sie saß reichlich undamenhaft auf dem Sofa, einen Teller mit Pralinen neben sich, war aus ihren Schuhen geschlüpft und hatte die bloßen Füße unter sich gezogen. Richtig, nicht einmal Strümpfe trug sie! In ihrem Schoß hatte sie offenbar die Post des heutigen Tages liegen. Meine Tante hatte keinen Sinn für Literatur, stattdessen fand sie Unterhaltung in den Briefen ihrer Familie aus New Orleans und in den Klatschblättern, die mein Onkel nicht guthieß. Oft beklagte er sich über die Kosten solcher gesellschaftlichen Skandalblätter, wurde aber milde gestimmt, sobald Tante Harriet ihm ein zuckersüßes Lächeln schenkte.

Tante Harriet hob ihren Kopf von dem Brief, den sie gerade las, und strahlte mich an. »Du siehst traumhaft aus! Die Herren, die dir heute Vormittag ihre Aufwartung machen, werden noch entzückter sein, als sie es gestern Abend schon waren.« Sie schwang ihre nackten Füße auf den Boden und hielt mir das Schriftstück aus ihrem Schoß entgegen. »Das musst du lesen. Meine Cousine Adelle hat mir über unseren jüngsten Familienskandal berichtet.«

»Den jüngsten …?« Ich griff nach dem Brief.

»Aber ja! Meine Familie begibt sich nur zu gern in kompromittierende Situationen.« Ein Hauch von Stolz schwang in ihrer Stimme mit, der sowohl skandalös als auch amüsant war. Genauso wie ihre bloßen Füße.

»Alfred sagte etwas von wegen, er erwarte Herrenbesuch, und zwar innerhalb der nächsten Stunde, glaube ich. Ich soll Anstandsdame spielen, und es gibt ein Zeitlimit für ihren Besuch?« Es klang mehr wie eine Frage denn wie eine Feststellung.

»Es wird noch ein Weilchen dauern. Niemand aus diesen Kreisen würde so früh im Haus einer Dame vorsprechen«, meinte Onkel Alfred, der soeben den Salon betrat. »Schon bei den Pralinen, mein Herz?«, neckte er seine Frau.

Tante Harriet ließ eilig ein Meisterstück des Confiseriehandwerks in ihrem Mund verschwinden und schenkte meinem Onkel ein breites Lächeln, während sich ihre Wangen verräterisch ausbeulten.

»Wenn ich meinen Bankrott erklären muss, liebes Kind, dann gib bekannt, dass es an der Sucht meiner Frau nach Schokolade und Klatschblättern lag. Beides kostet mehr, als es wert ist. So, und nun erzähl mir doch bitte, was du Ashington gestern Abend entgegnet hast. Es scheint ziemlich rasch die Runde gemacht zu haben.«

Mir wurde heiß im Gesicht. Wie konnte mein Onkel schon davon erfahren haben, wenn nicht von meiner Tante? Als Unterhaltungsstoff war es doch gewiss nicht wichtig genug. Schließlich handelte es sich lediglich um einen Tanz, sonst nichts. Ich räusperte mich, um Zeit zu schinden. Unterdessen hatte Tante Harriet es geschafft, die in den Mund gestopfte Leckerei hinunterzuschlucken.

»Du hättest mich fragen können. Wie du weißt, war ich dabei. Bring sie nicht in Verlegenheit«, schalt sie ihn nun.

Er machte ein überraschtes Gesicht. »Das hatte ich doch gar nicht vor. Ach, keineswegs, ich bin beeindruckt! Miriams erster Ball, und schon macht sie von sich reden.«

Tante Harriet verdrehte die Augen. »Gütiger Gott, Alfred! Hör doch auf!«

»Es ist wahr! Es heißt, sie habe Ashington einen Korb gegeben. Während all die anderen Damen ihm zu Füßen lagen, nehme ich an. Aber meine Nichte hat das nicht nötig!« Er klang stolz, und mir fiel ein Stein vom Herzen.

»Sie war wirklich die Schönste auf dem Ball. Die Herren waren alle hin und weg, aber sie ist ja auch eine Schönheit ohnegleichen«, prahlte Tante Harriet und griff nach einer weiteren Praline. Diesmal biss sie allerdings nur davon ab, anstatt sich das ganze Stück in den Mund zu stecken.

Ich fand nicht, dass ich auf dem Ball die Schönste gewesen war. Dieser Titel gebührte eindeutig Lydia Ramsbury. Sie war eine echte englische Schönheit. Aber offenbar war einmal mehr meine Meinung nicht gefragt.

»Dann erzähl mir genau, was du zu Ashington gesagt hast.« Onkel Alfred nahm mir gegenüber Platz und klopfte sich auf die Knie. Er schien eine grandiose Geschichte zu erwarten.

»Es war eigentlich nicht der Rede wert. Die Klatschbasen haben aus einer Mücke einen Elefanten gemacht«, sagte ich und wünschte, ich müsste das nicht noch einmal aufwärmen.

Onkel Alfred gluckste. »Zweifelsohne. Das tun sie immer, meine Liebe, doch ich möchte wissen, was wirklich geschehen ist.«

Mir dämmerte, dass ich um eine Antwort wohl nicht herumkommen würde.

»Ashington kam zu mir und behauptete, auf meiner Tanzkarte der Nächste zu sein, dabei stand er gar nicht darauf. Worauf der Gentleman, der tatsächlich an der Reihe war, sich zu Wort meldete und ich für ihn Partei ergriff.«

Onkel Alfred grinste von einem Ohr zum anderen. Überhaupt blickte er im Unterschied zu meiner Mutter immer so freundlich und gut gelaunt drein. Kaum zu glauben, dass die beiden Geschwister waren. »So ein arroganter Mistkerl! Aber du hast ihm den Kopf zurechtgerückt!«

»Ja, das war arrogant, nicht wahr?« Die Bestätigung durch meinen Onkel freute mich.

»Allerdings! Treib ihm die Flausen aus dem Kopf. Er braucht sich nicht einzubilden, mit einem Titel könnte er sich alles erlauben!« Onkel Alfred stand auf und klopfte mir auf die Schulter. »Gut gemacht, Mädel, gut gemacht!«

Ich empfand ein seltsames Gefühl des Stolzes und der Anerkennung. So etwas war mir neu, und ich war unsicher, wie ich es beschreiben sollte. Weder meine Mutter noch mein Vater hatten jemals auch nur annähernd etwas derartig Nettes zu mir gesagt. Ich kämpfte gegen Tränen an. Bloß nicht gefühlsduselig werden! Das war schwach und töricht. Ich war beides nicht.

Der Butler erschien in der Tür. »Ein gewisser Mr Fletcher ist hier, um Miss Bathurst die Aufwartung zu machen.«

Mein erster Gedanke war, dass Tante Harriet immer noch

barfuß war. Mein zweiter der, dass der erste Gentleman, der zu Besuch kam, zumindest ein angenehmer Zeitgenosse war, selbst wenn er als Ehegatte für mich nicht infrage kam. Doch immerhin war er freundlich, lächelte aufrichtig und machte nicht viel Worte.

»Oha, mein Stichwort, mich zu verziehen«, rief Onkel Alfred. »Genießt den Morgen, meine Damen!« Er wandte sich zum Gehen. »Fletcher!«, grüßte er diesen im Vorbeigehen noch.

»Sir«, erwiderte Fletcher nervös.

Ich war mir nicht sicher, ob diese Situation noch unangenehmer werden konnte, es sei denn, Tante Harriet beschloss, sich ein weiteres Konfektstück im Ganzen in den Mund zu schieben. Ich sah verstohlen zu ihr.

Doch Tante Harriet schlüpfte nur hastig in ihre Schuhe, und ich schwankte, ob ich darüber erleichtert oder enttäuscht sein sollte. Es hätte eine interessante Anekdote für Whitney abgegeben, wenn sie barfuß geblieben wäre. Als Mr Fletcher den Salon betrat, faltete ich rasch den Brief zusammen und gab ihn meiner Tante zurück.

»Guten Tag, die Damen«, sagte er und lächelte übertrieben fröhlich. Er kam mir für einen schlichten Besuch viel zu nervös vor. Dazu umklammerte er eine Handvoll Wildblumen, die aussahen, als wären sie gerade erst in einem Garten geschnitten worden. »Für Sie!« Unbeholfen streckte er sie mir entgegen.

»Oh, danke, wie reizend!«, entgegnete ich.

Tante Harriet sprang auf und eilte an meine Seite. »Ich lasse sie ins Wasser stellen. Bitte, Mr Fletcher, nehmen Sie doch Platz. Soll ich nach einem Tee läuten?« Meine Tante klang ebenso nervös wie Mr Fletcher.

So allmählich wurde die Situation amüsant. Vielleicht war er mein einziger Besucher heute, und falls ja, dann wäre das eine Erleichterung *und* eine Enttäuschung zugleich. Die Aussicht, kein weiteres sinnloses Gespräch führen zu müssen, war verlockend, andererseits war ich hier, um einen Ehemann zu finden. Und in der Hinsicht kam Mr Fletcher nun einmal nicht in Betracht – und das nicht nur, weil er ein begeisterter Jäger war.

»Ein Tee wäre …«, begann Mr Fletcher, wurde aber leider vom Butler unterbrochen.

»Lord Ashington möchte Miss Bathurst seine Aufwartung machen«, verkündete dieser nämlich, und meine Belustigung verflog schlagartig.

Mein Blick streifte Mr Fletcher. Sein plötzlich so blasses Gesicht legte nahe, dass ihm an einer weiteren Begegnung mit dem Earl of Ashington nicht gelegen war. Dem konnte ich nur beipflichten. Hätte man mich gefragt, wen ich heute Morgen zu Besuch erwartete, hätte es Lord Ashington gewiss nicht auf die Liste geschafft. Eigentlich hätte unser kurzes Zusammentreffen auf dem gestrigen Ball doch dazu führen müssen, dass er fortan einen weiten Bogen um mich machte!

Der Earl of Ashington schritt in den Salon, als wäre er ein Mitglied des Königshauses, und ein äußerst attraktives noch dazu. In der rechten Hand hielt er einen übergroßen Strauß strahlend blauer Hyazinthen. Umwerfende Blumen, so üppig und doch erlesen, dass Whitney in Verzückung geraten wäre. Ich machte mir in Gedanken eine Notiz, sie ihr später in einem Brief ausführlich zu beschreiben.

»Lord Ashington!«, begrüßte ihn Harriet viel zu enthusiastisch und knickste nicht nur einmal, sondern gleich zweimal. Vielleicht in der Hoffnung, so würde es sich angesichts seines hohen gesellschaftlichen Rangs geziemen? Jedenfalls war nicht zu übersehen, dass sie sich über seinen Besuch freute und ziemlich aufgeregt war. »Willkommen in unserem Hause. Bitte nehmt doch Platz.« Ausnahmsweise einmal belustigte es mich nicht, dass meine Tante ihre Mimik so gar nicht im Griff hatte.

Mr Fletcher war sein Unbehagen anzusehen. Doch was konnte

ich dagegen tun? Eigentlich gab es keinen Grund für mich, den Earl of Ashington nicht zu mögen. Dass er davon ausgegangen war, ich würde ihm bereitwillig den Platz eines anderen auf meiner Tanzkarte überlassen, erstaunte keineswegs. Die meisten Debütantinnen hätten sicher nichts lieber getan als das. Und doch missfiel mir seine Arroganz, so viel stand fest.

Lord Ashington schenkte meiner Tante ein Lächeln, das sie gewiss an den Rand einer Ohnmacht brachte, und streckte ihr die Hälfte der Hyazinthen entgegen. »Für Sie, Mylady!« Unvermittelt begriff ich, dass es sich nicht um einen großen Strauß handelte, sondern um zwei. Er hatte auch einen für meine Tante dabei. Etwas, das Mr Fletcher versäumt hatte. Armer Mr Fletcher, dachte ich, als ich sah, wie er rot anlief.

Lord Ashington überreichte meiner Tante die für sie bestimmten Blumen. Wie rücksichtsvoll von ihm, an sie zu denken! Zugegeben, ein Gutteil meiner Abneigung von unserer Begegnung am Vorabend schwand dahin, wenn auch nicht ganz.

»Oh, Lord Ashington, die sind wunderschön. Wie bezaubernd von Euch, danke schön!« Ich beobachtete, wie sich meine Tante über die Blumen erging, und richtete meine Aufmerksamkeit dann auf den Earl of Ashington. »So sieht man sich wieder, Lord Ashington!« Mein Lächeln kam von Herzen. Immerhin hatte er meine Tante gerade in Hochstimmung versetzt und verdiente eine angemessene Begrüßung.

»Miss Bathurst«, antwortete er mit einer angedeuteten Verbeugung in meine Richtung. »Ich fürchte, die Blumen verblassen im Vergleich zu Ihrer Schönheit am heutigen Morgen. Ich hätte eine exotischere Blume wählen sollen, doch ich suchte sie ihrer Farbe wegen aus. Sie erinnerte mich an Ihre Augen.«

Hübsch gesagt, Lord Ashington, dachte ich im Stillen. Na bitte, wenn er wollte, konnte er richtig charmant sein! Das nahm der Begegnung am vergangenen Abend … den Stachel.

»Die Blumen sind wirklich wunderhübsch. Ich glaube nicht, dass sich eine exotischere Pflanze mit ihrer Schönheit messen könnte.«

Er trat näher und hielt mir den zweiten Strauß entgegen.

»Es freut mich, dass sie Ihnen gefallen«, erwiderte er und hielt meinen Blick einen Moment länger fest als angemessen. »Mir wurde gesagt, diese Blume sei die gefälligste.«

Unfähig, nicht über die Blumen in meiner Hand zu lächeln, sah ich wieder zu ihm auf. »Damit hatte Eure Auskunftsperson absolut recht.«

Die aufrichtige Freude in seinem Gesicht weckte meine Neugier. Er schien fast stolz auf die Person zu sein, die die Blumen vorgeschlagen hatte. Ich hätte ihn so gerne gefragt, wer ihm dazu geraten hatte, versagte es mir aber. Es hätte unhöflich gewirkt, und ich befürchtete, viele der amerikanischen Wesenszüge meiner Tante färbten allmählich auf mich ab. Unverhohlene Neugier war einer davon.

»Mr Fletcher.« Lord Ashington wandte sich dem anderen Gast im Raum zu, der seit der Ankunft Lord Ashingtons geschwiegen hatte.

»Lord Ashington«, erwiderte dieser mit einem Nicken, erhob sich und rang nervös die Hände. »Ich muss mich leider auf den Weg machen. Es war wie immer schön, Sie zu sehen, Miss Bathurst. Ich sehe unserer nächsten Begegnung mit Freude entgegen. Vielleicht ja auf dem Gallagher-Ball.« Er verhaspelte sich fast, so schnell sprach er. Das Zittern seiner Stimme hörte man dennoch heraus.

»Ja, dort sehen wir uns. Ich danke Ihnen nochmals für die schönen Blumen und Ihren Besuch.« Er tat mir leid, gleichzeitig fand ich es reichlich armselig, dass er angesichts jedes noch so kleinen Hindernisses sofort die Flucht ergriff.

Ich sah, wie er Lord Ashington noch einmal zunickte und dann zur Tür huschte. Wie konnte er nur! Es wirkte alles andere als attraktiv. Jemand musste ihn unter seine Fittiche nehmen und ihm beibringen, selbstsicherer aufzutreten oder zumindest Selbstsicherheit vorzugeben. Er war ein netter Mann und könnte eine gute Partie abgeben, wenn er nur mehr Rückgrat zeigen würde.

Kurz bevor Mr Fletcher hinausgehen konnte, trat der Butler in die Tür.

»Ein Mr Nicholas Compton ist hier, um bei Miss Bathurst vorzusprechen«, verkündete er.

Ich hätte schwören können, dass ich Mr Fletcher nach Luft japsen und dann husten hörte, als würde er stranguliert, bevor er sich mit großer Hast am Butler vorbeischob. Offenbar lag Mr Fletcher an Mr Compton ebenso wenig wie am Earl of Ashington.

»Ach herrjemine«, hörte ich Tante Harriet viel zu laut flüstern, als dass es noch als Flüstern hätte durchgehen können. Genau da erinnerte ich mich an den Klatsch, von dem sie mir auf dem Ball erzählt hatte, kurz bevor ich Mr Compton auf dem Balkon begegnet war.

In der Tat: Ach herrjemine …

7. KAPITEL

Mr Nicholas Compton

Man könnte behaupten, ich hätte meinen Bruder im Haus der Wellingtons nicht erwartet, doch so ganz stimmte das nicht. Dafür kannte ich ihn einfach viel zu gut. Eigentlich sollte Ashington bei Miss Ramsbury am Grosvenor Square vorsprechen. Doch für Schönheit hatte auch er eine Schwäche, und in dieser Hinsicht lief Miss Bathurst Miss Ramsbury nun mal den Rang ab. Ich hatte mich gefragt, wem ich heute Vormittag einen Besuch abstatten würde, wenn ich wirklich auf der Suche nach einer Gattin wäre. Die Antwort lag auf der Hand, und obwohl mein Bruder und ich einander hassten, hegten wir doch oft ganz ähnliche Gedanken. Möglicherweise steckte in mir mehr von meinem Vater, als ich mir eingestehen wollte. Meine Mutter war jedenfalls dieser Meinung gewesen; zumindest hatte sie das mein ganzes Leben lang behauptet.

»Hugh!«, grüßte ich ihn. Er warf mir einen zornigen Blick zu, und ich lächelte belustigt, um mich sodann Miriam Bathurst zuzuwenden. Schließlich war sie der Grund unseres Hierseins, nicht wahr? »Guten Morgen, Miss Bathurst. Sie sind bei Tageslicht nicht weniger atemberaubend als bei Mondschein«, sagte ich, wohl wissend, dass man das von einer Dame der Gesellschaft durchaus nicht immer behaupten konnte. Ich hatte sechs gelbe Rosen für sie dabei, die ich in der linken Armbeuge trug, während ich in der rechten Hand das für ihre Tante gedachte Sträußchen hielt. Wollte man die Dame beeindrucken, musste man der Mutter schmeicheln oder in diesem Fall der Tante. Eine Weisheit, die mir meine eigene Mutter mit auf den Weg gegeben hatte. Nicht, dass ich jemals versucht hätte, eine Dame mehr zu beeindrucken, als notwendig war, um unter ihre Röcke zu gelangen …

»Welch schönes Haus Sie haben!« Ich überreichte ihrer Tante das Sträußchen.

Diese errötete wie eine Debütantin und bekundete ihr Entzücken über die Blumen. Mit einer leichten Verbeugung wandte ich mich alsdann Miss Bathurst zu und hielt ihr die Rosen hin, die einen ganz zarten Gelbton aufwiesen, wie ich ihn nie zuvor gesehen hatte. Deshalb hatte ich diese Blumen auch ausgewählt. Miss Bathurst war einzigartig und verdiente etwas Einzigartiges. Mochte das Ganze für mich auch nur ein Spiel sein, war Miriam Bathurst dennoch wirklich etwas Besonderes.

»Für Sie«, sagte ich.

Sie lächelte mich zum möglicherweise ersten Mal aufrichtig an, und mir wurde klar, was für eine gefährliche Waffe ihr Lächeln darstellte. Bei der Art, wie ihre Augen angesichts dieser unschuldigen Geste aufleuchteten, wurden meine Knie weich. Hatte ich auf das Lächeln einer Frau schon jemals so reagiert? Hier handelte es sich offenbar um unbekanntes Terrain, wo Vorsicht geboten war.

»Sie sind wunderschön«, sagte sie mit sanfter Stimme. »Vielen Dank.«

Für diese schlichte Erwiderung würde ich ihr in London jede zartgelbe Rose kaufen, derer ich habhaft werden konnte. Allerdings durfte ich eines nicht aus den Augen verlieren: Für den Fall, dass mein Bruder Miss Bathurst zu seiner künftigen Frau erwählte, stellte sie für mich mithin eine Art Spielfigur dar. Doch das im Hinterkopf zu behalten würde sich, wie es aussah, als schwierig erweisen.

»Ich hatte nicht erwartet, jemals zu erleben, wie du jemandem um diese Stunde deine Aufwartung machst.« In Ashingtons Ton schwang eine deutliche Warnung mit.

Ich setzte mein bestes joviales Grinsen auf und begegnete seinem Blick. »Nun, natürlich, ich wüsste nicht, wo ich lieber wäre.«

»Welche Ehre, dass Sie beide uns an diesem schönen Morgen einen Besuch abstatten«, lenkte Lady Wellington, in dem Versuch, die Wogen zu glätten, unsere Aufmerksamkeit voneinander ab. »Bitte nehmen Sie doch Platz, während ich nach dem Tee läute. Martha, unsere Köchin, macht die allerköstlichsten Scones. Die sind Miriams Lieblingsgebäck. Das stimmt doch, Honey?«

Miss Bathurst nickte mit einem amüsierten Glitzern in den Augen. Lady Wellingtons Akzent und ihrer nonchalanten Art nach zu urteilen, mit der sie die Köchin beim Vornamen nannte, war sie offenbar Amerikanerin, was Miriam zweifelsohne unterhaltsam fand. Die meisten Damen wären peinlich berührt oder entsetzt über solch einen Ausrutscher gewesen, sie jedoch nicht. Sie war ihrer Tante eindeutig sehr zugeneigt, und das bewunderte ich. Jedoch würde mein Bruder niemals eine solche Person zur Gattin wählen, selbst wenn ihre Schönheit ihn noch so anzog. Nein, Ashington würde sicherstellen, dass seine Countess genauso dröge und schicklich war wie er.

»Danke, sehr liebenswürdig von Ihnen«, erwiderte ich, als Ashington in Schweigen verharrte.

Lady Wellington schenkte mir ein allzu strahlendes Lächeln, bei dem erschreckend viele Zähne sichtbar wurden, und ich konnte nicht umhin, ebenfalls zu lächeln. Höchst vergnüglich, das Ganze! Gleichwohl war es noch so etwas, das mein Bruder wohl kaum akzeptieren konnte. Die Nichte eines Barons hatte sicher nicht die entsprechende Erziehung genossen, um dereinst Countess zu werden. Und eine, die von ihrer amerikanischen Tante in die Gesellschaft eingeführt wurde wie diese hier schon gleich gar nicht.

Ich ließ meinen Blick zu Miriam wandern und sah, dass sie noch immer mühsam ein Lachen unterdrückte. Ihre vollen rosigen Lippen waren zwar zu einem sanften Lächeln zusammengepresst, doch ihr Blick verriet das Vergnügen, das ihr die Situation bereitete. Sie ließ es ganz und gar an Schicklichkeit mangeln, was mir jedoch über alle Maßen gefiel.

»Ich nehme an, Sie haben nicht erwartet, heute Morgen sowohl von Ashington als auch mir besucht zu werden. Zumindest nicht zur gleichen Zeit. Wie, äh, glücklich Sie sich doch schätzen können«, bemerkte ich schmunzelnd.

Ihr entfuhr ein kleines Kichern, und genau das hatte ich bezwecken wollen. Mehr noch mir als Ashington zuliebe. Im nächsten Augenblick hätte ich mir dafür am liebsten einen Tritt verpasst. Wenn ich zur Demütigung meines Bruders denn schon eine Dame ins Spiel bringen musste, dann wollte ich sie keinesfalls mögen. Womöglich fiel es mir sonst schwer, sie als Spielfigur einzusetzen. Miriam Bathurst stellte fürwahr eine Gefahr dar. Sie konnte mir zu leicht ans Herz wachsen. Umso wichtiger wurde es sicherzustellen, dass Ashington Miss Ramsbury zu seiner künftigen Ehegattin erkor.

Verstohlen schaute ich, wie Ashingtons Reaktion auf diese wahrlich unschickliche Seite von Miss Bathurst ausfiel.

Seiner Miene vermochte man nichts zu entnehmen – wie so oft. Der Mann war genauso schwerfällig, wie es unser Vater gewesen war.

»Eine Dame ist sich niemals sicher, wer sie besuchen könnte«, entgegnete Miriam betont bescheiden. Das machte sie recht gut, wurde mir klar. Sofern sie sich bemühte, konnte sie sich vielleicht doch äußerst geziemend verhalten.

Der Tee wurde serviert, und Lady Wellington begann sich

nervös über den Unterschied zwischen mit Marmelade gereichten Gebäcksorten in England und solchen in New Orleans zu ergehen. Ich nutzte die Gelegenheit, um nach Zeichen eines baldigen Aufbruchs meines Bruders Ausschau zu halten. Sicherlich würde er nach dem kurzen Aufenthalt hier Miss Ramsbury seine Aufwartung machen. Gleichzeitig dachte ich darüber nach, wie lange ich meinen Besuch hier ausdehnen konnte. Mir missfiel der Gedanke, dies könnte mein letzter Besuch in diesem Hause sein. Bei noch keinem meiner Besuche bei einer Lady hatte ich mich je so gut unterhalten, andererseits hatte es davon auch nur äußerst wenige Gelegenheiten gegeben. Ich hatte sie mir nicht zur Gewohnheit gemacht. Paris bot weitaus verlockendere Möglichkeiten.

»Besuch für Miss Bathurst, Lord Radcliff«, gab der Butler bekannt, und alle blickten zur Tür, durch die George Radcliff mit einem Lilienstrauß hereintrat. Offenbar hatte Miriam Bathurst bei ihm während ihres Tanzes am gestrigen Abend einen tiefen Eindruck hinterlassen. Entweder das, oder aber seine grenzenlose Neugierde hatte Radcliff hergetrieben.

Lady Wellington sprang vom Sofa auf, und auch Miriam erhob sich.

»Willkommen, Lord Radcliff, wir wollten gerade Tee trinken. Ich werde nach einem zusätzlichen Gedeck läuten. Bitte gesellen Sie sich doch zu uns.«

»Das wird nicht nötig sein«, unterbrach Ashington sie und erhob sich. »Ich muss mich auf den Weg machen und überlasse Radcliff meinen Platz.« Er wandte sich an Miriam. »Vielleicht auf ein andermal, wenn Sie nicht derart … von Besuchern bestürmt werden.«

Die meisten Damen hätten alles getan, um Ashington zum Bleiben zu bewegen, doch Miss Bathurst enttäuschte mich nicht. Sie nickte lediglich und sagte mit einem Lächeln nichts weiter als: »Natürlich.«

Hierauf ging sie auf Radcliff zu, um ihm die Blumen abzunehmen und ihn ebenfalls einzuladen, sich zu uns zu gesellen. Meine Aufmerksamkeit galt jedoch meinem Bruder, der sich unterdessen mit der überschwänglichen amerikanischen Tante befasste, die hin- und hergerissen zu sein schien, ob sie über seinen Aufbruch besorgt sein sollte oder nicht.

Ashington konnte den Salon gar nicht schnell genug verlassen, und ich lehnte mich hochzufrieden in meinem Sessel zurück. Er würde nicht noch einmal hierherkommen. Auch wenn man Miss Bathursts Schönheit in der Tat Bewunderung zollen musste, wusste ich, dass sich mein werter Bruder an ihrem unerwartet geringen Interesse an seiner Person stoßen musste. Bei seinem Abschied hatte sie ja fast erleichtert gewirkt! Ich nahm die Tasse Tee, die man mir serviert hatte, und verbarg mein zufriedenes Grinsen, indem ich einen Schluck von dem heißen Getränk nahm.

Meine Aufgabe hier war erledigt, und das ganz ohne großen Einsatz meinerseits. Miriam Bathurst und ihre Tante hatten das alles ganz wunderbar gedeichselt. Vielleicht würde ich mir eine Ausrede einfallen lassen, um noch einmal herkommen und ihre Gesellschaft genießen zu können. Noch nie hatte ich mich in London derart gut unterhalten und verspürte zugegebenermaßen gar nicht den quälenden Drang, mich aus dem Staub zu machen wie sonst so oft. Der Gedanke an Paris hatte einiges an Reiz verloren.

8. KAPITEL

Miss Miriam Bathurst

Einen Spaziergang im Park mit Mr Compton konnte man höchstwahrscheinlich als die Verschwendung eines Nachmittags betrachten, der ansonsten recht angenehm hätte werden können, doch als er angefragt hatte, war Tante Harriet so aus dem Häuschen gewesen, dass ich befürchten musste, sie würde vor unseren Gästen in Tränen ausbrechen, wenn ich ihm die Bitte abschlug. Während Lord Ashington meiner Gesellschaft gar nicht schnell genug hatte entkommen können, war Mr Compton selbst dann noch geblieben, als drei weitere Gentlemen abermals mit Blumen angerückt waren. Es war nur angemessen, dass ich sein Angebot für einen Nachmittagsspaziergang annahm.

Überdies konnte es meine Chancen, einen Ehemann zu finden, nur erhöhen, wenn man mich mit ihm sah. Er war zwar kein Earl, aber immerhin der zweite Sohn eines Earls.

Nun stand ich da und beobachtete Tante Harriet dabei, wie sie ein großes Trara um meine Nachmittagsgarderobe machte. Dabei wusste ich mit Bestimmtheit, dass dieser Ausflug nicht der Auftakt zu einer erfolgreichen Ehe sein würde. Wovon sich Tante Harriet aber wohl schwerlich überzeugen ließe. Doch Mr Compton hatte während seines Besuchs zu belustigt und entspannt gewirkt, als dass er ernsthafte Absichten hätte hegen können.

Im Moment hatte meine Tante drei Ausgehkleider auf meinem

Bett ausgebreitet und biss sich besorgt auf die Unterlippe. Sie waren allesamt schön, und ich verstand nicht, warum sie so ein Aufheben darum machen musste.

»Das Grüne wird's!«, verkündete sie schließlich und drehte sich zu mir um. »Darin wirst du aussehen wie ein kostbarer Edelstein!« Vor Freude klatschte sie in die Hände.

Das grüne Kleid war wirklich ausnehmend schön, doch ich fand, ich würde mich darin zu wenig vom Gras und den Bäumen abheben. Nicht, dass es eine Rolle gespielt hätte. Dieser Spaziergang war wie gesagt bei Weitem nicht so wichtig, wie meine Tante glaubte. Bereit, das Ganze hinter mich zu bringen, nickte ich zustimmend. All dieses Getue um ein Ausgehkleid erschien mir albern, andererseits hatte ich nun zusätzlichen Stoff für meinen nächsten Brief an Whitney. Allein der heutige Vormittag würde mindestens zwei Seiten füllen! Tante Harriet hatte sich gar nicht genug darüber auslassen können, dass mir sowohl Lord Ashington als auch Mr Compton ihre Aufwartung gemacht hatten. Sie hielt das für ein großartiges Zeichen und schwärmte, das Glück müsse mir hold sein.

Statt mich in eine Fantasie- und Märchenwelt zu flüchten, wie sie es gern tat, blieb ich lieber auf dem Boden der Tatsachen. Mir kam das Ganze seltsam vor, ja, vielleicht sogar inszeniert. Ganz offenkundig war Lord Ashington über den Anblick seines Bruders wenig erfreut gewesen, der wohl die treibende Kraft hinter dieser Farce war. Sein verschmitztes Grinsen und der Ausdruck seiner Augen, mit denen er seinen Bruder musterte, waren mir nicht entgangen.

Wenn ich schon einen kurzweiligen Nachmittag mit meinen Büchern für einen Parkspaziergang aufgeben musste, dann sollte sich das für mich zumindest insofern lohnen, als ich ihn persönlich fragen konnte, was er im Schilde führte. Außerdem würde ich ihn bitten, mich künftig aus dem Spiel zu lassen. Noch mehr

Aufregung vertrug die arme Tante Harriet nicht. Hoffentlich hielt sie im Park genügend Abstand, damit sie von unserem Gespräch nichts mitbekam.

»Bist du auch der Meinung, dass das grüne Kleid das richtige ist?« Ihre Frage erinnerte mich daran, dass wir gerade ein – wenn auch ein wenig einseitiges – Gespräch führten.

»Ja, ich glaube, du hast recht. Wie immer.« Ich versuchte zu lächeln, doch es gelang mir nicht recht.

Sie bemerkte, dass ich Mühe hatte, mich zu freuen, trat zu mir und drückte mir sanft die Schultern. »Ach, freu dich doch, Liebes. Du empfindest so wenig Freude in deinem Leben, und ich wünschte, ich könnte dir ein wenig auf die Sprünge helfen. Als ich jünger war, träumte ich von einer Schönheit wie der deinen. Du besitzt sie, und doch bringt sie dich nicht zum Lächeln!«

Während sie es traurig fand, dass ich mich nicht über mein Äußeres freute, fand ich es tragisch, dass Damen der Schönheit so viel Bedeutung beimaßen. Sollte ausgerechnet das mich glücklich machen? Etwas von eher flüchtiger Natur? Mein Leben würde weitergehen, wenn meine Schönheit längst verflogen wäre. Sollte ich mein Glück nicht in etwas Handfesterem suchen? Diese Gedanken quälten mich schon seit Jahren, doch ich wusste, sie gegenüber meiner Tante zu äußern, wäre genauso sinnlos wie gegenüber meiner Mutter. Sie würden es nicht verstehen.

Vielleicht lag es daran, dass ich in einem Elternhaus groß geworden war, in dem mein Vater offen sein Missfallen über mich zum Ausdruck brachte, selbst wenn meine Mutter mich für noch so schön hielt.

»Du brauchst keinen Mann zu heiraten, den du nicht magst. Das weißt du doch, oder?« Meine Tante legte die Hand auf meine Wange. »Die Wahl liegt bei dir, Honey. Wir haben es nicht eilig, dich loszuwerden«, fügte sie mit einem verschmitzten Lächeln hinzu. »Ich wollte immer Kinder haben, wurde aber nie mit einem gesegnet. Du bist die Tochter, die ich nicht haben konnte. Ich genieße es so, dass du hier bist. Du brauchst dich unseretwegen nicht zu beeilen. Für deine Mutter und deine Schwester ist vorerst gesorgt, und Alfred wird sicherstellen, dass sie weiter ein Auskommen haben. Lass dir Zeit, Honey. Genieße den Moment.«

So tröstlich ihre Worte auch waren, sie änderten nichts daran, dass ich mich irgendwann für einen Ehemann entscheiden musste. Onkel Alfred sorgte zwar für meine Mutter und meine Schwester, aber ewig konnten wir auch nicht auf seine Kosten leben. Nein, ein Ehemann musste her. Und zwar ein passender, der nicht nur meine Familie versorgte, sondern Whitney auch die benötigte Operation ermöglichte.

Ich schaffte es zu nicken und legte meine Hand sanft auf die meiner Tante. »Vielen Dank. Ich werde dir und Onkel auf immer für alles dankbar sein, was ihr für uns getan habt.«

Meine Tante legte lächelnd den Kopf schräg, sodass ihr die dunklen Locken über die Schulter fielen. »Du bereitest uns so viel Freude. Ich wünschte, wir könnten dasselbe für dich tun.«

Gewissensbisse, dass ich keine Freude über die Aussicht auf eine Ehe empfinden konnte, überkamen mich. Ich wünschte, ich könnte mich an alledem erfreuen, was sie für mich taten. In Zukunft würde ich mich mehr bemühen, dankbar zu erscheinen. Es würde mir schon kein Stein aus der Krone fallen, wenn ich öfter einmal lächelte. Das war das Mindeste, was ich für meine Tante tun konnte.

»Das hast du«, versicherte ich ihr. »Und jetzt hör auf, dir meinetwegen so viele Gedanken zu machen. Ich bin vollkommen glücklich.« Das war eine Lüge, und das wussten wir beide auch.

Seufzend lächelte meine Tante mich traurig an und nickte. »Ich werde nach Betsey schicken.«

Sobald meine Tante das Zimmer verlassen hatte, stieß auch ich einen tiefen, traurigen Seufzer aus und sank auf das Sofa. Wenn es nach den Maßstäben der Londoner Gesellschaft ging, konnte ich den heutigen Tag als Erfolg verbuchen. Immerhin hatten mir mehrere aussichtsreiche Ehekandidaten ihre Aufwartung gemacht. Tante Harriet hatte recht, ich sollte Freude oder zumindest Erleichterung empfinden. Ich blickte aus dem Fenster und sah unten auf der Straße andere Damen der feinen Gesellschaft entlangflanieren. Wenn ich meine Zukunft einfach akzeptierte, wäre alles viel leichter.

Als Betsey die Tür zu meinem Schlafzimmer öffnete, startete ich meinen Versuch, inmitten einer sicherlich sehr tragischen Situation mein Glück zu finden.

»Miss, bereit fürs Ankleiden?«, fragte Betsey mit einem leichten Nicken des blonden Kopfes.

Ich setzte ein strahlendes Lächeln auf und erhob mich. »Ja, bitte, Betsey. Putze mich so gut heraus wie nur möglich. Mr Compton ist einer der begehrtesten Junggesellen Londons, habe ich gehört.«

Betsey kicherte. »O ja, das ist er, Miss, und er sieht dazu noch schrecklich gut aus!«

Diesmal war mein Lächeln echt. Ja, Mr Compton sah wirklich gut aus, beinahe schon zu gut, und das wusste er auch. Zudem war er ganz sicher nicht auf der Suche nach einer Frau. Wenn man so viel Zeit mit Lesen verbrachte wie ich, bemerkte man mehr und redete weniger. Ich war eine aufmerksame Beobachterin und wusste genau, dass Nicholas Compton irgendetwas im Schilde führte.

»Dir gefällt sein saloppes Aussehen also?«, neckte ich sie.

Betsey errötete heftig, sodass sich ihre Wangenknochen nun durch runde rote Flecken von ihrer ansonsten blassen, sommersprossigen Haut abhoben. »Ja, Miss. Ich finde, er sieht zum Anbeißen aus, und da bin ich beileibe nicht die Einzige!«

Darüber musste ich lachen. Sie hatte ja recht. Auch wenn ich nicht unbedingt auf einen Antrag von Nicholas Compton aus war, musste man ihm doch lassen, dass man ihn fast schon als schön bezeichnen konnte. Was ich Betsey allerdings nicht auf die Nase band. Dienstmädchen tratschten, und das war nichts, was in den Londoner Haushalten die Runde machen sollte.

»Betsey, glaubst du, dass ich mich zu wenig von der Rasenfläche abheben werde«, fragte ich, als sie das von meiner Tante gewählte grüne Kleid aufhob.

Als hätte ich in fremden Zungen gesprochen, sah Betsey mich stirnrunzelnd an. »Nein, Miss. Sie werden bestimmt bezaubernd aussehen. Das tun Sie doch immer. Kommen Sie, wir richten Sie her, damit sich dieser Mr Compton in Sie verliebt.«

Beinahe hätte ich laut losgelacht. Aus voller Kehle.

Wenn ich mir in einem Punkt sicher war, dann in dem, dass Nicholas Compton kein Gentleman war, der sich verliebte, zumindest nicht in nur eine Frau. Vielleicht, so glaubte ich, liebte er ja uns alle.

9. KAPITEL

Mr Nicholas Compton

Mehr als einmal hatte ich meine Beweggründe für diesen Ausflug hinterfragt. Zusammen mit Miriam Bathurst im Park oder anderswo gesehen zu werden reichte aus, um die Gerüchteküche mehr als nur ein bisschen anzuheizen. Noch vor Anbruch der Dunkelheit würde mein Bruder davon erfahren, wenn nicht schon früher. Allerdings war ich mir nicht sicher, ob Ashington überhaupt noch vorhatte, Miss Bathurst den Hof zu machen. Nach genauerer Überlegung hielt ich das für höchst unwahrscheinlich. Dennoch hatte ich sie zu einem Spaziergang eingeladen …

Inzwischen war mir zu Ohren gekommen, dass Ashington den Rest des Vormittags im Wohnhaus der Ramsburys verbracht hatte. Lady Ramsbury war es ein großes Anliegen gewesen, dass jeder davon erfuhr. Angefeuert durch Visionen ihrer Tochter als Countess, plante sie im Geiste fraglos bereits eine prachtvolle Hochzeit. Wie lange es wohl dauerte, bis zu ihr durchdrang, dass sich Ashington entschieden hatte, zunächst Miss Bathurst zu besuchen? Ein Gedanke, bei dem ich schmunzeln musste.

Mit diesem Wissen hätte ich nach meinem Abschied von Miriam und ihrer herzerfrischenden Tante dort ebenfalls meine Aufwartung machen sollen, wenn ich ihm weiterhin einen Strich durch die Rechnung machen wollte. Ich hatte jedoch nichts dergleichen getan. Nun unternahm ich stattdessen etwas mit Miss Bathurst, und das ohne Grund! Ashington würde sich wohl kaum die Zeit nehmen, um Miriam besser kennenzulernen, sollte er wahrhaftig auf der Suche nach einer Countess sein. Miriam Bathurst erfüllte die damit verbundenen Voraussetzungen schlichtweg nicht. Sie würde sich nicht in das gesellschaftliche Korsett der tonangebenden Kreise Londons zwängen lassen. Genau das gefiel mir aber an ihr, und verflixt, ich genoss ihre Gesellschaft. Was war schon dabei? Auch wenn ich nicht die Absicht hegte, ihr einen Antrag zu machen, konnte ich ihre Gesellschaft doch trotzdem genießen.

Allerdings würde es mir nicht leichtfallen, mich mit Lydia Ramsbury zu befassen, nachdem ich Zeit mit Miriam verbracht hatte. Aber genau das würde ich tun. Schließlich war mein Ziel nicht, eine Braut zu finden, sondern Ashington zu demütigen. Bei dem Gedanken zuckte ich zusammen und zwang mich, den heutigen Ausflug als einmaliges kurzweiliges Ereignis zu betrachten.

Dabei hatte ich nicht bedacht, dass mir bei Miss Bathursts Anblick der Atem stocken würde. Wie hatte sie das angestellt? Sie sah berückend aus! Eine derartige Schönheit brachte einen Mann dazu, Dummheiten zu begehen. Ich hatte schon viele schöne Frauen kennengelernt und sie mit Freuden genossen, doch an dieser Frau war irgendetwas anders. Es war, als wäre sie ein Magnet, der einen unweigerlich anzog. Und sei es auch nur, um sie einen Augenblick lang zu bewundern.

»Guten Tag, Mr Compton. Es freut mich, dass wir für einen Spaziergang im Park so ausnehmend gutes Wetter haben«, sagte Lady Wellington mit ihrem übertriebenen Lächeln. »Ich hätte mich heute höchst ungern in eine Kutsche sperren lassen.«

»Auch ich bin froh darüber«, versicherte ich ihr und zwang mich, ihren Blick zu erwidern, anstatt Miriam Bathursts Anblick in mich einzusaugen. »Man kann sich in der Tat glücklich schätzen, wenn man die Gelegenheit bekommt, ein so herrliches Wetter mit wahren Schönheiten an seiner Seite zu genießen.«

Lady Wellington lief rot an und wedelte mit einer ihrer behandschuhten Hände geschmeichelt in meine Richtung. »Ach was. Es gibt hier nur eine Schönheit – Miriam!«

Ich blickte zu Miriam, die mich so aufmerksam musterte, als würde sie meine Gedanken lesen. Auf ihren Wangen fand sich weder eine Spur von Farbe noch ein schüchternes Lächeln auf ihren vollen Lippen. Meine Schmeicheleien hatten sie völlig kaltgelassen. Stattdessen schien sie mich zu taxieren, als versuchte sie, meine Worte einzuschätzen und meinen Wert. Eine höchst interessante Frau! Es würde schwer sein, sich von ihr fernzuhalten.

»Sie ist eine Augenweide«, stimmte ich ihrer Tante zu, löste meinen Blick aber nicht von ihr.

Miriam bedachte mich mit einem kleinen Lächeln, aber in ihren Augen blitzte nicht etwa Freude auf, sondern Schalk. Als wäre das Ganze ein Spiel und sie ein Teil davon. »Danke«, erwiderte sie. »Seien Sie versichert, dass ich das allein der talentierten Schneiderin verdanke.«

Ihr smaragdgrünes Ausgehkleid war in der Tat umwerfend, doch an ihm lag es nicht. Selbst in Lumpen wäre Miriam Bathurst noch ein Augenschmaus gewesen. Die funkelnde Intelligenz in ihren Augen und die selbstbewusst gestrafften Schultern reichten, um die Aufmerksamkeit eines jeden Mannes auf sich zu ziehen. Doch in der Form ihres Kinns, dem Schwung ihrer Lippen, der Schräge ihrer Augen und der kleinen Nasenspitze zeigte sich wahre, schlichte Schönheit. Sie war makellos, all ihren Einwänden zum Trotz.

»Mr Compton, sparen Sie sich Ihre Komplimente. Sie hat ein falsches Bild von sich, fürchte ich.« Lady Wellington schüttelte missbilligend den Kopf, während Miriam so tat, als höre sie das

Lamento ihrer Tante nicht. »Ich versuche, sie dazu zu bringen, genau in den Spiegel zu schauen, aber sie sieht nicht, was wir anderen sehen. Ich habe entschieden, dass es ein Jammer und Segen zugleich ist.«

Zu gern wäre ich mit Miss Bathurst allein gewesen, um sie darüber ausfragen zu können. Warum sah sie nicht, was andere sahen? Zudem hätte ich zu gern die Porzellanhaut ihrer Wange berührt und meine Lippen auf ihre gedrückt, um zu sehen, ob sie sich so voll und prall anfühlten, wie sie aussahen. Doch nichts davon würde geschehen, denn das würde all meine Pläne über den Haufen werfen. Ich hatte in meinem Leben schon genug Lust erlebt, um dieser Versuchung zu widerstehen. Selbst wenn es die süßeste Verlockung war, die sich mir je in den Weg gestellt hatte.

»Zu schade«, sagte ich so leise, dass nur Miriam es hören konnte, und bot ihr meinen Arm. »Sollen wir?«

Nach einem kurzen Blick auf meinen Arm hakte sich Miriam bei mir ein.

»Ich werde einfach den schönen, warmen Tag genießen und genügend Abstand halten, damit ihr ein bisschen unter euch sein könnt«, erklärte Lady Wellington mit einem Lächeln in der Stimme. Ich bekam Gewissensbisse, weil ich Miriams Tante falsche Hoffnungen machte. Der heutige Tag würde zu nichts führen. Miss Bathurst schien über unseren Spaziergang nicht so erfreut zu sein wie ihre Tante, insofern war ich, was sie anging, von meinen Schuldgefühlen befreit. Dafür plagte mich Neugier. In London gab es keine andere junge Dame, die sich nicht über meine Aufmerksamkeiten gefreut hätte. Diese hier jedoch nicht.

Wir gingen eine kurze Zeit schweigend in Richtung des Parks. Vielleicht hätte ich Konversation machen sollen, aber ich wollte, dass Miss Bathurst als Erste das Wort ergriff. Schließlich hatte sie seit meiner Ankunft bei ihr noch kaum etwas von sich gegeben.

»Warum haben Sie diese Einladung ausgesprochen?«, brach sie tatsächlich bald das Schweigen.

Ich sah zu ihr herab und grinste. Was Konversationen anging, enttäuschte sie nie. Sie waren grundsätzlich interessant. Gespräche über das Wetter und Bälle waren nichts für Miriam Bathurst. Sie kam sofort auf den Punkt. Direkt wie ein Mann und, verflixt noch mal, wenn das nicht lustig war!

»Ich hätte angenommen, das wäre offensichtlich. Ich genieße Ihre Gesellschaft.«

Darauf hob sie den Kopf und sah zu mir auf. »Wirklich?« Sie sah aus, als hielte sie mich für reichlich beschränkt, wenn ich glaubte, dass sie mir diese Behauptung abnehmen würde.

»Wer würde das nicht? Sie sind entzückend. Langweilig oder sittsam hingegen nicht. Was Sie in meinen Augen faszinierend macht.«

Sie richtete ihren Blick wieder nach vorn. »Ach ja? Nun, ich glaube eher, Sie führen etwas im Schilde.«

Sie war intelligent, ohne Zweifel. Aber dass sie mich derart gut durchschauen würde, hatte ich dann doch nicht erwartet.

»Wie kommen Sie denn darauf?«, fragte ich so eilig wie verräterisch. Sie hatte mich so überrumpelt, dass mir keine andere Antwort einfiel.

Nach kurzem Zögern sah sie wieder zu mir auf. Diese Augen – so voller Scharfsinn und Durchblick. In ihnen glommen keine Hoffnungsfunken wie bei den meisten Damen der feinen Gesellschaft. Sie hegte keine Träume von Titeln, die Ansehen und Macht versprachen.

»Ihre Augen sagen viel über Sie aus, Mr Compton. Genauso wie die Ihres Bruders es über ihn tun. Ich amüsiere Sie, und nur deshalb sind wir heute auch unterwegs. Eine kurzzeitige Faszination, weiter nichts. Was Sie oder Lord Ashington angeht, mache ich mir keine Illusionen. Ich bin meiner Schwester zuliebe nach

London gekommen und tue alles für ihr künftiges Glück. Auf irgendwelche Spielchen, auf die Sie aus sein mögen, habe ich keine Lust. Außerdem habe ich auch schlicht nicht die Zeit dafür.«

Solche Worte, ganz unverblümt und ohne Wimperngeklimper oder kokettes Lächeln ausgesprochen, hatte ich noch nie aus dem Munde einer Dame vernommen. Zumindest nicht in London.

Ich warf ihr einen raschen Blick zu. »Und Sie kommen auch sicher nicht aus Paris?« Natürlich kannte ich die Antwort, aber ihre freimütige Art erinnerte mich daran, warum ich dieser Stadt so sehr den Vorzug gab.

Miss Bathurst schmunzelte und straffte sich noch mehr als zuvor, sofern das möglich war. »Danke«, erwiderte sie lediglich.

»Sehr gern geschehen, aber wofür der Dank?«, fragte ich nach kurzem Zögern und runzelte die Stirn.

Miss Bathurst lächelte selbstzufrieden, etwas, das ich von ihr nie erwartet hätte. Es war fast verrucht – und verdammt reizvoll. Dabei hatte sie es gar nicht nötig, noch reizvoller zu erscheinen. Und doch lächelte sie auf eine Art, dass einem Mann knieweich werden konnte. »Es gibt so vieles, was ich mir nicht wünsche, Mr Compton. Wie etwa zu den vielen einfältigen englischen Damen zu gehören, die auf einen Ehegatten aus sind.«

Und doch war sie für diese Saison hier in London und tat genau das. »Korrigieren Sie mich, wenn ich falschliege, aber Sie sind doch wegen des Heiratsmarktes in London, richtig?«

Sie seufzte, und ihre Schultern sanken eine Spur. »Natürlich. Was aber nicht heißt, dass ich so sein will wie die anderen oder auch nur so erscheinen möchte. Einen Ehemann habe ich mir eigentlich nie gewünscht. Das entsetzt Sie vielleicht, ich weiß, aber nicht alle Frauen wollen heiraten. Nicht alle Frauen wollen ihre Freiheit aufgeben, um … um …«, sie hielt inne und winkte in die Richtung der anderen Spaziergängerinnen, »… so zu sein wie die da!«

Ich brauchte mich nicht umzusehen, um zu verstehen, worauf sie anspielte. Miriam Bathurst faszinierte mich, und das schon von dem Augenblick an, seitdem sie meinem Bruder eine Abfuhr erteilt hatte. Sie war eine Ausnahmeerscheinung in einem Meer von Frauen, die sich durch nichts voneinander abhoben.

»Sie sind die faszinierendste Frau, der ich je begegnet bin!«

Sie verzog die Lippen zu einem kleinen Lächeln, und ihre Wangen färbten sich etwas. Ich empfand eine eigenartige Freude, dass ich sie zum Erröten gebracht hatte. Nie hätte ich gedacht, dass ich dazu imstande wäre. Wenn ich nicht aufpasste, durchkreuzte Miss Miriam Bathurst alles, was ich mir vorgenommen hatte.

10. KAPITEL
Der Earl of Ashington

Ich war zu jung dafür. Zu jung für die Bürde, eine passende Gattin finden zu müssen. Oder, Himmel noch mal, war ich einfach zu wählerisch? Woran auch immer es liegen mochte, ich musste meine Prioritäten neu setzen. Emma verdiente eine Mutter, und genau die würde ich ihr beschaffen. Doch dabei gab es noch einige Hürden zu überwinden. Ich starrte in mein Brandyglas, wenngleich ich wusste, dort würde ich die Antworten auf meine Fragen auch nicht finden. Nun, zumindest machte der Brandy mein Dilemma erträglicher.

Durch den heutigen Besuch bei Lydia Ramsbury hatte ich etliche Erkenntnisse gewonnen. Erstens: Sie war eine standesgemäße Lady, die wusste, was von einer Countess erwartet wurde, einen Haushalt zu führen verstand, am Pianoforte glänzte, von freundlichem und sanftem Naturell war und im Übrigen … ganz und gar langweilig. Mit einem Schmunzeln über dieses letzte Eingeständnis nahm ich noch einen Schluck. Eine so unfaire Beschreibung hatte Lydia nicht verdient. Doch meine jämmerliche Entscheidung, heute Vormittag Miss Bathurst aufzusuchen, hatte mich aus dem Konzept gebracht. Eine andere Erklärung gab es nicht.

Wäre Miriam Bathurst nicht so … so kühn und so selbstbewusst und … so verteufelt schön, hätte man sie nach einem Besuch leichter vergessen können. Doch mit ihren Augen, die eine Tiefe zeigten wie die kaum einer Dame sonst in ihrem Alter, machte sie das unmöglich. Sie würde eine lausige Countess und Ehefrau abgeben. Es lag keine Spur von Sanftmut in ihrem Blick. Aber sie war faszinierend und hatte Köpfchen. Das Leben, das ich ihr bieten konnte, würde sie anöden, und Emma brauchte eine Mutter, die ihr ein standesgemäßes Vorbild abgab, damit sie sich in diese Gesellschaft einfügen konnte, ohne Fragen oder Spekulationen aufzuwerfen.

Hinter mir ging die Tür auf, ein Aufschrei ertönte, und dann flitzte etwas Blaues an mir vorbei und verbarg sich eilig hinter den schweren Vorhängen. Ich überlegte, ob ich nachfragen oder einfach auf Alice warten sollte, die ihr bestimmt auf dem Fuße folgen würde. Nachdem ich einen weiteren Schluck Brandy getrunken und das Glas auf dem Schreibtisch abgestellt hatte, erschien sie auch schon in der Tür.

Wie Alice mit verärgerter Miene den Raum absuchte und dann zu mir sah, ließ nur eine Schlussfolgerung zu: Emma machte Ärger. Ein weiterer Grund, warum meine Suche nach einer Ehefrau langsam an Fahrt aufnehmen musste und meine Gedanken an Miss Bathurst verschwendete Zeit waren.

»Wo steckt sie?« Alice stemmte eine Hand in die Hüfte und sah mich so finster an, als hätte ich Emma eigenhändig versteckt. Ich wies in Richtung der Vorhänge, hinter denen genau in diesem Moment ein leises Kichern zu hören war.

»Miss Emma, kommt sofort hinter den Vorhängen hervor!«, befahl Alice. Was hatte das Kind nur wieder angestellt? Etwas Schlimmes offensichtlich. Alice war nicht glücklich, andererseits war sie auch kein glücklicher Mensch.

»Nein!«, rief Emma. Der dichte Stoff dämpfte die Lautstärke.

Alice seufzte frustriert auf. »Ihr solltet doch Euren Namen schreiben!«

»Ich will aber nicht schreiben. Das ist langweilig!«, begehrte Emma gegen ihre Gouvernante auf. »Ich will mein Baby waschen.«

»Ihr habt schon etwas mehr als nur Euer Baby gewaschen. Kommt raus, damit wir Euch umziehen können. Ihr seid doch pitschnass!«

»Sie wollen mich doch nur wieder dazu bringen, meinen Namen zu schreiben!«

Alice warf mir einen Hilfe suchenden Blick zu.

Ich ging zum Fenster hinüber und zog die Vorhänge beiseite, hinter denen sich meine kleine Unruhestifterin versteckte, und Emma kam zum Vorschein, leicht zitternd in einem feuchten blauen Kleid. Das blonde Haar kringelte sich in nassen Locken um ihr Gesicht. »Ja, wen haben wir denn da? Hast du beschlossen, mitsamt deinem Kleid ein Bad zu nehmen?«

Sie schüttelte den Kopf. »N-nein«, sagte sie zähneklappernd. »Ich habe May gewaschen und bin in die Wanne gefallen. Das war k-keine Absicht.«

»Das will ich auch hoffen. Es wäre töricht, mit dem Kleid zu baden und dann nass herumzusausen und sich hinter Vorhängen zu verstecken. Warum war überhaupt Wasser in der Wanne?«, fragte ich und überlegte, wer da wohl seine Pflichten vernachlässigt hatte.

Emma zog die Nase kraus. »Ich habe das Wasser für May selbst einlaufen lassen«, bekannte sie.

»Ich verstehe.« Ich bohrte nicht nach, wer tatsächlich der Puppe ein Bad eingelassen hatte, da ich ahnte, dass Emma denjenigen nicht anschwärzen würde. Das schätzte ich an ihr. Ich streckte ihr die Hand entgegen. »Na komm, du musst dich umziehen und dein Haar trocknen, sonst erkältest du dich noch!«

Emma linste um mich herum. »Sie wird mich zwingen, weiter meinen Namen zu schreiben.« Sie sagte das, als wäre das ein Thema von hoher Brisanz.

»Das will ich doch hoffen. Es wäre fürchterlich, wenn eine junge Dame ihren Namen nicht schreiben könnte.«

Emma sah zu mir auf. »Meinst du wirklich?«

Ich nickte. »Jede Prinzessin, die ich kenne, vermag aufs Schönste ihren Namen zu schreiben.«

Emma ließ sich das durch den Kopf gehen und seufzte dann geschlagen. »Na gut.« Sie ging um mich herum und zockelte zu ihrer Erzieherin. »Kommen Sie, Alice. Trocknen wir mich ab.«

Alice sah erleichtert aus und nickte mir dankend zu.

»Sagt Ihr mir, wer Euch das Bad eingelassen hat?«, wandte sie sich an Emma.

Die schüttelte den Kopf. »Ich fürchte nicht.«

»Das war ja klar«, erwiderte Alice säuerlich.

Schmunzelnd beobachtete ich, wie die beiden mein Arbeitszimmer verließen. Mit Emma wurde es in diesem Haus nie langweilig. Ich hatte so eine Ahnung, wer ihr das Bad eingelassen haben könnte. Ich tippte weniger auf ein Hausmädchen als vielmehr die Köchin, die für die Kleine zweifellos eine Schwäche hatte. Ihr Geheimnis war bei mir gut aufgehoben. Es war ja auch wirklich nichts Schlimmes passiert.

Doch wie würde sich alles ändern, wenn ich erst verheiratet wäre? Würde meine Frau eine Situation wie die eben ähnlich handhaben? Machte ich etwas falsch? Wie würde es die Dynamik zwischen Emma und mir verändern? War es ein Fehler, auf Brautschau zu gehen? So viele Fragen und keine Antworten. Wen hätte ich auch fragen sollen?

Ich stellte mir vor, wie Lydia Ramsbury mit einer ausgebüxten, nassen Emma umging, die sich aus Protest hinter Vorhängen verbarg. Würde Lydia überhaupt mit ihr fertigwerden? Alice war streng, doch selbst sie stieß bei der willensstarken Emma an ihre Grenzen. War es da richtig, nach einer Frau zu suchen, die genau der Vorstellung von einer englischen Lady entsprach? Gewiss, solch eine Verbindung hätte Vorteile, wenn Emma heranwuchs und in die Gesellschaft eingeführt wurde. Aber in der jetzigen Situation? Ich wollte, dass sich Emma ihr Temperament und ihren starken Willen bewahrte. Es war nicht in meinem Sinne, sie zu brechen.

Unwillkürlich erschien vor meinem geistigen Auge ein Bild von Miriam Bathurst. Und ich wusste, sie würde ohne Weiteres mit dem kleinen Wildfang Emma zurande kommen. Miss Bathurst war zwar nicht die Schicklichkeit in Person, aber sie entstammte einer angesehenen Familie, und ihr Name war mit keinem echten Skandal verbunden. Vielleicht war es voreilig von mir gewesen, Miriam als mögliche Kandidatin auszuschließen. Vielleicht war sie genau das, was Emma brauchte. Ihre Vorstellungen eines schicklichen englischen Zuhauses waren weniger strikt als die anderer, und benötigte ich nicht genau das? Je untadeliger eine Frau erzogen worden war, desto unwahrscheinlicher war es, dass sie ein uneheliches Kind als ihr eigenes akzeptieren würde.

Miss Bathurst musste heiraten, um ihre Familie vor der Armut zu bewahren, so verhielt es sich meinen Erkundigungen zufolge zumindest. Ich brauchte eine Mutter für Emma, eine, die bereit war, zu ihrem Schutz Unwahrheiten zu verbreiten. Unwillkürlich wanderten meine Mundwinkel nach oben, und ich griff wieder nach meinem Brandy. Mit einem Mal wirkte der Tag freundlicher. Über den Grund dachte ich lieber nicht genauer nach, denn ich war nicht auf der Suche nach einer Frau, die mich glücklich machte. Sondern nach einer Mutter für Emma. Es gab keinen Grund, Gefühle zu entwickeln. Das wäre verhängnisvoll. Gefühle machten Ehen nur komplizierter. Mehr als Respekt war nicht nötig.

11. KAPITEL

Miss Miriam Bathurst

Einst hatte ich das Tanzen geliebt. Als junges Mädchen war ich mit geschlossenen Augen durch den Raum gewirbelt und hatte mir vorgestellt, in den Armen eines gut aussehenden, jungen Prinzen zu liegen, der mit mir in den Himmel hineintanzte. Die Wirklichkeit jedoch sah anders aus. Es war so ermüdend, einem Gentleman nach dem anderen zuzuhören, wie er sich über sich selbst ausbreitete, als würde er mir ein Stück Land verkaufen wollen. Bei der ersten sich bietenden Gelegenheit floh ich zur Seitentür hinaus auf einen schönen, mit Rosen bepflanzten Innenhof. An seinem linken Rand stand ein Paar und unterhielt sich, in einiger Entfernung dazu sah ich eine ältere Lady – zweifellos die Anstandsdame. Ich stieß einen Seufzer der Erleichterung aus und atmete den berauschenden Rosenduft ein, der die Luft erfüllte.

Auf dem heutigen Ball hatte ich mich ganz darauf konzentrieren wollen, einen passenden Ehegatten zu finden. Ich hatte mir vorgenommen, für alles offen zu sein und mich zu amüsieren. Letzteres bislang mit wenig Erfolg. Stattdessen war man mir auf den Zeh getreten, hatte mir üblen Knoblauchatem ins Gesicht gehaucht, und ich hatte, wenn mich nicht alles täuschte, von einem verheirateten Mann einen unsittlichen Antrag erhalten. Der einzige Lichtblick dieses Abends war, dass weder Mr Compton noch Lord Ashington anwesend waren.

Ich hatte nicht erwartet, dass Lord Ashington mir noch einmal seine Aufwartung machen würde; ein wenig überraschte es mich allerdings, dass es Mr Compton nach unserem Spaziergang auch nicht tat. Nach einem etwas verkrampften Start hatten wir uns beide entspannt und uns ohne Verstellung ehrlich miteinander unterhalten. Über etliche Geschichten, die wir einander erzählten, hatten wir sogar mehr als einmal gelacht! Ja, wider Erwarten hatte mir der Ausflug gefallen. Und meiner Einschätzung nach war es ihm ebenso ergangen.

Offenkundig nicht, dachte ich nun säuerlich. Nicht, dass er der passende Ehegatte gewesen wäre. Dafür war er finanziell nicht gut genug aufgestellt. Was meine Schwester betraf, wohlgemerkt, nicht mich. Schrecklich, wie das klang, selbst wenn ich es mir nur dachte!

Hinter mir kicherte jemand, und als ich mich umdrehte, sah ich, wie zwei junge Frauen in Begleitung einer Dame – vermutlich ihrer Mutter – heraustraten. Eine der beiden hielt ein Glas Limonade in der Hand und wirkte verärgert, die andere hingegen höchst belustigt. Um ihnen ihre Privatsphäre zu lassen, wandte ich meinen Blick wieder den Rosen zu. Vom Sehen her kannte ich alle drei, wenn auch nicht namentlich. Die Verärgerte mit mahagonibraunem Haar hatte heute Abend mit etlichen der Gentlemen getanzt, mit denen auch ich die Ehre gehabt hatte. Sie war zwar keine klassische Schönheit, aber dennoch jemand, der die Männerblicke auf sich zog. Das andere Mädchen war jünger, und es überraschte mich, dass sie schon in die Gesellschaft eingeführt worden war. Mir kam sie zu töricht und unreif für den Heiratsmarkt vor.

»Hör auf zu kichern. Du klingst lächerlich«, mahnte die Ältere der beiden.

»Es verdrießt dich doch nur, dass Lord Ashington nicht gekommen ist«, erwiderte die Jüngere.

»Die Nacht ist noch jung«, warf die Mutter ein, als sei dies tatsächlich das Problem der Tochter.

»Selbst wenn er noch kommt, würde er es sicher nur wegen Lydia Ramsbury tun. Jeder weiß doch, dass er ihr diese Woche seine Aufwartung gemacht hat und mit ihr im Park ausgeritten ist«, meinte das jüngere Mädchen mit sichtlicher Genugtuung.

Ich wollte die Augen verdrehen, andererseits belauschte ich ein Gespräch, das mich nichts anging. Insofern hätte ich über mich selbst die Augen verdrehen sollen.

»Sicher ist da gar nichts«, gab die Mutter in einem Ton zurück, der mich leicht erschaudern ließ.

»Lydia Ramsbury würde eine perfekte Countess abgeben«, räumte das ältere Mädchen widerwillig ein.

»Du nicht minder!«, versetzte die Mutter.

Es war auf dem letzten Ball nicht zu übersehen gewesen, dass Lord Ashington an Lydia Ramsbury interessiert war. Umso überraschender war sein Besuch bei mir am nächsten Morgen. Sein abrupter Aufbruch dagegen nicht. Nicht, dass es von Belang gewesen wäre. Lord Ashingtons Angelegenheiten waren mir völlig einerlei. Mit seiner arroganten Überheblichkeit würde er einen höchst schwierigen Ehemann abgeben.

Da ich das Gespräch nicht länger belauschen wollte, kehrte ich nach einem letzten, tiefen Atemzug in den Ballsaal zurück, wo ich mich nach Tante Harriet umsah. Doch mein Blick blieb an Mr Nicholas Compton hängen. Er war hier und er tanzte ... mit Lydia Ramsbury!

Ich gestand mir das zwar nur ungern ein, aber das ließ mich nicht kalt. Und das, obwohl ich noch vor ein paar Tagen davon überzeugt gewesen war, ihn nicht leiden zu können! Doch hier war er nun und tanzte ausgerechnet mit der Frau, mit der sein Bruder in dieser Woche so viel Zeit verbracht hatte. Ich war nicht auf den Kopf gefallen und verstand vollkommen, was hier vor sich ging. Daher rührte auch meine Enttäuschung.

Ich hatte schon in jungen Jahren gelernt, der Realität ins Auge zu blicken, und nun wusste ich, dass die kurze Aufmerksamkeit, die Mr Compton mir geschenkt hatte, nichts mit mir, sondern allein mit seinem Bruder zu tun hatte.

Er trieb in der Tat ein Spiel. Ein böses und verletzendes Spiel, von dem nicht nur sein Bruder betroffen war, sondern das auch andere in Mitleidenschaft zog. Ich hatte ein dickes Fell, und ein solcher Schlag traf mich nicht so, wie es bei anderen sicherlich der Fall wäre. Behütete Mädchen hingegen, die ein von der harten Wirklichkeit abgeschirmtes Leben geführt hatten, würden eine solche Schmach nicht so leicht überstehen.

In diesem Moment entschied ich, dass ich Nicholas Compton aus tiefstem Herzen hasste. Er war nicht interessant, sondern boshaft und kalt. Hoffentlich war Lydia Ramsbury so klug, nicht auf sein charmantes Lächeln und gutes Aussehen hereinzufallen. Wenn es etwas gab, das ich noch mehr verabscheute als Arroganz, dann war es Grausamkeit.

»Da bist du ja, Honey«, sagte Tante Harriet, die mit einem Glas Wein in der Hand an meiner Seite erschienen war. »Ich habe dich nach Mr Comptons Erscheinen gesucht, um dir Bescheid zu geben, konnte dich aber nirgends finden.«

Nachdem ich diesem einen letzten vernichtenden Blick zugeworfen hatte, wandte ich mich meiner Tante zu. »Ich habe etwas frische Luft gebraucht.«

Tante Harriet nickte und sah dann wieder zur Tanzfläche. »Ist auf deiner Tanzkarte denn noch ein Plätzchen frei?«, fragte sie hoffnungsvoll.

»Ich fürchte, ich habe Kopfschmerzen und möchte gehen. Wärst du auch so weit?«

Als würde ich in einer Fremdsprache sprechen, runzelte sie

verständnislos die Stirn. »Oje, na gut«, stammelte sie schließlich, und ich steuerte in der Hoffnung, sie würde es mir gleichtun, auf den Ausgang zu. Ich hatte ihn fast schon erreicht, und meine Flucht schien geglückt, als … Lord Ashington in der Tür erschien. Ich brauchte mich gar nicht umzusehen, um zu wissen, dass seine Ankunft bereits bemerkt worden war, und blieb stehen, um ihn passieren zu lassen. Doch unsere Blicke trafen sich, und ich entdeckte in seiner Miene etwas völlig Unerwartetes.

War das … Neugierde? Irgendetwas schien ihn zu interessieren. Nachdem er es jedoch offensichtlich nicht der Mühe wert erachtet hatte, auf seinen ersten kurzen Besuch einen weiteren folgen zu lassen, konnte es dabei nicht um mich gehen. Und doch kam er, anstatt sich in die wartende Menge zu begeben, auf uns zu.

»Lady Wellington«, begrüßte er meine Tante, um seinen Blick sogleich wieder auf mich zu richten. »Miss Bathurst. Bin ich etwa nur gekommen, um festzustellen, dass Sie bereits aufbrechen wollen?«

Ich brachte ein Nicken zustande. »Mir ist nicht wohl.« Warum es ihn wohl interessierte, ob ich hier war oder nicht? Vielmehr sollte es ihm doch Sorgen bereiten, dass sein Bruder wie ein Verführer übelster Sorte mit Lydia Ramsbury herumturtelte!

Doch er schien wirklich besorgt zu sein, denn er runzelte die Stirn. Wer war dieser Mann und was hatte er mit Lord Ashington gemacht? »Dürfte ich Sie dann beide nach Hause geleiten?«

Wie bitte?

»Das ist äußerst freundlich von Euch, Lord Ashington, aber unsere Kutsche steht vor dem Haus«, erwiderte Tante Harriet in betrübtem Ton.

»Natürlich«, erwiderte Lord Ashington und schenkte meiner Tante ein freundliches Lächeln, wie ich es bei ihm noch nie erlebt hatte. Was ging hier vor? Seit wann war Lord Ashington plötzlich so … nett?

Dann dämmerte es mir. Nicholas Compton tanzte gerade mit Lydia Ramsbury oder hatte es zumindest. Das war Lord Ashington nicht entgangen, weshalb er uns nun seine Aufmerksamkeit schenkte, um Lydia daran zu erinnern, mit wem sie es zu tun hatte. Der Gedanke daran empörte mich dermaßen, dass mein Kopf nun *wirklich* zu schmerzen begann. Ich war nicht nach London gekommen, um mich in ein lächerliches Drama zwischen zwei Brüdern hineinziehen zu lassen.

»Genießt Euren Abend, Lord Ashington«, erwiderte ich und fegte an ihm vorbei, ohne ihm die Möglichkeit zu geben, etwas zu erwidern. Was auch immer er und sein Bruder für ein Spiel trieben, ich würde nicht als ihre Spielfigur herhalten!

In der Hoffnung, Tante Harriet würde mir folgen, eilte ich zur Tür hinaus und die Treppe hinunter zu den wartenden Kutschen. Meine Tante hatte bestimmt einiges über mein Verhalten zu sagen, begriff im Gegensatz zu mir aber die Zusammenhänge nicht. Was für einen Konflikt auch immer die beiden Männer miteinander austrugen, sie sollten es unter sich ausmachen. Unschuldige Menschen in ihr Netz aus Lügen und Intrigen zu ziehen war unfair.

Mit Mühe hielt ich die Tränen zurück. Weinen war töricht, und ich war alles andere als das. Auch noch nie gewesen, vermutlich. Ich verschränkte gegen die kühle Abendbrise die Arme vor der Taille und hörte hinter mir die Schritte meiner Tante.

»Ach herrje, ach herrje«, jammerte sie.

»Tante Harriet, alles ist gut!«, versicherte ich ihr.

Sie kaute besorgt auf ihrer Unterlippe. »Er ist ein Earl, Miriam. Und ein heiratswürdiger dazu.«

Als hätte sie mich daran erinnern müssen! Ich schwieg, und wir warteten darauf, dass unsere Kutsche vorfuhr.

»Wenn du einen Ehemann finden willst, dann solltest du dich ein bisschen … umgänglicher zeigen«, erklärte sie.

Damit hatte sie natürlich recht. Doch weder Nicholas Compton noch Lord Ashington würden jemals um meine Hand anhalten. Insofern brauchte Tante Harriet an sie keinerlei Gedanken zu verschwenden.

»Ich weiß«, sagte ich nur. Es hatte keinen Sinn, genauer darauf einzugehen. Sie würde mich nur für närrisch halten und meine Gedanken als Hirngespinste abtun.

»Nun gut«, sagte sie leise.

Ich konnte meiner Tante nicht erklären, warum ich den Ball hatte verlassen wollen, denn das hätte eine Schwäche offenbart, für die ich mich selbst hasste. Es hatte mich getroffen, Mr Compton heute Abend mit Lydia tanzen zu sehen und zu wissen, dass er mich ganz offen ignoriert hatte. Eigentlich hatte ich nichts empfinden wollen, und die Tatsache, dass ich es doch tat, war eine sehr bittere Pille für mich. Gewiss hätte meine Tante Verständnis gehabt, aber ich wollte ihr Mitleid nicht. Einen Moment lang war ich blauäugig gewesen, doch das würde mir nicht noch einmal passieren! Es war ein Fehler gewesen, in den Spaziergang mit Mr Compton mehr hineinzulesen. Noch einmal würde ich ihn nicht begehen.

12. KAPITEL

Mr Nicholas Compton

Die Tatsache, dass auch Miss Bathurst anwesend war, machte es mir schwer, Lydia Ramsbury meine ganze Aufmerksamkeit zu schenken. Denn bei jeder Begegnung wirkte Miriam noch anziehender als zuvor. In den letzten Tagen hatte es vieler Drinks und strenger Selbstermahnungen bedurft, um mich von einem erneuten Besuch bei ihr abzuhalten. Einzig die bedingungslose Hingabe, mit der mein Bruder Lydia Ramsbury umwarb, hielt mich davon ab, schwach zu werden.

Es war eine Erleichterung, in die sich – unwillkommenerweise – Besorgnis mischte, als Miss Bathurst und ihre Tante den Ball verließen. Möglicherweise hatte eine Äußerung Ashingtons Miriam zu einem vorzeitigen Aufbruch bewegt. Doch eigentlich sah es so aus, als hätten sie bei seiner Ankunft ohnehin gerade gehen wollen. Ashington hatte ihnen nachgesehen, und für einen Moment hatte es so gewirkt, als würde er ihnen folgen wollen. Wer hätte das gedacht?

Ich dagegen hatte seit meiner Ankunft getanzt und seiner gegenwärtigen Auserwählten meine Aufmerksamkeit geschenkt.

Nun würde er nach ihr Ausschau halten und feststellen, dass ich bereits zur Stelle war. Tja, warum war er nicht früher gekommen? Ein Ausritt allein reichte nicht, um seine Stellung bei Lydia Ramsbury zu festigen.

Das Geraune begann, sobald man seiner ansichtig wurde, und mehr als einmal wurde dazu auch Lydias Name genannt. Auch sie hatte ihn entdeckt, und als sie ihn nun beobachtete, liefen ihre Wangen rosig an. Er hatte diese Woche offenbar durchaus Eindruck auf sie gemacht. Hätte mich Miss Bathurst nicht fatalerweise so in ihren Bann gezogen, hätte ich vielleicht einen beherzteren Vorstoß unternommen, um ihm Lydia abspenstig zu machen. An meinem Charme zweifelte ich nicht, ich konnte jedoch nur mit Mühe genügend davon aufbringen, um glaubhaft zu wirken.

Als Ashington uns erspähte, nickte er lediglich und setzte seinen Weg fort. Mein Bruder war sicherlich schlecht gelaunt, weil er uns bei seiner Ankunft zusammen angetroffen hatte. Der ideale Zeitpunkt also, dass sie seine weniger angenehme Seite kennenlernte – ich musste ihr nur die Gelegenheit geben, diese auch zu erleben.

»Es tut mir leid, Lady Ramsbury«, sagte ich mit einer kleinen Verbeugung. »Bekanntermaßen kann mein Bruder mich nicht leiden, und ich weiß, dass Sie seine Aufmerksamkeiten wünschen. Ich gehe also lieber, damit er den Weg zu Ihnen finden kann. Ich danke Ihnen für Ihre wahrlich bezaubernde Gesellschaft!« Mit meinem charmantesten Lächeln zog ich mich zurück, bevor sie darauf antworten konnte. Mit Protest ihrerseits rechnete ich nicht, und was brachte es, meinen Aufbruch hinauszuzögern? Sie wünschte sich die Aufmerksamkeit meines Bruders, und dafür hatte ich Verständnis. Er war ein Earl, ich hingegen nicht. Ihre Mutter würde ihr ins Ohr raunen, wie wichtig es sei, sich Lord Ashingtons Gunst weiterhin zu sichern. Ich musste darauf bauen, dass sich die nicht sonderlich glänzende Persönlichkeit meines Bruders im Vergleich zu meiner blass ausnahm.

In dieser Hinsicht mit dem Verlauf des Abends zufrieden, strebte ich dem Ausgang zu. Ich hatte keine Lust darauf mitzubekommen, wie sich mein Bruder vor Lydia in düsterer Laune zeigte. Denn das würde er, und Lydia würde es zur Kenntnis nehmen. Ihre Mutter würde ihr raten, öfter zu lächeln und gefälliger zu sein. Er hingegen wäre weniger als galant. Und wenn Lydia am Ende des Abends allein war, würde sie sich an den Abschnitt des Abends erinnern, den sie am meisten genossen hatte: den mit mir in der Hauptrolle nämlich.

Da ich diesem ganzen Zirkus nicht mehr länger als nötig beiwohnen wollte, sprach ich auf meinem Weg zum Ausgang mit kaum jemandem. Auch auf eine weitere Tanzkarte hatte ich mich – wie ohnehin selten – nicht eintragen lassen. Dennoch beäugten mich auf meinem Weg nach draußen die Mütter gierig und drängten ihre Töchter in meine Richtung – der reinste Hindernislauf. Nachdem ich mich zum fünften Mal entschuldigt hatte, stellte ich auf dem Weg zur Tür tunlichst keinen Blickkontakt mehr her.

Wie erfreulich da die Abendbrise gegenüber der drückenden Hitze im Ballsaal doch war! Noch erfreulicher war allerdings der atemberaubende Anblick Miriam Bathursts im Mondschein, deren Kutsche in diesem Augenblick vorfuhr. Sie stellte eine Versuchung dar, der ich nur schwer widerstehen konnte. Und sei es auch nur, um ein paar Worte mit ihr zu wechseln.

»Miss Bathurst!«, rief ich, gerade laut genug, um ihre Aufmerksamkeit sowie die ihrer Tante zu erregen. Beide Damen drehten sich zu mir um. Während Lady Wellington aufstrahlte und damit ihre Freude über meinen Anblick zum Ausdruck brachte, schaute Miriam … angewidert drein. Oha, die hatte Feuer! Sie war keine, die flirtete oder schmollte. Nein, sie brachte ihre Gefühle auf dramatische und, wie ich fand, sehr reizvolle Art zum Ausdruck. Es wurmte sie, dass ich sie nicht noch einmal besucht hatte beziehungsweise heute Abend anderweitig beschäftigt gewesen war. Eine wahre englische Lady wie etwa Lydia Ramsbury hätte diese Kränkung mit einem Lächeln abgetan. Nicht so Miss Bathurst.

Ich konnte darüber nicht einfach hinweggehen. Ich wollte nicht, dass Miss Bathurst mich hasste oder abschrieb, obwohl sie es eigentlich sollte, wenn wir beide das Ziel unseres jeweiligen Londonaufenthalts erreichen wollten. Doch ich hatte einfach nicht die Kraft dazu.

»Mr Compton!« Lady Wellington drehte sich zu mir um. »Sie verlassen den Ball so früh?«, fragt sie verschmitzt. Heute Abend hatte ich Lydia meine ganze Aufmerksamkeit geschenkt, was Lady Wellington zweifellos nicht entgangen war. Ich sah das herausfordernde Aufblitzen ihrer Augen, als stünde sie kurz davor, mich auf die damenhafteste Art und Weise zusammenzustutzen. Ich mochte diese Amerikanerin.

»Ich fürchte, der heutige Abend war reichlich langweilig«, erwiderte ich lächelnd und richtete meinen Blick auf Miriam, die ihre behandschuhten Hände musterte, als wäre sie es, die sich langweilte. »Bedauerlicherweise war auf Ihrer Tanzkarte schon vor meinem Eintreffen kein Tanz mehr frei«, versuchte ich sie zu besänftigen. Bei unserer letzten Begegnung hatten wir sogar miteinander gelacht, und, ja, auch noch etwas anderes hatte in der Luft gelegen, womit ich mich lieber nicht befasst hatte. Das war jedoch schon Tage her, und seitdem hatte sie nichts mehr von mir gehört. Ihre frostige Reaktion war da nur recht und billig.

Trotzdem, von ihr lassen konnte ich nicht. Ich vermisste ihr Lächeln. Vor allem das leicht boshafte.

»Tja, wir müssen nun los. Unsere Kutsche ist da. Gute Nacht, Mr Compton«, sagte sie mit einem knappen Lächeln, das mir deutlich zu verstehen gab, ich solle zur Hölle fahren. Auf dieses Lächeln hätte ich nun doch verzichten können! Jäh verspürte ich den Drang, sie zu packen und meine Lippen auf ihre zu drücken, bis sie schwach würde und mit einem Stöhnen reagierte. Was ich freilich nicht tat.

»Sie brechen auch reichlich früh auf«, sagte ich in dem Versuch, sie noch einen Augenblick zurückzuhalten und wenigstens dazu zu bewegen, mich wieder so anzulächeln wie auf unserem Spaziergang.

»Sie doch auch.« Sie wandte sich von mir ab.

»Miriam fühlt sich nicht wohl«, erklärte Lady Wellington.

Das bezweifelte ich doch sehr. Miss Bathurst war vielmehr wütend, möglicherweise sogar verletzt. Eine Vorstellung, die mir Bauchgrimmen bereitete. Oje, was war denn nur mit mir los? Woher kam denn plötzlich diese Schwäche?

»Es tut mir leid, das zu hören, Miss Bathurst«, wandte ich mich an Miriam, die soeben dem Lakaien, der ihr in die Kutsche helfen wollte, die Hand reichte. »Ruhen Sie wohl!«

Sie nahm Platz, nickte mir kurz zu und sah dann fort. Jäh überkam mich Bedauern – noch so ein völlig neues Gefühl. Für gewöhnlich war ich im Reinen mit meinem Handeln. Für mich gab es nichts zu bedauern. Doch bei dem Gedanken, ihr kein einziges aufrichtiges Lächeln entlockt zu haben, empfand ich Zerknirschung.

Hätte ich doch nur nie Zeit mit ihr verbracht, sie bloß nie besser kennengelernt! Andererseits: Hätte ich die Möglichkeit gehabt, die Uhr zurückzudrehen, hätte ich dann auf den Spaziergang mit ihr verzichtet?

Wir hatten unseren Nachmittag im Park genossen. Zumindest ich hatte das so sehr, dass ich danach lieber auf Abstand zu ihr gegangen war. Sie konnte mir gefährlich werden, konnte meine Pläne hinsichtlich meines Bruders zunichtemachen. Sie war zu anziehend, zu einzigartig, zu verflixt schön.

»Gute Nacht, Mr Compton«, sagte Lady Wellington. Ihr Schmunzeln verriet, wie sehr sie die Situation genoss. Sie wollte

Miriam eindeutig lieber glücklich sehen, als dass sie eine gute Partie machte.

»Gute Nacht«, erwiderte ich mit einer leichten Verbeugung. »Auf bald, Miss Bathurst«, versprach ich. Die Kutsche fuhr an, und ich blieb mit nichts als der kalten Abendluft zurück.

Ihr scharfer Blick bei meinen letzten Worten brachte mich zum Grinsen, obwohl ich nach dieser Begegnung wahrhaftig keinen Grund dazu hatte. Miriam Bathurst würde es mir nicht leicht machen, ihre Gunst zurückzugewinnen. Doch Herausforderungen liebte ich ja. Verflixt, ich steckte in einem Gewissenskonflikt. Wäre es doch nur Miriam gewesen, auf die mein Bruder ein Auge geworfen hatte! Andererseits gefiel mir der Gedanke nicht, Miriam als Mittel zum Zweck einzusetzen. Es wäre unverzeihlich, sie auf irgendeine Weise zu verletzen. Eine klare Antwort auf mein Dilemma gab es nicht. Wenn ich schon auf die Kränkung, die ich ihr heute Abend zugefügt hatte, so heftig reagierte, wie sollte ich dann mit mir selbst leben, wenn ich sie wirklich verletzte? Könnte ich Miriam Bathurst in mich verliebt machen und ihr dann den Rücken kehren? Das war die Frage.

»Sie ist nicht dein Typ, Bruder«, hörte ich Ashington hinter mir in angewidertem Ton knurren.

Ich drehte mich um und entdeckte ihn ganz in meiner Nähe. Wieso floh er bereits jetzt aus dem Ballsaal, wo er doch erst so spät eingetroffen war? War er nicht hier, um Lady Ramsbury den Hof zu machen?

»Und was, bitte schön, weißt du über meinen Typ, Hugh?« Tatsächlich wusste mein Bruder kaum etwas über mich. Das hatte er sich vor Jahren so ausgesucht.

»Ich weiß, dass sie klug ist, sich nicht leicht den Kopf verdrehen lässt und einen wohlhabenden Ehemann braucht«, erwiderte er nüchtern.

Mir stieg die Galle hoch. Er tat gerade so, als würde er Miriam kennen! Dabei hatte er kaum Zeit mit ihr verbracht und wusste rein gar nichts über sie. »Was weißt du schon? Sie ist geistreich, hat Sinn für Humor, und wenn sie lacht, sieht sie noch schöner aus – das gibt es wahrhaft selten. Ja, ihrer Familie zuliebe muss sie eine gute Partie machen, ein Titel ist jedoch unwichtig. Sie ist sehr belesen und kann stundenlang über Literatur plaudern.« Ich hielt inne und machte einen Schritt auf meinen Bruder zu. »Im Unterschied zu dir ist sie für mich nicht einfach nur ein weiteres Gesicht, über das ich Erkundigungen eingezogen habe. Nein, ich habe mir die Zeit genommen, sie persönlich kennenzulernen.«

Ashingtons steinerne Miene zeigte keine Regung. »Und doch konnte sie gar nicht schnell genug von dir fortkommen.«

Touché! Ich hätte ihm den Grund erklären können, doch wozu meine Zeit vertändeln? In meinem Plan spielte sie keine Rolle, und leider würde ich sie nicht so gut kennenlernen, wie ich es mir gewünscht hätte. Die Angst, ich könnte nie wieder einer Frau wie Miriam Bathurst begegnen, nagte an mir. Aber ich hatte mit Ashington nun einmal noch eine Rechnung offen, die es zu begleichen galt.

»Rede nicht über Dinge, von denen du keine Ahnung hast, werter Bruder«, gab ich zurück.

»Ich weiß mehr, als du glaubst. Schließlich habe ich den ganzen Auftritt hier eben mitbekommen. Nur Lady Wellington hat meine Anwesenheit bemerkt und offenbar alles höchst amüsant gefunden.«

Ich hasste ihn. Jeder Moment in seiner Gegenwart erinnerte mich daran, wie viel Schmerz er verursacht hatte. Am liebsten hätte ich nichts mit diesem Mann zu tun gehabt. Doch ich hatte meiner Mutter versprochen, Rache zu nehmen, und dieses Versprechen würde ich halten.

»Es war mir wie immer ein Vergnügen«, sagte ich sarkastisch

und ging davon, bevor mir noch etwas entfuhr, das ihm verriet, wie sehr die Sache mit Miriam mich aufwühlte. Er bedeutete mir nichts, und das, was er von sich gab, genauso wenig. Bald würde ich ihn los sein, und er hätte allen Grund, mich zu hassen. Ich würde es ihm zeigen und jeden einzelnen Moment genießen.

13. KAPITEL

Der Earl of Ashington

Ist sie eine Prinzessin oder vielleicht eine Duchess?«, fragte mich Emma mit einem hoffnungsvollen Ausdruck in ihrem Engelsgesichtchen und sah mit großen Augen zu mir auf.

Sie hatte bemerkt, dass ich förmlicher gekleidet war, als es für ein Abendessen zu Hause üblich war, und bestürmte mich nun mit Fragen, die ich so schnell gar nicht alle beantworten konnte.

»Nein, ich fürchte, sie ist weder eine Prinzessin noch eine Duchess, aber ich glaube, sie würde dir trotzdem gefallen. Sie ist wunderschön«, sagte ich zu ihr, in der Hoffnung, das Manko damit ausgleichen zu können.

Blitzschnell versuchte Emma diese neue Information einzusortieren. »Ist das dieselbe Dame, mit der du letzte Woche ausreiten warst?«, setzte sie ihr Verhör dann fort.

Das Kind vergaß nichts. Niemals. Vielleicht hatte Alice recht, und ich erzählte Emma besser nichts von meinen Unternehmungen. Wenn sie sich an jede einzelne davon erinnerte, konnte sie das später durcheinanderbringen.

Ich schüttelte den Kopf. »Das ist eine neue Dame«, erklärte ich und hoffte inständig, sie führte im Geiste keine Strichliste, mit wie vielen verschiedenen Frauen ich wie oft unterwegs war. Alice wies mich oft zurecht, dass ich mit Emma wie mit einer Erwachsenen sprach. Es gab Dinge, die man einem Kind besser nicht erzählte. Ich konnte schwer einschätzen, wo die Grenze verlief, und überschritt sie offenbar wohl oft.

»Ist diese Dame hübscher als die letzte?« Wieder leuchteten ihre Augen vor Neugierde auf.

Ich wollte gerade ehrlich antworten, als Alice mit strenger Miene ins Foyer kam. »Miss Emma, das ist zum einen völlig einerlei, und zum anderen spricht man über solche Dinge nicht!«

Emma verdrehte die Augen und seufzte laut. Ich biss mir ins Wangeninnere, um mir ein Grinsen über ihren Schneid zu verkneifen. Emma wandte ihren Blick zur Gouvernante. »Alice, das ist doch eine ganz normale Frage!«

»Es ist sowohl für Kinder als auch für Erwachsene unhöflich, so etwas zu fragen«, gab Alice zurück. »Und nun wünscht Ihr eine gute Nacht und kommt mit mir mit. Es ist längst an der Zeit, zu Bett zu gehen.«

Emma ließ die Schultern sinken. »Gute Nacht, Ashington«, murmelte sie niedergeschlagen.

»Lord Ashington, Emma. Ihr sollt den Earl mit Lord Ashington ansprechen«, korrigierte sie Alice nachdrücklich.

Emma überhörte sie und seufzte erneut mit einem dramatischen Heben und Senken der schmalen Schultern.

»Ich hoffe, sie ist hübsch und lacht gern. Du müsstest nämlich auch öfter lachen!« Sie schlang ihre Arme um meine Beine und drückte sie fest.

Ich spähte zu Alice, deren Ausdruck weicher wurde. Emma hatte etwas an sich, dass sie so etwas sogar bei der strengen Alice bewirkte. Nur aus diesem Grund hatte Alice nicht schon längst den Hut genommen. Vom ersten Tag an hatte Emma ihre Geduld auf die Probe gestellt. Doch gab es diese kleinen Momente, die alles wieder wettmachten. Ich beugte mich hinunter, um Emma fest zu umarmen. »Gute Nacht, Emma. Träum was Schönes!«

Sie nickte. »Mach ich.«

Alice erteilte keine weiteren Befehle mehr, und Emma schlenderte zu ihr hinüber und ergriff ihre Hand. »Das war ein schöner Tag, nicht wahr, Alice?«, sagte sie und blickte zur Gouvernante auf, während sie auf die Treppe zustrebten.

»Ja, Miss Emma, das war er wohl«, pflichtete Alice ihr bei.

Die Fahrt zum Haus der Wellingtons in Mayfair war so kurz, dass ich kaum Zeit hatte zu überlegen, was genau ich Miss Bathurst sagen würde, sobald wir ungestört miteinander reden konnten. Als ich ihr und ihrer Tante die Einladung für die Oper geschickt hatte, war ich nicht sicher gewesen, ob sie sie annehmen würde. Nun, da sie zugesagt hatte, war ich mir jedoch sehr wohl sicher, dass sie es nur ihrer Tante zuliebe getan hatte. Denn Miss Bathurst mochte eindeutig weder mich noch meinen Bruder. Doch ich würde alles daransetzen, um sie für mich einzunehmen. Was Nicholas anging, so tat sie gut daran, weiterhin Abstand zu wahren.

Emma hatte so viele Fragen gehabt, dass ich eine Zeit lang abgelenkt war. Nun, da ich bei den Wellingtons vorfuhr, war mir nur zu bewusst, dass ich heute Abend eine eher unwirsche Frauensperson an meiner Seite haben würde. Warum ich bei dem Gedanken lächeln musste, wusste ich nicht. Welcher Mann wollte eine abweisende Frau unterhalten müssen? Verlor ich allmählich den Verstand?

Als die Kutsche zum Stehen kam, straffte ich mich und stieg aus. Bei jedem Schritt auf dem Weg zum Hauseingang erinnerte ich mich daran, dass ich das Ganze für Emma tat. Ich musste Zeit mit Miss Bathurst verbringen, um zu sehen, ob sie zu uns passte. Nicht nur als Countess, sondern auch als Emmas Mutter. Es war nur gut, dass Miriam Bathurst weder sanftmütig noch ruhig war, denn in diesem Fall würde Emma sie binnen eines Tages in die

Flucht schlagen. Miriam Bathurst aber besaß die Stärke und Zuversicht, die Emma bei einer Mutter brauchte und die man von einer Countess erwartete, insbesondere dann, wenn man in tonangebenden Kreisen über Emma zu tuscheln und tratschen begann. Ungeachtet meines Rangs und meines Einflusses würde man Emmas Legitimität in Zweifel ziehen. Die Lüge, die ich in der Hinterhand hatte, war raffiniert, doch es bedurfte einer noch raffinierteren Frau, um sie auch durchzuziehen.

Der Butler geleitete mich in den Salon und versicherte mir, die Damen würden in Kürze erscheinen. Ein Dienstmädchen bot mir Tee für die Zeit des Wartens an, doch noch bevor ich etwas erwidern konnte, ertönte im Gang auch schon die laute amerikanische Stimme Lady Wellingtons. Bei dem Gedanken, wie viel Spaß Emma mit ihr hätte und dass sie wohl kaum Alice' Beifall fände, musste ich lächeln.

Lady Wellington eilte hastig zur Tür herein. »Lord Ashington, Alfred kann Euch leider nicht begrüßen, er ist heute Abend unglücklicherweise außer Haus. Ich hoffe sehr, Ihr habt nicht zu lange gewartet? Miriam wird gleich herunterkommen. Möchtet Ihr einen Tee? Oder vielleicht ein Glas Brandy? Ich kann nach einem von Alfreds besten Brandys schicken lassen.«

Das klang verlockend, doch ich schüttelte den Kopf. »Das wird nicht nötig sein«, versicherte ich ihr mit einem dankbaren Lächeln.

Meine Antwort schien sie nervös zu machen, denn sie rang die Hände. Vielleicht hätte ich ihn doch annehmen sollen? Schließlich wollte ich sie nicht unnötig unter Druck setzen.

»Wir freuen uns auf diesen Abend«, erklärte sie lächelnd. »Den ganzen Tag haben wir über nichts anderes gesprochen. Seid herzlich bedankt für die Einladung.«

Ich erwiderte ihr Lächeln, wohl wissend, dass sich Miriam Bathurst sicherlich nicht den ganzen Tag schwärmerisch über die Aussicht geäußert hatte, den Abend in meiner Loge zu verbringen. Ein amüsanter Gedanke war es trotzdem. Ich bezweifelte, dass Miss Bathurst überhaupt je über etwas ins Schwärmen geriet. So leicht ließ sie sich nicht beeindrucken, oder vielleicht ja doch? Ich wusste so wenig über sie, da hatte Nicholas schon recht. Ich wusste nur, was man mir über sie erzählt hatte und was ich in der kurzen Zeit in ihrer Gegenwart mitbekommen hatte. Nicholas bildete sich viel darauf ein, dass er Miss Bathurst besser kannte als ich. Doch heute Abend würde ich das ändern. Zunächst einmal durch ein Gespräch mit Lady Wellington, die mir bestimmt viel von ihrer Nichte erzählen konnte.

Doch meine erste Frage erstarb mir auf den Lippen, als Miriam den Raum betrat. Sie war so unbeschreiblich schön! Gut, Miss Bathurst hatte bei jeder unserer Begegnungen atemberaubend ausgesehen. Sie war mit einer natürlichen Schönheit gesegnet, die einmalig war. Doch nun ließ der fast schon irisierende Perlmuttton ihres seidenen Abendkleides sie eher wie einen Engel denn wie eine reale Person erscheinen. Ihre hoch aufgetürmten kupferroten Locken betonten die glatte sahnige Haut ihres Halses und ihrer Schultern.

Hatte ich schon jemals ein so liebliches Geschöpf vor Augen gehabt? Sie glich wahrhaftig einem ätherischen Wesen. Wenn ich nicht gewusst hätte, dass sie nur eine Frau aus Fleisch und Blut war, hätte ich sie für ein Geschöpf des Himmels gehalten. Emma hätte geglaubt, eine Prinzessin vor sich zu haben.

Meine Verzückung über ihren Anblick währte nicht lange, denn sie bedachte mich sogleich mit einem spöttischen Lächeln, das mich daran erinnerte, dass sie durchaus real war und mir nur wenig abgewinnen konnte. Offenbar hatte ich vieles wiedergutzumachen. Ein Gedanke, der mir unvermittelt äußerst verlockend erschien. Denn je mehr Zeit ich in ihrer Gegenwart verbrachte, desto besser ließe sich feststellen, ob sie meinen Vorstellungen von meiner Zukünftigen wahrhaftig entsprach.

»Ich hoffe, ich habe Euch nicht allzu lange warten lassen«, erklärte sie, obwohl mir ihr Blick verriet, dass sie das kein Deut interessierte. Ja, sie war in der Tat voller Eigensinn, und den brauchte jeder, der es mit Emma zu tun bekam.

»Nicht im Geringsten. Doch ich würde stundenlang warten, wenn ich dann das Vergnügen hätte, eine derartige Schönheit wie Sie wohin auch immer zu begleiten«, erwiderte ich. Sie spannte sich an, und ich merkte, dass sie nicht wusste, wie sie auf dieses Kompliment reagieren sollte.

»Oh, Miriam, du siehst absolut hinreißend aus«, rief ihre Tante bewundernd aus.

Sie blickte zu ihrer Tante, die sie so offen lobte, und ihre Wangen röteten sich. Einen Augenblick lang dachte ich, sie würde ihre Tante schelten oder berichtigen wollen, aber sie schenkte ihr nur ein sanftes Lächeln und dankte ihr, ehe sie sich wieder mir zuwandte.

In einem Punkt hatte Nicholas recht. Ich wusste nur sehr wenig über Miriam Bathurst.

14. KAPITEL

Miss Miriam Bathurst

Der Ausblick war unglaublich. Noch nie hatte ich die Oper in derartigem Luxus genossen. Parkett und Logen hatten sich mit festlich gekleideten Besuchern gefüllt, vereint in Vorfreude auf das Spektakel, das das Publikum in wenigen Minuten geboten bekommen würde. Tante Harriet glühte vor Begeisterung, und obwohl ich die Beweggründe für Lord Ashingtons Einladung heute Abend nicht kannte, war ich ihm dankbar, dass meine Tante diese Erfahrung machen durfte. Zudem kam es mir nicht so vor, als würde er ein Spiel treiben. In der kurzen Zeit, die ich bereits mit ihm verbracht hatte, hatte er aufrichtiges Interesse an mir gezeigt. Er hatte sich nach meiner Familie erkundigt, und als ihm meine Zuneigung zu meiner Schwester auffiel, mich noch genauer über sie befragt. Mr Compton dagegen hatte sich nie auch nur einmal nach Whitney erkundigt. Ich hasste es, die beiden zu vergleichen, aber wie denn nicht? Die beiden waren die einzigen Männer in London, mit denen ich nicht nur getanzt hatte beziehungsweise die mir einen Besuch abgestattet hatten, sondern mit denen ich auch mehr Zeit verbracht hatte.

Noch bevor sich die ersten Klänge der Ouvertüre erhoben, wusste der Earl of Ashington schon eine Menge über mich. Mir ging auf, dass ich seit unserer Ankunft die ganze Zeit geredet hatte. Er stellte seine Fragen so ungezwungen, dass man ganz vergaß, wie viel man von sich preisgab. Ich spürte, wie meine Wangen bei diesem Gedanken erglühten, und musterte meine Hände einen Moment lang in dem Bemühen, mir darüber klar zu werden, was ich ihm alles offenbart hatte.

»Ich hoffe sehr, dass Ihre Schwester London in dieser Saison besuchen kann. Man spürt, dass Sie sie vermissen«, sagte er, und er meinte das aufrichtig so, das merkte ich.

Ich sah wieder zu ihm auf und brachte ein Lächeln zustande. »Ich auch. Die Stadt würde ihr so gefallen!«

Er erwiderte mein Lächeln. »Und ist London denn auch nach Ihrem Geschmack?«

Nach kurzem Überlegen entschied ich, dass es keinen Grund gab zu schwindeln. Ich schüttelte den Kopf. »Nein, aber ich komme zurecht. Es gibt Dinge wie die Oper hier, die wirklich bemerkenswert sind. Aber für mich geht nichts über eine malerische, unberührte Landschaft oder die Wohlgerüche der freien Natur.«

Sein Lächeln wurde weicher. »Da kann ich Ihnen nur zustimmen. London ist voller Geschäftigkeit und Lichter, das Land hingegen voller natürlicher Schönheit und Frieden. Wenn ich fort bin, vermisse ich es.«

Seine Antwort überraschte mich. »Fort? Verbringt Ihr denn nicht die meiste Zeit in London?« Ich hätte gedacht, jemand wie Ashington müsse in Stadtnähe leben, nicht in der Versenkung seines Landsitzes.

»Nicht, wenn es sich vermeiden lässt. Ich bin viel lieber auf dem Land.«

Was für eine Überraschung! Als die Lichter im Opernsaal aus- und auf der Bühne angingen und die Musik einsetzte, ließ ich das Gespräch noch mal Revue passieren und dachte mir, wie ... nett es gewesen war. Keine Spur mehr von der Arroganz, die bei unserer ersten Begegnung meinen Widerspruchsgeist geweckt hatte. Völlig anders als erwartet.

Ganz aus dem Häuschen über den Abend, griff Tante Harriet nach meiner Hand und drückte sie. Ich lächelte zu ihr hinüber – sie wirkte überglücklich. Noch etwas, das meine anfänglichen Gefühle gegenüber Lord Ashington geraderückte. Alles an diesem Abend war höchst erfreulich.

Mit der Zeit zog mich die Aufführung in ihren Bann, und ich verlor mich in der Schönheit der klaren Stimmen und der Extravaganz der üppigen Kostüme. Whitney wäre hin und weg gewesen. So etwas sollte sie in einer Loge wie dieser auch erleben! Schließlich war ich ihretwegen nach London gekommen. Die Sicherung ihrer Zukunft war das Einzige, was für mich gezählt hatte.

Ich linste zu Lord Ashington hinüber und stellte fest, dass er gar nicht zur Bühne sah, sondern, zurückgelehnt auf seinem Stuhl, den Blick auf mich gerichtet hielt. Unvermittelt wurde ich nervös und unsicher. Wieso hatte ich nicht bemerkt, dass er mich beobachtete? War ich so sehr in die Szene unter uns vertieft gewesen? Unsicher, warum er es tat, begegnete ich seinem Blick und überlegte, ob ich vielleicht ein komisches Gesicht gezogen oder einen beifälligen Laut von mir gegeben hatte.

Ich wurde mir seiner Nähe und der Dunkelheit um uns herum bewusst, und die Gedanken an Whitney traten in den Hintergrund. Obwohl Tante Harriet dicht neben mir saß, kam es mir unvermittelt so vor, als würden wir etwas Unschickliches tun. Auch wenn dem nicht so war, brannten meine Wangen. Nur gut, dass es dunkel war und er davon nichts mitbekam! Doch warum sah er sich nicht wie alle anderen die Aufführung an? Ging man denn nicht deshalb in die Oper?

»Großartig, nicht wahr?« Tante Harriets Worte dicht an meinem Ohr ließen mich zusammenzucken.

Ich wollte ihr gerade antworten, als ich Lord Ashington belustigt lächeln sah. So kannte ich ihn gar nicht! Nichts an diesem Lächeln war steif oder unnahbar. Er zwang sich nicht dazu, nein, es war echt! Seine Augen funkelten, und mit einem Mal wirkte er um Jahre jünger. Wie oft er wohl auf diese Weise lächelte? Ich war mir sicher, ihn so noch nie lächeln gesehen zu haben, nicht einmal, als er Lydia Ramsbury den Hof zu machen versucht hatte. Nicht, dass ich darauf geachtet hätte, wohlgemerkt.

In diesem Moment spürte ich, wie sich meine Lippen ebenfalls zu einem Lächeln verzogen und sich in meiner Brust ein seltsames Gefühl breitmachte. Eine Art kleines Ziehen oder vielleicht ein Hauch von Wärme. Ein eigenartiges neues Gefühl jedenfalls, das ich nicht einzuordnen und auch nicht genauer zu beschreiben vermochte. Was auch immer es war, es traf mich gänzlich unvorbereitet, es wühlte mich auf und machte mir gleichzeitig fast Angst. Lord Ashington war niemand, vor dem man sich eine Blöße geben und für den man Gefühle entwickeln sollte, oder? Wie sicher konnte ich mir seiner Zuneigung sein?

Als ich schließlich den Blick löste und mich meiner Tante zuwandte, musterte sie mich einen kurzen Augenblick und grinste dann vielsagend. »Nun, wenn ich es nicht besser wüsste, würde ich meinen, du hast dich verguckt«, flüsterte sie so leise, wie ich es ihr gar nicht zugetraut hätte.

Mein Lächeln erlosch. »Ach was!«, gab ich mit finsterem Blick zurück. Man verguckte sich doch nicht nur wegen eines Lächelns! Dazu brauchte es schon mehr. Zudem war ich auf der Hut. Ich hatte in meinem Leben ein solches Übermaß an Ablehnung erfahren, dass es mich stark und vorsichtig gemacht hatte. Wer wusste, ob ich mir jemals gestatten würde, mich zu verlieben. Ich traute niemandem. Dafür hatte mein Vater schon gesorgt.

Tante Harriet wackelte bedeutungsvoll mit den Augenbrauen

und wandte sich wieder dem Grund unseres Hierseins zu. Und da ich nun unmöglich noch einmal zu Lord Ashington sehen konnte, richtete auch ich den Blick auf die Opernbühne.

Der heutige Abend hatte eigentlich nur dem Zweck dienen sollen, Tante Harriet zu besänftigen. Und doch war ich hier und dachte, ich könnte mich in Lord Ashington geirrt haben. An dem Earl war mehr dran, als er der Welt zu sehen erlaubte. Es fragte sich nur, ob ich den Mut hatte, sein Innerstes zu ergründen. Falls er sich so zugeknöpft gab, um sich zu schützen, verstand ich das vollkommen. Denn er hatte keine Ahnung, welche Mühen ich zu meinem eigenen Schutz auf mich nahm. Vielleicht waren wir ja nichts weiter als Seelenverwandte? Was für ein interessanter Gedanke.

Das Geschehen auf der Bühne zog mich wieder in seinen Bann, und als das Finale schließlich verklang und der Vorhang fiel, merkte ich, dass ich Lord Ashington und meine Tante völlig vergessen hatte. Ich hatte mich ganz der Musik hingegeben.

Das gedämpfte Licht erhellte sich allmählich, und ich wandte mich nach einem tiefen Atemzug Lord Ashington zu.

»Danke für die Einladung heute Abend. Von hier aus hat man wirklich einen fantastischen Ausblick.«

»Allerdings, noch nie habe ich eine Oper von so einem großartigen Sitzplatz aus verfolgt«, fügte meine Tante erfreut hinzu.

»Meine Damen, es war mir ein Vergnügen. Ich hoffe, Sie beide beehren mich wieder einmal mit Ihrer Begleitung in die Oper. Ich glaube, ich habe noch keine so sehr genossen wie die heute Abend.« Wieder zweifelte ich am Wahrheitsgehalt seiner Worte, doch sein Blick wirkte so ehrlich. Gerne hätte ich geglaubt, dass er nicht nur charmant sein wollte, sondern es auch wahrhaftig so meinte. Allerdings hatte er die letzte Woche mit einer anderen Frau verbracht, und es war gut möglich, dass es in der nächsten wiederum eine andere sein würde.

»Wie schmeichelhaft, Mylord«, erwiderte ich.

»Es ist die Wahrheit, Miss Bathurst.« Mit diesen schlichten Worten bot er mir seinen Arm.

15. KAPITEL

Mr Nicholas Compton

Um Ihren Rosengarten muss man Sie wirklich beneiden, Lady Ramsbury«, sagte ich zu Lydia, als wir uns von ihrer Mutter entfernten, die auf einer Bank im Schatten saß.

»Es ist der Garten meiner Mutter, Mr Compton. Nicht meiner. Ich kenne mich mit Blumen oder Sträuchern kaum aus«, wandte sie ein.

Als ich ihr am Vormittag meine Aufwartung gemacht hatte, war sie mit Handarbeiten beschäftigt gewesen und hatte just so gesessen, dass das Sonnenlicht auf sie schien und ihr helles Haar wie das eines Engels aufleuchten ließ. Wie wohlüberlegt! Wer sich das ausgedacht haben mochte, die Mutter oder sie? Beide waren sich eindeutig bewusst, dass mein Bruder Miriam Bathurst am vergangenen Abend in die Oper ausgeführt hatte. Das gezwungene Lächeln ihrer Mutter und Lydias ernstes Verhalten heute Morgen hatten das mehr als deutlich gemacht. Selbst ohne die Skandalblätter, die es in London zu kaufen gab, hätten sie spätestens am frühen Morgen davon erfahren, womöglich gar schon gestern Abend. Auch für mich kam die Nachricht überraschend, und ich fragte mich, ob Ashington den Spieß umgedreht hatte und nun seinerseits ein Spiel mit mir trieb.

Das Gespräch mit Lydia, das weitaus schleppender verlief als das mit Miriam, zeigte, welche der zwei Kandidatinnen die bessere Wahl war. Beide waren wahre Schönheiten, wobei es sich bei Miss Bathurst um eine eher auffallende und einzigartige, bei Lydia um eine klassische Schönheit handelte.

Eigentlich hatte ich vorgehabt, Lydia und Lady Ramsbury heute Nachmittag zu einem Ausritt durch den Park einzuladen, doch nun kamen mir Zweifel. Falls Ashington hin- und hergerissen war, welcher der Damen er den Hof machen wollte, geduldete ich mich lieber noch und wartete seine weiteren Schritte ab. Der Gedanke, Miriam in meine Rachepläne einbeziehen zu müssen, schlug mir auf den Magen. Ich war in der Hoffnung hergekommen, Ashington behielte seinen eingeschlagenen Kurs bei. Weiß der Himmel, wie ich vorgehen würde, wenn Miriam Teil dieses Spiels wurde. War ihm das bewusst? Hatte er sie deshalb gestern Abend in die Oper ausgeführt? War er sich meiner Schwäche für sie bewusst geworden?

Doch auch im Hinblick auf Lydia begann ich, mir Gedanken zu machen. Ich war kein gänzliches Ungeheuer, und mich überkamen Schuldgefühle bei dem Gedanken, ihr unnötige Schmerzen und Demütigungen zufügen zu müssen. Doch schlussendlich würde sie eine gute Partie machen. Allerdings nicht mit einem Compton. Und dafür sollte sie mir auf Knien danken.

Was meine Pläne zur Zerstörung der Zukunftspläne meines Bruders anging, fühlte ich mich nun besser, und ich wandte mich mit meinem allercharmantesten Lächeln Lydia zu. »Ich komme nicht umhin zu bemerken, dass Sie heute Vormittag nicht ganz Sie selbst sind. Ist Ihnen nicht wohl?«, fragte ich, als würde ich den Grund für ihre Verstimmung nicht genauestens kennen.

Ihre Wangen röteten sich leicht, und sie zog den Kopf ein, als wolle sie sich vor mir verstecken. *Oh, du naives Mädchen, ich kenne die Frauen besser, als du jemals wissen wirst. Ich kenne die Antwort auf meine Frage schon und bin nur neugierig, was du darauf erwiderst.*

Schließlich blickte sie wieder auf und schenkte mir ein mattes

Lächeln. »Ich bin wohlauf, Mr Compton. Es liegt wohl an der anstrengenden Saison. Mutter legt sehr viel Wert darauf, dass ich eine vorteilhafte Partie mache …« Sie verstummte, als würde sie eigentlich noch mehr sagen wollen, es sich aber nicht trauen.

»Das scheint bei Müttern so Usus zu sein. Alle haben sie auf dem Heiratsmarkt nur den Gewinn im Auge. Was unfair ist, wage ich zu behaupten.«

Ihre Augen weiteten sich. »Finden Sie? Dass es unfair ist, meine ich?«

Ich schmunzelte und dachte bei mir, wie jung und wohlbehütet Lydia Ramsbury doch war. Mein Bruder würde einen schrecklichen Gatten für sie abgeben, und wenn ihrer Mutter auch nur ein bisschen an ihrer Tochter lag, würde sie das einsehen. »Aber natürlich. Ich habe erlebt, dass junge Damen in ihrer ersten Saison mit einem Duke oder Earl verheiratet wurden, die zu alt waren, um überhaupt noch einen Erben zu zeugen. Was für eine Schande! Frauen sollten die Freiheit besitzen, einen Mann zu wählen, den sie lieben oder zumindest mögen können. Die Ehe muss kein Geschäftsvertrag sein.«

Lydia hatte mit schockierter Miene zugehört. »Ich glaube, Sir, so ist es aber.«

Seufzend ging ich weiter. Lydia Ramsbury war von Kindesbeinen an dazu erzogen worden, eine Ehe einzugehen, die standesgemäß war, nichts sonst. Sie würde genau das tun, was man ihr sagte, und wenn der Gentleman, der um ihre Hand anhielt, genügend Ansehen und Macht besaß, war ihrem Vater dessen Alter völlig gleichgültig. Dann läuteten die Hochzeitsglocken.

Wir umrundeten schweigend den Rosengarten, und als wir uns wieder Lady Ramsbury näherten, schenkte sie mir ein Lächeln, das Freude und möglicherweise sogar Dankbarkeit für meine Anwesenheit ausdrückte. Nicht weil sie ihre Tochter mit einem schlichten Mister zu vermählen gedachte, sondern weil sie glaubte, mein Bruder würde von diesem Besuch erfahren und daraufhin Lydia aufsuchen. Und vielleicht hatte sie ja recht damit. Inzwischen war ich mir über die nächsten Schritte Ashingtons allerdings nicht mehr sicher. Ich hoffte jedoch, er würde sich nun tatsächlich zu ihr begeben.

»Ihre Rosen sind beneidenswert, Lady Ramsbury!« Eigentlich waren mir ihre Rosen völlig gleichgültig, aber ich wusste, sie würde sich über das Lob freuen.

»Vielen Dank, Mr Compton. Ich verbringe meine Zeit so gern hier draußen bei ihnen.«

Als es klar war, dass Lydia weiterhin schweigen würde, entschied ich, dass es für mich an der Zeit war, mich zu verabschieden.

»Meine Damen, ich danke Ihnen für den angenehmen Vormittag!«

»Es war uns ein Vergnügen«, erwiderte Lady Ramsbury und fügte nach einem Zögern an: »Eigentlich hatten wir heute mit Lord Ashingtons Besuch gerechnet. Der Ihre war eine wahrhaft nette Überraschung.«

Hach, sieh an! Sie konnte einfach nicht anders. Ohne die Frage direkt zu stellen, erkundigte sie sich, ob ich wusste, wo sich mein Bruder heute Morgen aufhielt. Lady Ramsbury musste verzweifelt auf Informationen aus sein, wenn sie sich dazu herabließ, den von Ashington verabscheuten Bruder auszuhorchen.

Ohne ihr die Genugtuung einer Antwort zu geben, nickte ich einfach höflich, verabschiedete mich und brach auf. Höchstwahrscheinlich hatte Ashington den Abend mit Miriam verbracht, weil er Gesprächsbedarf hatte. Lydia war eher schweigsam. Den Großteil der morgendlichen Konversation hatte ich bestritten und kletterte nun, nachdem ich den Kutscher angewiesen hatte, mich zum Haus der Wellingtons in Mayfair zu bringen, leicht erschöpft in meine Kutsche.

Zu meiner Erleichterung fand ich Ashingtons Kutsche nicht vor dem Haus vor. Mein Vormittag war auch so schon anstrengend genug gewesen. Ich war aus zwei Gründen hier, und eine Begegnung mit Ashington gehörte nicht dazu. Herauszufinden, wie der letzte Abend verlaufen war, dagegen *schon*. Der andere Grund war völlig egoistisch: Ich wollte Miriam sehen. Ich war ein ehrlicher Mann – zumindest mir selbst gegenüber. Anderen gegenüber war es ein Geben und Nehmen.

Der Butler geleitete mich in den Salon, und im Unterschied zum letzten Mal hatte ich weder Blumen dabei, mit denen ich Miriam verzaubern konnte, noch hatte sie weitere Verehrer zu Gast. Stattdessen saß Miriam mit einem aufgeschlagenen Buch auf dem Schoß und etwas, das wie eine heiße Schokolade aussah, in der linken Hand auf dem Sofa.

Bei meinem Eintritt riss sie die Augen auf, legte das Buch beiseite, stellte die Tasse ab und erhob sich. »Mr Compton«, begrüßte sie mich, allerdings wenig herzlich. Nun, ich kam auch nach der eigentlichen Besuchszeit, und sie hatte es sich eindeutig gerade bequem gemacht. Ich fand es schön, sie so zu erleben, und freute mich, dass ich mich entschlossen hatte vorbeizuschauen, auch wenn das unüblich war.

»Meine Tante ist gleich zurück, sie wollte nach einem Brief meiner Mutter schauen«, erklärte Miriam. »Im Übrigen habe ich nicht mit Besuch gerechnet.« Ihr Blick war wachsam, was mir nicht gefiel. Offenbar war sie nicht nur nicht froh, mich zu sehen, sie misstraute mir auch.

»Die üblichen Besuchsstunden sind zwar schon vorüber, doch ich kam hier vorbei und wollte Sie sehen. Offenbar habe ich die Gespräche mit Ihnen vermisst. Mein Morgen war eher öde«, erklärte ich.

Miriam musterte mich, als sei sie unsicher, was sie glauben sollte. »Ich dachte, Sie hätten sich vielleicht in der Adresse geirrt«, antwortete sie spitz, nicht willens, Freude über meine Gesellschaft zu heucheln. Da kannte sie gar nichts! Noch etwas, das mir an Miriam Bathurst gefiel. Als hätte es noch eines weiteren Ansporns bedurft.

»Das ist nicht der Fall, seien Sie versichert. Seit unserer letzten Begegnung habe ich mir immerzu gewünscht, mich bald wieder mit Ihnen unterhalten zu können.« Ich wusste, ihre Gunst würde ich so leicht nicht wiedererlangen. Doch mit ein wenig Unverblümtheit konnte ich zumindest ihre Aufmerksamkeit erregen.

Zu meiner Überraschung wies sie auf den Stuhl ihr gegenüber. »Bitte nehmen Sie doch Platz. Ich werde nach dem Tee läuten. Es ist noch etwas früh, aber ich ziehe Teegebäck den Pralinen vor, die Tante Harriet immer zur Hand hat.«

Lächelnd setzte ich mich. »Danke. Tee klingt gut. Genauso wie Ihre Gesellschaft.« Ich hatte nicht erwartet, dass man mir vor dem Eintreten der Tante einen Platz anbieten würde, und wertete es als gutes Zeichen.

Miriam ließ sich wieder nieder und griff auch nicht nach dem Buch oder der Tasse, die sie zuvor in der Hand gehalten hatte. »Verlangt es Sie nach meiner Gesellschaft, oder sind Sie hier, um etwas über die Angelegenheiten Ihres Bruders in Erfahrung zu bringen?«, fragte sie mich rundheraus und ohne mit der Wimper zu zucken.

Na bitte. Diese Lady kannte keine Furcht. Sie kam direkt zur Sache und heuchelte auch keine Unwissenheit. Eine Vorgehensweise, die ich ohnehin nie verstanden hatte. Dass sie mir Tee anbot, hieß noch gar nichts. Sie hatte entschieden, mich frontal anzugreifen, indem sie mir Unbehagen bereitete. Oder wollte sie mich auf diese Weise in die Flucht schlagen? Gewiss nicht. Dafür war sie viel zu schlau.

»Beides«, antwortete ich ebenso rundheraus. Falls die Möglichkeit bestand, Miriam könnte ins Fadenkreuz eines Racheaktes geraten, der einzig meinen Bruder treffen sollte, dann verdiente sie auf ihre Frage eine ehrliche Antwort. Nichts wünschte ich mir sehnlicher, als dass sich Ashington für Lydia entschied. Doch leider konnte ich mir gut vorstellen, dass mein Bruder Miss Bathursts Zauber erlegen war.

Sie nickte. »Das dachte ich mir schon.«

»Warum überrascht mich das nicht?«

Sie hob eine Schulter und seufzte. »Ich weiß es nicht. Auf jeden Fall können Ihr charmantes Lächeln und Ihr hübsches Gesicht mich nicht über Ihre wahren Absichten hinwegtäuschen.«

»Hübsches Gesicht? Miss Bathurst, ich weiß wirklich nicht, ob ich beleidigt oder entsetzt sein oder mich geschmeichelt fühlen soll. Noch nie hat mich eine Frau als hübsch bezeichnet. Warum erlebe ich just bei Ihnen immer eine Premiere?«

Auf den Punkt »wahre Absichten« ging ich lieber nicht ein. Offenbar durchschaute Miss Bathurst mein Spiel weit mehr als gedacht. Ich musste meinen Racheplan schützen. Sogar vor ihr.

Sie zog verspielt die Nase kraus. »Die meisten Leute benutzen den Ausdruck ›hübsch‹ zur Beschreibung einer weiblichen Person, doch das ist nicht zwingend geboten. ›Gut aussehend‹ wäre die herbere, rauere Beschreibung, doch Sie haben so perfekte Gesichtszüge, dass Frauen allein schon deshalb in Verzückung geraten. Was mir reichlich oberflächlich erscheint.«

Ich lachte, gar nicht gezwungen oder künstlich, sondern von Herzen. Offenbar neigte Miriam Bathursts Gegenwart dazu, positive Gefühle in mir zu erwecken. Sie erinnerte mich an Glück und Licht und brachte mich dazu, ein anderer Mensch sein zu wollen. Einer, wie ich es gewiss nie sein konnte. Nicht einmal für sie. In den Momenten jedoch, in denen ich bei ihr war, wollte ich nicht daran denken und einfach alles an Miriam in mich aufnehmen.

Miriam lächelte allerdings nicht einmal. Fast so, als würde sie meinen Wunsch, sie wieder lächeln zu sehen, kennen und mich bestrafen. Schon jetzt bedauerte ich, dass sie sich bald nichts inständiger wünschen würde, als mich zu vergessen. Was ihr ohne Zweifel gelingen würde. Für mich hingegen wäre es umgekehrt ein Ding der Unmöglichkeit. Gut möglich, dass der Gedanke an Miriam Bathurst mich bis in alle Ewigkeit verfolgen würde.

16. KAPITEL

Miss Miriam Bathurst

»Ich habe die großartigsten Neuigkeiten, Honey! Deine Schwester kommt zu Besuch! Ist das nicht fantastisch? Schon vor Saisonbeginn haben ich und auch dein Onkel bei deiner Mutter dahingehend angefragt und nun endlich eine Antwort erhalten. Deine Mama ist eine recht schwierige Lady, nicht wahr?«

Tante Harriet stürmte in den Salon und sprach in ihrer Aufregung nicht nur so laut, dass man es schon als Schreien bezeichnen konnte, sondern war obendrein auch noch barfuß, hielt eine Praline in der Hand und hatte sich eine weitere in die Backe geschoben. Ihr Blick war auf den Brief in ihrer anderen Hand gerichtet, sodass sie nicht sah, was um sie herum vorging.

Leider machte sie sich auch nicht die Mühe, kurz einmal aufzublicken. »Sie schreibt, dass Whitney angemessene Kleidung braucht, wenn wir sie in London ausführen wollen, bittet jedoch für den Fall, dass wir ihr keine neuen Gewänder zu kaufen beabsichtigen, sie nicht außer Haus zu lassen, damit keiner sie sieht«, fuhr sie mit überaus kräftiger Stimme fort. »Ist das zu fassen? Ich meine, selbstverständlich statten wir das Schätzchen mit Kleidern aus. Wir würden doch …« Mitten im Satz brach sie ab, da sie nun endlich den Blick gehoben und sich meines Besuchers bewusst geworden war.

Ihre Augen wurden riesengroß, und ihr klappte vor Überraschung der Mund auf. Einen Moment lang schwieg sie, während ihr wohl dämmerte, dass sie keine Schuhe trug und den Mund voll mit Schokolade hatte. Ich konnte nicht anders, als loszuprusten. Tante Harriet fühlte sich in ihrem Haus sehr wohl und legte darin auch keinen Wert auf Förmlichkeiten. Ich spähte zu Nicholas Compton, wie er dies aufnahm, und stellte fest, dass es ihn große Anstrengungen zu kosten schien, nicht in mein Gelächter einzufallen. Seit seiner Ankunft war mir nicht nach Lächeln, geschweige denn Lachen zumute gewesen, aber Tante Harriet hatte es geschafft, das zu ändern.

In diesem Moment fiel tatsächlich jemand in mein Lachen ein, und zwar so richtig aus dem Bauch heraus, allerdings nicht Mr Compton, sondern Tante Harriet. Sodann vertilgte sie genüsslich die Praline, die sie sich zuvor in die Backentasche geschoben hatte. Das brachte mich nur noch mehr zum Lachen. Andererseits hatte es ja einen Grund gegeben, warum sie hereingeeilt gekommen war. Mir eine Neuigkeit zu überbringen, nämlich eine, die mich nun jäh in Hochstimmung versetzte.

Ich sprang auf und ging zu ihr hinüber. »Stimmt das? Whitney kommt her?«

Meine Tante strahlte auf und nickte energisch mit dem Kopf. »Und wir werden ihr die allerschönsten Kleider kaufen, sodass sie sich wie eine Prinzessin fühlt!«

Mit Freudentränen in den Augen schlang ich meine Arme um Tante Harriet und drückte sie fest. »Oh, ich danke dir. Danke dir so sehr! Sie wird von London begeistert sein.«

Ich vermisste Whitney tagtäglich mehr. Wenn sie hier bei mir wäre, würde alles um so vieles leichter.

»Natürlich, Honey. Wenn deine Mutter sich nicht quergestellt hätte, hätte ich sie ja schon früher hergeholt«, versicherte mir Tante Harriet. Weitere Erklärungen waren unnötig. Ich kannte die Ansichten meiner Mutter.

Tante Harriet tätschelte mir den Rücken. »Wie es aussieht, finden Sie uns bei Ihrem Besuch in keinem sehr schicklichen Zustand vor, Mr Compton. Ich hoffe, Sie können uns das verzeihen.« Sie klang heiter und keineswegs besorgt, was er von den Gefühlsausbrüchen halten könnte, die er gerade miterlebt hatte.

Ich löste mich von ihr und wischte mir die Freudentränen weg, die mir entkommen waren. Ich hatte nicht vorgehabt, vor Mr Compton zu weinen, doch gegen dieses überraschende Übermaß an Freude kam ich nicht an. Jeden Abend, wenn ich zu Bett ging, fragte ich mich, wann ich Whitney endlich wiedersähe. Ich träumte davon, dass sie die Gelegenheit hätte, die Londoner Saison und alles, wonach sie sich so sehnte, selbst zu erleben.

»Bitte entschuldigen Sie sich doch nicht«, erwiderte Mr Compton, als meine Tränen weitgehend getrocknet waren und ich mich wieder zu ihm umdrehen konnte. Er erhob sich, und ich dachte, er wolle sich verabschieden, was ich ihm beileibe nicht hätte verübeln können. Die meisten Männer hätten schon längst das Weite gesucht. Doch er kam zu mir und reichte mir ein kleines weißes Taschentuch. Beim Auseinanderfalten entdeckte ich in einer Ecke seine Initialen.

»Danke«, sagte ich, hielt es aber nicht für notwendig, mich wie meine Tante für die Szene zu entschuldigen, deren Zeuge er gerade geworden war. Er hatte sich entschieden, uns außerhalb der Besuchszeiten aufzusuchen. Meine Tante war Amerikanerin, und in ihrem Land herrschten andere Sitten. Wenn sie in ihrem Haus barfuß herumlaufen und mit vollem Munde sprechen wollte, dann war dagegen nichts einzuwenden. Zudem versuchte ich nicht, Mr Compton zu beeindrucken. Er war lediglich hier, um an Informationen über seinen Bruder zu gelangen, das wusste ich.

Lord Ashington nahm ich ab, dass er auf der Suche nach einer Gemahlin war, doch Mr Compton war nach meinem Dafürhalten nur darauf aus, Ärger zu stiften. Ich konnte mich täuschen, aber bislang schien alles darauf hinauszulaufen. Oder wie sollte ich sein Hin und Her zwischen mir und Lydia Ramsbury sonst interpretieren? Er hatte keinerlei ernsthafte Absichten.

»Ich hatte ja keine Ahnung, dass wir Besuch haben. Nachdem ich den Brief von Alfreds Schwester geöffnet und gesehen hatte, dass sie endlich zustimmte, ihre jüngere Tochter zu Besuch herzuschicken, wusste ich, dass Miriam das bestimmt sofort wissen wollen würde. Sie hat sie so sehr vermisst«, fuhr Tante Harriet fort, sich zu rechtfertigen. Ich wünschte, sie hätte darauf verzichtet. Nichts von alledem ging Mr Compton etwas an und würde es auch nie.

»Ich glaube, Miss Bathurst kann sich überaus glücklich schätzen, eine so liebevolle Tante an ihrer Seite zu haben, die sich so für sie einsetzt wie Sie. Ich bin nur ein Besucher in Ihrem Haus und fühle mich geehrt, eine so rührende Szene zwischen Ihnen beiden miterlebt zu haben«, erwiderte Mr Compton.

Seine Antwort war ganz und gar nicht schicklich, doch Tante Harriet, die keine Ahnung hatte, wie deplatziert seine Antwort war, strahlte auf. So war sie nun einmal, und wenn sie sich auf die Art wohler fühlte, dann bitte schön! Und weiter als jetzt konnten wir die Etikette ja sowieso nicht hinter uns lassen, oder? Sie war ja bereits barfuß und sprach mit vollem Mund.

Das Dienstmädchen kam mit dem Nachmittagstee herein, nach dem ich, was mir ganz entfallen war, bei Mr Comptons Ankunft geläutet hatte.

»Oh, bleiben Sie doch zum Tee!«, bat Tante Harriet Mr Compton. Offensichtlich war ihr nicht bewusst, dass es für den Nachmittagstee recht früh war und ich ihn daher schon eigens für ihn bestellt haben musste.

»Liebend gerne!« Er wandte sich zu mir und lächelte mir komplizenhaft zu. Er wollte nicht, dass man sie auf ihren Schnitzer hinwies, was ich äußerst nett fand. Die meisten Gentlemen hätten das anders gesehen. Ja, Nicholas Compton mochte viele Fehler haben, aber er hatte einen guten Kern. Den er jedoch leider viel zu selten zeigte!

Tante Harriet schien seine Antwort überaus zu entzücken, denn sie klatschte in die Hände. »Wunderbar! Ich suche nur rasch meine Schuhe und bin gleich wieder zurück.« Mit diesen Worten wandte sie sich um und eilte zur Tür hinaus.

»Bekommt sie denn keine kalten Füße?«, fragte Nicholas, sobald sie verschwunden war.

Ich schüttelte den Kopf. »Nein. Im Übrigen könnte es ein Weilchen dauern, bis sie zurückkommt. Sie verlegt ihre Schuhe gerne mal.« Er lachte.

Lächelnd trank ich einen Schluck Tee. Warum sollte ich mich in seiner Gesellschaft eigentlich nicht entspannen? Ich wusste ja, dass er nicht meinetwegen hier war. Er wollte lediglich etwas über die Absichten seines Bruders herausbekommen. Ehrlich gesagt bezweifelte ich stark, dass sich Lord Ashington noch weiter um mich bemühen würde. Ich trug keinen Titel und war viel zu eigensinnig, um als Countess infrage zu kommen. Einen derart hohen Rang hatte ich nie angestrebt, und ich war mir nicht sicher, ob ich jetzt damit anfangen wollte. Ich brauchte einen Ehegatten, ja, aber keinen mit einem dermaßen hochtrabenden Titel.

Seit meiner Heimkehr gestern Abend hatte ich mir genau das immer wieder vorgebetet. Es führte zu nichts, etwas für Lord Ashington zu empfinden. In der Oper hatte es Momente gegeben, da hatte mich das eigenartige Wärmegefühl, das sich in mir ausbreitete, wenn ich ihn ansah, regelrecht erschreckt. Er war um so vieles interessanter gewesen als gedacht. Einen guten Ehemann würde er wohl schon abgeben. Nur eben nicht meinen. Ich entsprach nicht seinen Vorstellungen von einer Ehegattin, und wenn ich mir Hoffnungen machte und mich in etwas hineinsteigerte, würde das mir irgendwann das Herz brechen. Wenn ich nicht aufpasste, empfand ich unversehens noch wahrhaftig etwas für Lord Ashington.

»Erzählen Sie mir von Ihrer Schwester!« Mr Compton stellte seine Tasse Tee auf den Tisch neben sich zurück.

Der Gedanke an die Ankunft meiner Schwester zauberte mir ein Lächeln ins Gesicht. »Was möchten Sie denn wissen?«, fragte ich, unsicher, ob es ihn wirklich interessierte oder er nur nach einem Gesprächsstoff suchte.

»Alles, was Sie mir mitzuteilen bereit sind. Ich habe Sie nicht oft von ihr sprechen hören, aber diese kleine Szene hat mir klargemacht, dass Sie sich sehr nahestehen. So etwas ist mir völlig fremd. Außer Ashington habe ich keine Geschwister.«

Mehr brauchte er nicht zu sagen. Wir wussten beide, worauf er anspielte; allerdings war ich nicht sicher, ob allein Ashington schuld daran war, dass die beiden einander hassten. Auch gingen mich die genaueren Gründe nichts an. Selbst wenn ich nachbohrte, würde ich wohl kaum die Wahrheit erfahren. In Comptons Augen zeigte sich ein Glitzern, das mich an seiner Aufrichtigkeit zweifeln ließ.

»Whitney ist eine wahre Schönheit und erhellt jeden Raum, den sie betritt. Sie hat ein melodisches Lachen und vermag selbst den trübsten Tag in einen heiteren zu verwandeln. Sie findet Freude in den kleinsten Dingen und erweckt die Lust in einem, die Welt mit ihren Augen zu betrachten. Mein Zuhause vermisse ich nicht, Whitney dagegen schon. Für mich ist sie mein Zuhause.« Von meiner Schwester zu erzählen, fiel mir leicht. Zu wissen, dass sie bald hier bei mir sein würde, linderte den Trennungsschmerz. Allein, dass ich über sie sprechen konnte, hob meine Stimmung schon.

Mr Compton schwieg, sah mich jedoch ganz eigentümlich an. Fast so, als sei er einer Person wie mir noch nie begegnet und versuchte nun, mich und meine Worte einzuschätzen. Es war eine eigenartige Erfahrung, mit einem solchen Blick bedacht zu werden. Was ihm wohl im Kopf herumgehen mochte?

Schließlich lehnte er sich auf seinem Stuhl zurück und räusperte sich. »In meinem ganzen Leben habe ich noch nie eine Dame über eine andere mit solch aufrichtiger Verehrung sprechen hören. Selbst unter Schwestern gibt es doch immer irgendeine Hürde, sei es nun Rivalität oder Eifersucht. Ihre Worte kamen jedoch aus so tiefem Herzen, dass man sie nicht infrage stellen kann.« Sein Gesicht brachte seine Fassungslosigkeit mehr als deutlich zum Ausdruck.

»Ich würde mein Leben für meine Schwester hingeben«, erwiderte ich, und genau das tat ich ja eigentlich schon. Die Entscheidung zu heiraten bedeutete, meinen Lebenstraum aufzugeben, damit Whitney das Leben haben konnte, das sie verdiente.

»Das bezweifle ich nicht, und ich muss sagen, es bestürzt mich.« Noch immer musterte er mich befremdet. »Immer meine ich, Sie könnten nicht faszinierender sein, Miss Bathurst, und doch werde ich immer wieder eines Besseren belehrt.«

Zugegeben, seine Worte waren schmeichelhaft, doch ich fragte mich weiterhin, ob er mich nicht nur für seine Ränkespiele einsetzte, und nahm sie daher lieber nicht ernst. Ich war nicht um meiner selbst, sondern um meiner Schwester willen in London. Das durfte ich nie aus den Augen verlieren!

»Seien Sie versichert, dass ich eine junge Frau bin wie jede andere auch«, entgegnete ich und nahm einen Schluck von meinem Tee. Künftig würde ich besser aufpassen, wie viel an Gefühlen ich anderen gegenüber preisgab.

Vor allem, wenn es sich um Männer wie Nicholas Compton handelte. Von seinem guten Aussehen durfte man sich nicht blenden lassen. Sein Inneres spiegelte keineswegs sein Äußeres wider.

17. KAPITEL

Der Earl of Ashington

Ich war nicht sicher, wie lange ich in der Stadt bleiben konnte, bevor ich nach Chatwick Hall zurückkehren und mich um dringende geschäftliche Angelegenheiten kümmern musste. Emma liebte das Land und wäre über eine Rückkehr überglücklich, doch zunächst einmal musste ich mich für eine Ehekandidatin entscheiden. Oder aber wir fuhren nur für zwei Wochen aufs Land – damit ich etwas Zeit hatte, um meine Gedanken zu ordnen.

Etwas Gelbes schoss an mir vorbei und kam neben der Tür zur Bibliothek schlitternd zum Stehen, um im nächsten Augenblick darin zu verschwinden. Es war, als hätte ich überhaupt nicht hier gestanden. Ich horchte, und richtig, kurz darauf waren im Gang Alice' schwere Schritte zu vernehmen.

»Miss Emma, wehe, Ihr beschmutzt auch nur ein Möbelstück!«, rief sie in einem warnenden Ton. Beschmutzt? Was hatte das Kind nur wieder angestellt?

Alice entdeckte mich und blieb stehen. »Habt Ihr sie gesehen?«, fragte sie mich mit erschöpftem Blick.

Ich deutete auf die Bibliothekstür.

»Betet, dass sie Eure unschätzbaren Sammlungen nicht mit ihren Marmeladenfingern angefasst hat«, sagte sie mit hochgezogener Augenbraue und marschierte in die Bibliothek.

Um meine Bücher besorgt, folgte ich Alice.

»Ich weiß, dass Ihr das Marmeladenglas aus der Küche genommen habt, Miss Emma«, begann Alice. »Wenn Ihr mit Euren Marmeladenfingern etwas anfasst, macht Ihr es kaputt. Es befinden sich wertvolle Bücher in diesem Raum!«

Auf der Suche nach kleinen Füßchen, die irgendwo hervorlugten, ließ ich den Blick durch das Zimmer wandern.

»Ich hab mir die Finger sauber abgeschleckt«, rief ein kleines Stimmchen.

Ich seufzte erleichtert auf.

»Wenn Ihr nicht auf der Stelle zum Vorschein kommt, wird es für Euch nie wieder Marmelade zum Nachmittagstee geben!«, warnte Alice.

Das reichte, um die gut versteckte Emma hinter einem Bücherregal hervorzulocken, das sämtliche Shakespeare-Bände enthielt. Zunächst erschien nur ein kleiner weißer Pantoffel, dann folgte der Rest dieses kleinen Frechdachses, der uns feierlich ansah. Ihre Hände mochte Emma gereinigt haben, aber ihr Mund war mit Beerenmarmelade verschmiert, und auch ihre Nase hatte ihren Anteil abbekommen.

»Kommt, wir müssen Euch sauber machen. Und dann wird es Zeit, dass Ihr Euch ausruht. Der Tee fällt heute flach. Marmelade hattet Ihr ja wohl schon genug«, erklärte Alice.

Emma ließ die Schultern sinken. »Aber ich liebe den Tee!«

»Ach was, Ihr trinkt doch kaum je einen. Euch geht es nur um die Marmelade auf den Scones. Nachdem Ihr aber das ganze für den Tee gedachte Marmeladenglas geleert habt, ist für heute keine mehr da!«

Emma seufzte. »Haben wir in der Küche denn nicht noch mehr davon?« In ihrer Stimme schwang ein klitzekleiner Hauch von Hoffnung mit.

Alice schüttelte den Kopf. »Die einzige Marmelade, die noch da ist, ist für Lord Ashingtons Scones gedacht.«

Umgehend richtete Emma ihre Aufmerksamkeit auf mich. In ihrem Kopf ratterte es, das merkte man ihr an. Sie sprühte vor Intelligenz, und ich war stolz darauf. »Möchtest du deine Marmelade überhaupt, Ashington?« Es klang, als würde sie sie mir gewaltsam wegnehmen, wenn ich Ja sagte.

»Ja, Lord Ashington will seine Marmelade«, sagte Alice, die wohl nicht darauf vertraute, dass ich die richtige Antwort gäbe.

Wie so oft überging Emma ihren Einwurf und fixierte mich weiterhin. Sie wartete darauf, dass ich antwortete. Aber so furchterregend sie sich auch zu geben versuchte, hatte ich doch mehr Angst vor Alice als vor ihr. »Ich würde sehr gerne Marmelade zu meinen Scones essen«, erklärte ich also, als klar war, dass sie sich nicht vom Fleck rühren würde, bis ich ihr eine Antwort gab.

Daraufhin ließ sie die Schultern hängen und blickte verzweifelt zu Alice zurück. »Sind Sie sicher, dass es in der Küche sonst keine Marmelade mehr gibt, Alice? Vielleicht könnte Mrs Barton ja noch eine auf dem Markt besorgen!«

Alice schüttelte energisch den Kopf. »Kommt gar nicht infrage. Ihr habt ein ganzes Glas Marmelade verputzt, Miss Emma. Es wäre ein Wunder, wenn Ihr davon keine Bauchschmerzen bekommt. Und jetzt gehen wir. Zeit fürs Schläfchen!«

Emma ließ sich Zeit, um zu Alice zu gehen – als hoffte sie darauf, ich würde mich in der Zwischenzeit doch noch gegen meine Marmelade entscheiden.

»Erinnert Euch daran, warum für Euch der Nachmittagstee heute ausfällt. Und fragt Euch, ob es das wert war«, meinte Alice, als Emma sie erreicht hatte.

Emmas Gesicht nahm einen schwärmerischen Ausdruck an. »Oh, Alice, das war es so wert. Ich liebe Marmelade!«

Während Alice Emma aus der Bibliothek scheuchte, kaschierte ich mein Lachen mit einem Husten und hielt mir die Hand vor den Mund.

Gerade wollte ich mich in mein Arbeitszimmer zurückbegeben, als es an der Haustür klopfte. Ich stutzte und beobachtete den Butler, wie er sie öffnete. Eigentlich erwartete ich niemanden, und es kam selten vor, dass ich so spät am Nachmittag noch Besuch bekam. Heute Abend fand Lady Witheringtons Ball statt, und ich hatte vor, ihm beizuwohnen.

Als Charles, der Butler, zurücktrat, um den Gast einzulassen, entdeckte ich Nicholas, der gerade seinen Hut abnahm, und erstarrte. Unsere Blicke trafen sich. »Hallo, werter Bruder«, sagte er fröhlich. »Wie reizend von dir, mir zur Begrüßung entgegenzukommen.«

Wir wussten beide, dass das nicht der Fall gewesen war, und seine Anwesenheit in meinem Haus und in unmittelbarer Nähe Emmas behagte mir gar nicht. Er war hier nicht willkommen, das war eine unausgesprochene Regel, genauso, wie ich auch niemals vor seiner Tür erschienen wäre. Nichts ging mir über Emmas Sicherheit. Nicholas stellte eine Bedrohung dar.

»Was führt dich her?« Ich ging auf ihn zu, um ihn davon abzuhalten, noch weiter ins Haus zu kommen.

»Na, ich wollte dir einen Besuch abstatten. Wir haben kaum je Zeit zum Reden. Dabei gibt es so vieles, worüber wir uns auf dem Laufenden halten müssten«, erwiderte er, als wären wir wirklich Brüder, die sich über die Gesellschaft des anderen freuten.

»Dann kannst du gleich wieder umkehren. Ich hege nicht den Wunsch, dich zu sehen, und habe zu tun.« Ich wandte mich um und ging davon. Er war hier nicht willkommen, schon allein zum Schutze Emmas nicht. Es war nicht die rechte Zeit, dass er von ihrer Existenz erfuhr. Meine Dienstboten waren loyal. Auch sie liebten das Kind abgöttisch. Sie schwiegen nicht mir, sondern Emma zuliebe, und das wusste ich. Charles würde dafür sorgen, dass Nicholas nicht weiter ins Haus vordrang. Inzwischen war ich der Earl, und Nicholas konnte keinerlei Ansprüche auf dieses Haus erheben.

»Ich war gerade bei Miss Miriam Bathurst und ihrer Tante. Was für eine überaus charmante Lady, nicht wahr?« Nicholas' Frage ließ mich innehalten, und genau das hatte sie bewirken sollen.

Ich wandte mich wieder meinem Bruder zu. Er dachte, ich wüsste nicht, was er vorhatte, aber ich war der Ältere. Ich verstand seinen Hass auf mich. Sein Rachebedürfnis. Ich hatte seine Mutter gedemütigt, und es machte für ihn keinen Unterschied, dass sie mir als Kind nie das kleinste Zeichen der Freundlichkeit entgegengebracht hatte. Er erwartete von mir Respekt ihr gegenüber. Darauf konnte er jedoch lange warten. Diese Frau war von Natur aus boshaft gewesen, andererseits gab es Zeiten, in denen ich genauso über meinen Vater dachte.

»Es interessiert mich nicht, wo du deine Zeit verbringst, Nicholas. Wenn eine Dame das falsche Spiel, das du treibst, nicht zu durchschauen vermag, dann eignet sie sich nicht, meine Countess zu sein.«

Nicholas blickte ungerührt drein. Er war ein Meister darin, immer gut gelaunt zu wirken, selbst wenn er sich an einem Tiefpunkt befand. Schwäche hatte unser Vater nicht geduldet, und so hatte Nicholas gelernt, seine eigenen zu verbergen. Vermutlich verstand ich ihn besser als er sich selbst.

»Nun denn, Hugh. Wenn du keine Zeit hast, mit mir zu plaudern, dann mache ich mich eben wieder auf den Weg. Einen wunderschönen Abend wünsche ich. Vermutlich sehen wir uns ja später bei den abendlichen Festlichkeiten wieder.«

Ich gab keine Antwort, denn das hätte bedeutet, dass ich mich auf seine Spielchen einließ, und das hatte ich nicht vor. Nicholas hatte als Kind einen Schaden davongetragen. Ich hatte damals versucht, ihn davor zu bewahren, doch ich war gescheitert. Es war mir weder bei ihm noch bei mir selbst gelungen. Ich wandte mich zum Gehen. Je früher Nicholas fort war, desto eher war Emma in Sicherheit. Auch wenn sie eigentlich ein Nickerchen halten sollte, hieß das nicht, dass sie nicht jeden Augenblick die Treppe hinunterstürmen würde, den Kopf voller Flausen.

18. KAPITEL

Miss Miriam Bathurst

Warum waren sie nur alle so gleich? Allmählich gingen mir für die blumigen Schilderungen der Bälle der Saison die Ideen aus. Bald würde Whitney hier bei mir in London sein, doch selbst dann wäre noch Einfallsreichtum gefragt, um ihr die Einzelheiten jedes einzelnen Balles zu beschreiben, der sich kaum von dem davor unterschied.

Immerhin schienen die Ballroben immer prachtvoller und aufwendiger zu werden. Offenbar versuchten die Damen, einander zu überstrahlen. Inzwischen hatten sich auch ein paar eindeutige Favoritinnen herauskristallisiert; manche setzten grundsätzlich keinen Tanz aus, während andere regelmäßig mit einer Limonade in der Hand am Rand standen und in Ermangelung anderer Beschäftigungen den neuesten Klatsch austauschten.

Nachdem augenscheinlich geworden war, dass viele Gentlemen ganz offen um die Hand einer bestimmten Lady warben, fuhren die Mütter der verbliebenen noch schwerere Geschütze auf.

Meine Füße schmerzten vom Tanzen, und mein Mund war des Lächelns überdrüssig, während ich Lord Briars Ausführungen über seine Auslandsreisen lauschte. Er hatte wirklich bewundernswert viele exotische Orte besucht, aber er erzählte ohne Unterlass davon, und ich konnte es allmählich nicht mehr hören.

Nach dem Ende des Tanzes begleitete er mich zu meiner Tante, und selbst da stand ihm das Mundwerk nicht einen Augenblick still. Hätte er doch nur einen Moment lang geschwiegen! Seine Stimme zerrte an meinen Nerven. Er war sein eigener größter Bewunderer und sich nicht zu schade, sich beharrlich über seine Errungenschaften auszubreiten.

»Und ich hoffe inständig, erneut das Vergnügen Ihrer Gesellschaft zu haben«, sagte er soeben, und ich begriff, dass er irgendwann aufgehört haben musste, mir von der ausländischen Transportindustrie zu erzählen, und zu seinen Abschiedsworten übergegangen war.

»Gewiss«, brachte ich heraus, wenngleich ich hoffte, nie wieder mit Lord Briar tanzen zu müssen. Es scherte mich nicht, dass er ein Viscount und so »überaus erfolgreich« war. Noch nie hatte mich jemand mit seinem Geschwätz so ermüdet – und ich hatte inzwischen wirklich einiges erlebt. Überdies hätte er vom Alter her mein Vater sein können.

Ich lächelte gezwungen, und meine Tante kämpfte verzweifelt gegen ein Kichern an. Als er endlich gegangen war, seufzte ich erschöpft auf. »Hast du eine Ahnung, wie viele verschiedene Seidenarten es in Indien gibt? Oder kennst du die beispiellose Schönheit der Strände Spaniens?«, fragte ich meine Tante, und wieder verkniff sie es sich loszuprusten.

»Lord Briar ist weit gereist, wenn ich es recht verstehe?«

Ich nickte. »O ja, und er ist äußerst erfolgreich. Wirklich beeindruckend. Frag ihn einfach. Er wird dir mit Begeisterung davon erzählen.«

Grinsend fächelte sich Tante Harriet Luft zu. Zum Frühstück morgen würde ich sie mit weiteren lustigen Anekdoten über Lord Briar ergötzen.

»Ein attraktiverer Bewerber ist im Anmarsch«, raunte sie mir zu. Ich folgte ihrem Blick und sah Lord Ashington auf uns zusteuern.

»Diesmal lehnst du einen Tanz mit ihm aber bitte nicht ab, hm?«, flüsterte sie. »Schließlich hat er uns einen wundervollen Abend in der Oper beschert«, fügte sie hinzu, als ob ich daran erinnert werden müsste.

»Keine Bange.« Ich schämte mich ein wenig, dass sie meinte, mich anflehen zu müssen.

»Oh, das höre ich gern.« Sie klang eindeutig erleichtert.

Ich lächelte sie an. »Er ist der Nächste auf meiner Tanzkarte.«

»Ach, na dann!«, erwiderte sie.

»Guten Abend, Lady Wellington, Miss Bathurst!«

»Guten Abend, Lord Ashington«, erwiderte Tante Harriet und machte eine kleine Verbeugung. Diesen Fauxpas ließ ich ihr wortlos durchgehen. Sollte er von anderen bemerkt worden sein, konnte sie das gut verschmerzen.

Lord Ashington lächelte und deutete seinerseits eine Verbeugung an.

Alsdann richtete er seine Aufmerksamkeit ganz auf mich. »Ich hoffe, Sie haben den Tanz mit Briar überlebt. Ich wage zu behaupten, dass er währenddessen nicht ein einziges Mal verstummt ist, weshalb ich mir am Ende Sorgen um Ihre Ohren und Ihren Seelenfrieden machte«, sagte er mit einem neckenden Unterton in der Stimme.

Allein die Tatsache, dass er mich beobachtet hatte, verursachte mir schon Herzflattern, eine Reaktion, die mich überraschte. Schon das zweite Mal hatte Lord Ashingtons Aufmerksamkeit eine derartige Wirkung auf mich. Wie war das nur möglich?

»Es war sehr … informativ«, antwortete ich.

»Wenn Sie sich jemals weiter als bis nach Paris vorwagen sollten, dann ist er der Mann, an den Sie sich um Auskünfte wenden müssten«, sagte Lord Ashington, diesmal mit einem breiten Grinsen. Wenn er so lächelte, sah er jünger aus und so gar nicht wie ein Earl. Er erinnerte mich an … seinen Bruder.

»In der Tat«, stimmte ich zu.

»Nun denn, darf ich bitten?« Er bot mir seinen Arm.

Ich erwiderte sein Lächeln, trat neben ihn und hakte mich bei ihm ein. Im Unterschied zu Lord Briar, der nach modrigem Holz und Wundsalbe roch, duftete Lord Ashington verlockend nach Minze und Gewürzen. Heute Abend hatte es mich große Willenskraft gekostet, nicht jede seiner Bewegungen zu beobachten. Er hatte einmal mit Lady Ramsbury getanzt, und es wäre gelogen zu behaupten, ich wäre nicht ein wenig eifersüchtig gewesen. Doch ich wusste, sein Name stand auf meiner Tanzkarte, und so vermochte ich, lächelnd mit Mr … Mr … ach, keine Ahnung, mit wem ich gerade getanzt hatte. Ich war zu abgelenkt. Lydia Ramsbury trug jedenfalls ein wunderschönes eisblaues Kleid, und mit den hellblonden Haaren und der Porzellanhaut sah sie an diesem Abend wirklich wie eine Prinzessin aus.

Allmählich ähnelte ich den anderen immer mehr. Maß mich an der Konkurrenz. Wann war es dazu gekommen, und seit wann machte es mir etwas aus, mit wem Lord Ashington tanzte? Bevor ich weiter darüber nachdenken konnte, ergriff Lord Ashington meine Hände, und wir tanzten. Und alles andere wurde unwichtig.

»Ich habe drei Bälle gebraucht, um mir einen Tanz mit Ihnen zu sichern, Miss Bathurst. Ich hoffe, Sie werden den Erwartungen nun auch gerecht«, scherzte er.

Mir wurde heiß im Gesicht, und ich wusste, dass ich heftig errötete. »Vielleicht muss ich Euch da enttäuschen, Lord Ashington. Möglicherweise stellt Ihr ja fest, dass unsere erste Begegnung eher ein Segen war.«

Er lachte, und seine Augen leuchteten auf, worauf sich mein Herz ein wenig zusammenzog, sofern das Herzen vermögen. Doch es fühlte sich tatsächlich so an. »Ich glaube, Sie sind sich Ihrer vielen vorteilhaften Eigenschaften gar nicht bewusst«, gab er zurück.

»Scheint so. Es sei denn, man würde meine scharfe Zunge als vorteilhafte Eigenschaft bezeichnen wollen.«

Er lächelte mich warm an. »Lassen Sie mich derjenige sein, der Sie aufklärt, Miss Bathurst. Ihr scharfer Verstand, Ihr gütiges Herz, Ihr Gefühl für Schicklichkeit, Ihr Gerechtigkeitsgefühl, Ihre Liebe zu Ihrer Familie und selbstredend Ihre unübertreffliche Schönheit sind allesamt vorteilhafte Eigenschaften.«

Mein Herz machte wieder diese ulkigen Sachen, für die ich keine richtige Erklärung hatte, und zum ersten Mal in meinem Leben fehlten mir tatsächlich die Worte. Meine Schlagfertigkeit ließ mich im Stich, und ich setzte unseren Tanz fort, ohne zu wissen, wie die geziemende Erwiderung auf eine derartige Darstellung ausfallen musste. Ein Dankeschön allein reichte nicht aus, und doch war das alles, was ich zu sagen wusste. Nach einigem Nachdenken antwortete ich schließlich.

»Das war die großzügigste Charakterzeichnung, die ich je gehört habe, noch dazu in Zusammenhang mit mir. Ich danke Euch, Lord Ashington.«

Unser Tanz endete, doch er hielt mich weiter umfasst. »Wenn Sie bislang noch nie ein Mann darauf angesprochen hat, dann war er Ihre Zeit auch nicht wert. Es sind nur die besten Ihrer Eigenschaften, aber keineswegs die einzigen.«

Wieder verschlug es mir die Sprache. Welche anderen Eigenschaften, meinte er denn, hätte ich noch? Es stand zu befürchten, dass er zutiefst enttäuscht wäre, wenn er mich besser kennenlernen würde. Die Charakterzüge, die er genannt hatte, besaß jede andere Frau doch auch. Dazu bedurfte es keiner großen Anstrengung.

Er reichte mir seinen Arm, und wir kehrten zu meiner Tante zurück. Ich wollte ihn noch nicht gehen lassen, wollte noch mehr sagen, doch war ich mir in diesem Moment unsicher, was. Sollte ich nun seine Eigenschaften loben?

»Würde es Ihnen etwas ausmachen, wenn Miss Bathurst und ich kurz auf die Veranda gingen, um etwas frische Luft zu schnappen? Es weilen noch andere draußen, wir werden also nicht allein sein, das versichere ich Ihnen.« Noch ganz in Gedanken versunken, was ich ihm sagen sollte, schrak ich bei Lord Ashingtons Bitte an meine Tante zusammen. Wollte ich überhaupt mit ihm nach draußen gehen?

»Aber natürlich«, erwiderte Tante Harriet fröhlich. »Nur zu, nichts wie an die frische Luft. Es ist ziemlich stickig hier drinnen. Miriam wird das sicher guttun.«

Sie wartete gar nicht darauf, dass ich ihr das mit einem Nicken bestätigte, so erpicht war sie offensichtlich darauf, dass wir ein bisschen Zeit für uns hatten. Ts, ts, Tante Harriet, heute Abend benimmst du dich ja ebenso schlimm wie die anderen Mütter hier! Doch ich konnte es ihr nicht verargen, schließlich wünschte ich mir selbst auch, mit Lord Ashington noch mehr Zeit zu verbringen.

Er führte mich zu dem großen Türbogen, wo uns eine Brise und die kühle Abendluft begrüßten. Von dort begaben wir uns auf die linke Verandaseite, in deren Nähe Azaleen in verschiedenen rosa Schattierungen die Wand bedeckten. Sie dufteten so herrlich, wie sie aussahen.

»Hier draußen ist es besser, nicht wahr?«, fragte er.

»O ja. Nach der langen Zeit im Ballsaal tut die frische Luft gut.«

»Verbringen Sie viel Zeit im Freien, wenn Sie auf dem Land sind?«

»Wenn das Wetter es zulässt, schon. Ich genieße den Sonnenschein und die Wärme, an kalten, trüben Tagen ziehe ich allerdings einen Platz am Kamin mit einem Buch dazu vor.«

Er lächelte. »Sie lesen sehr gerne.« Das war keine Frage, sondern eine Feststellung. »Mir geht es genauso. Meine Bibliothek in Chatwick Hall ist sehr umfangreich. Vielleicht könnten Sie, Ihre Tante und Ihr Onkel ja mal zu Besuch kommen.«

»Nach Chatwick Hall?« Ich war unsicher, ob ich ihn richtig verstanden hatte. Ich wusste nicht einmal, wo sich der Landsitz des Earl of Ashington überhaupt befand. Er nickte. »Ja, das heißt, falls Ihnen an einer kurzen Pause von der Londoner Saison gelegen wäre. Für ein paar Tage vielleicht.«

Er lud mich auf sein Anwesen ein. Sein Zuhause. Was hatte das zu bedeuten? Machte er das bei Damen öfter einmal? »Meine Schwester kommt zu Besuch. Ich weiß nicht, wie lange sie bleiben wird«, erklärte ich.

»Ausgezeichnet. Sie haben sie vermisst, ich weiß. Sie wäre natürlich ebenfalls willkommen. Ich freue mich darauf, Ihre Schwester, die Ihnen so am Herzen liegt, kennenzulernen. Sie muss ein ganz besonderer Mensch sein.«

Whitney wäre überglücklich über die Gelegenheit, ein Herrenhaus wie Chatwick Hall besuchen zu können. Das wäre für sie sogar noch aufregender als die begrenzten Eindrücke von London, die sie während ihres Aufenthalts bei Onkel Alfred sammeln könnte. Lord Ashington bot ihr die Chance auf Einblicke in ein Leben, die ihr sonst nie vergönnt wären. Und wenn ich ganz ehrlich zu mir selbst war, wollte ich sein Heim sehen. Und mehr Zeit mit ihm verbringen.

Der Grund war ein ganz einfacher: Lord Ashington hatte in meinem Herzen etwas bewegt. Es mir selbst einzugestehen hatte etwas Befreiendes. Ich senkte den Kopf, verwirrt angesichts dieser Erkenntnis.

»Das ist sehr großzügig von Euch«, erwiderte ich.

Er legte einen Finger unter mein Kinn und drückte es sanft nach oben, sodass ich ihm in die Augen sehen musste. Die Aufrichtigkeit, die ich darin entdeckte, ließ mein Herz höherschlagen. »Täuschen Sie sich nicht, Miriam. Ich bin nicht großzügig, sondern egoistisch. Ich möchte nämlich mehr Zeit mit Ihnen verbringen, abseits dieses …«, er sah sich kurz um, »… Zirkus. Ich möchte, dass wir Zeit haben, einander besser kennenzulernen. Was Ihre Familie angeht, so ist das nur noch ein Pluspunkt, denn Ihnen liegt an ihr, und ich möchte die Menschen kennenlernen, die Sie lieben.«

Er wollte mich kennenlernen.

Er wollte meine Familie kennenlernen.

Er hatte mich … Miriam genannt.

»Wir würden sehr gerne kommen.« Meine Worte waren kaum mehr als ein Flüstern.

Er lächelte darauf, und es war die Art von echtem Lächeln, das eine Frau am ganzen Körper spürte, wenn es an sie gerichtet war. Ich fragte mich, ob er sich dessen bewusst war.

19. KAPITEL

Mr Nicholas Compton

Als ich den Blick durch den Ballsaal schweifen ließ, blieb er an Ashington und Miriam hängen, die gerade von der Veranda hereinkamen. Soso, er hatte sie hinausgeführt. Wie … charmant! Vielleicht hätte ich früher kommen sollen, dann hätte ich mitbekommen, wonach ihm heute Abend der Sinn stand. Hatte er Miriam seine ungeteilte Aufmerksamkeit geschenkt, oder war er mit ihr an die frische Luft gegangen, weil er einmal mehr nicht auf ihrer Tanzkarte stand?

»Mr Compton, wie schön, dass Sie gekommen sind«, erklärte eine Frau zu meiner Linken, und ich löste den Blick widerwillig von meinem Bruder und Miriam und wandte mich Lady Gallagher zu, die mir viel zu sehr auf den Leib rückte. Die Duchess war halb so alt wie ihr Mann, und es war nicht das erste Mal, dass sie mich ansprach, seitdem ich wieder in London war. Ihre Schäferstündchen mit anderen Männern waren mir bekannt, und ich wusste auch, was passieren würde, wenn ihr bejahrter Ehemann jemals davon erfuhr.

»Guten Abend, Lady Gallagher.« Ich verneigte mich. »Sie sehen so entzückend aus wie immer.«

Sie war keine junge, unschuldige Dame mehr und errötete auch nicht mehr oder lächelte einfältig. Stattdessen beugte sie sich vor und stellte sicher, dass ich einen guten Blick auf ihre üppige

Oberweite bekam, die fast aus ihrem Kleid herausquoll. »Und Sie sehen so verführerisch aus wie immer, Nicholas«, flüsterte sie nahe an meinem Ohr.

Nicolette Gallagher sah umwerfend aus und war vor vier Jahren die Schönheit der Saison gewesen. Dadurch hatte sie den einflussreichsten Titel und den ältesten Ehemann ergattert. Das hatte ihr allerdings nicht gereicht. Sie war dafür bekannt, dass sie schon vor ihrer Heirat gern mal die Röcke hochgerafft hatte. Lord Gallagher war sich dessen bewusst gewesen und hatte über ihre früheren Indiskretionen hinweggesehen. Möglicherweise hatte er sich sogar jemanden mit Erfahrung gewünscht. Falls dem so war, hatte er gewiss eine gute Wahl getroffen.

»Wenn Sie mich bitte entschuldigen, Lady Gallagher, ich glaube, ich bin auf der Tanzkarte einer Dame als Nächstes an der Reihe«, erklärte ich ihr.

Sie verzog die roten Lippen zu einer Schnute. »Sie möchten lieber tanzen? Ich könnte mir andere Dinge vorstellen, und zwar draußen im Garten. Dort gibt es einen Schuppen ... Er ist unverschlossen.«

Dass sie wusste, dass es draußen einen unverschlossenen Schuppen gab, sollte an sich schon zu Besorgnis Anlass geben. Wie oft sie wohl schon mit einem Mann in diesem Schuppen verschwunden war? Sie war hier nicht zu Hause. Sprach sie sich vor ihrer Ankunft mit dem Gärtner ab?

»So verlockend das auch klingen mag, habe ich doch den größten Respekt vor Lord Gallagher«, erwiderte ich mit meinem charmantesten Lächeln, bevor ich aus Angst, sie könnte mich am Arm packen und ihre Nägel in meine Haut graben, wegmarschierte.

Sie war eine Schönheit und in den Liebeskünsten überaus erfahren. Ginge ich mit ihr, würde ich mich ohne Zweifel für den Moment amüsieren. Sie würde es zu einem unvergesslichen Erlebnis machen. Allerdings war ich ein schlichter Mister und ihr Gatte ein reicher, mächtiger Duke, auch wenn mir andererseits für ein Stelldichein im Gartenschuppen nicht gleich der Galgen drohte.

Ich blickte mich um und entdeckte Lydia Ramsbury umringt von mehreren Herren. Es schien ihr nicht an Aufmerksamkeit zu mangeln, andererseits wirkte Ashington nicht so, als würde ihn die Tatsache kümmern, dass sie derart umschwärmt wurde. Weder ihr noch ihren Verehrern schenkte er die geringste Beachtung. Beim Näherkommen bemerkte ich, dass Miriams Tante lächelte und glücklich nickte. Miriam schien sich auch über irgendetwas zu freuen und ein wenig … verlegen zu sein. Einen derartigen Ausdruck hatte ich auf ihrem Gesicht ja noch nie gesehen! Waren ihre Wangen etwa deshalb so verführerisch gerötet?

Nachdem ich nur noch zwei weitere Male aufgehalten worden war, erreichte ich die drei schließlich.

Ashington drehte sich zu mir um, und Lady Wellington riss die Augen auf, wie sie es so oft tat.

Ashington schien mein Anblick nicht zu behagen, und mehr brauchte ich nicht zu wissen. Entgegen meiner Hoffnungen hatte er sich offenbar auf Miriam Bathurst festgelegt. Nun würde alles schwieriger. Miriam konnte ich nicht leichten Herzens in mein Ränkespiel hineinziehen. Dafür mochte ich das, was ich von ihr kennengelernt hatte, viel zu sehr.

»Guten Abend, meine Damen. Hugh«, sagte ich zur Begrüßung.

»Mr Compton, wie schön, Sie zu sehen«, sagte Lady Wellington, auch wenn ich nicht sicher war, wie ernst es ihr damit war. Ihre Stimme klang unsicher. Hatte mein Bruder sie beide so schnell in seinen Bann gezogen?

»Nicholas«, sagte Ashington.

Miriam schwieg, und das sagte mehr als alle Worte. Sie hatte mir bereits vorgeworfen, ich würde etwas im Schilde führen, und betrachtete mein jähes Auftauchen nun als einen Teil davon. Sie täuschte sich. Es war mehr als ein albernes Spiel. Es war Vergeltung. Ich war nicht hier, um meinem Bruder irgendetwas zu beweisen. Nein, ich wollte ihn so demütigen, wie er meine Mutter gedemütigt hatte. Miriam könnte diesen Plan erschweren, da sie sich der Geschehnisse um sich herum so überaus bewusst war. Mit Lydia hingegen hätte ich leichtes Spiel gehabt.

»Ich glaube, ich bin der Nächste auf der Karte der Dame«, teilte ich ihnen mit, obwohl ich sehr wohl wusste, dass dem nicht so war, da ich gerade erst eingetroffen war.

»Sir, Sie stehen heute Abend leider nicht auf meiner Karte«, antwortete Miriam in zuckersüßem Ton.

Es klang jedoch wie eine Herausforderung, und, oh, wie sehr ich Herausforderungen liebte!

»Sind Sie ganz sicher?« Ich hob eine Augenbraue.

Sie nickte. »Aber ja. Vollkommen!«

In diesem Augenblick tauchte einige Meter hinter Ashington Mr Needs auf, der unentschlossen wirkte, ob er sich weiter nähern sollte. Ich fragte mich noch, was er vorhatte, als Miriam vortrat und sich bei ihm einhakte. »Wie es scheint, ist nun Mr Needs an der Reihe.«

Ich beobachtete, wie sie auf die Tanzfläche zugingen.

Ashington räusperte sich. »Es scheint, als seist du heute Abend zu spät gekommen, Nicholas.«

Lady Wellington zuliebe zwang ich mich zu einem Lächeln. »In der Tat. Nochmals begehe ich diesen Fehler nicht!« Es war eine Warnung, und mein Bruder würde sie auch als solche verstehen, das wusste ich.

»Oft genügt eine einzige Verspätung, und schon dreht sich der Wind«, gab er zurück und wandte sich Lady Wellington zu. »Es war mir wie immer ein Vergnügen. Ich überlasse Sie nun der

Gesellschaft Mr Comptons. Gemeinsam könnten wir einer Dame zu viel werden«, meinte er, worauf sie lachte und sich dann errötend die Hand vor den Mund hielt.

Hierauf zwinkerte Ashington. Herr im Himmel, er zwinkerte!

Ich wandte mich um und sah Ashington nach. Er ging nicht etwa in Richtung Lydia Ramsburys, sondern in die einer leeren Ecke. Dort verschränkte er die Arme und richtete seinen Blick auf Miriam und Needs auf der Tanzfläche. Als würde sie bereits ihm gehören. Als würde er Anspruch auf sie erheben, was jedem, der ihn beobachtete, zweifelsfrei klar sein musste.

Ich wandte meinen Blick wieder Lady Wellington zu, deren Augen einmal mehr vor Staunen weit aufgerissen waren. Sie schien über diese Wendung der Ereignisse ebenso überrascht zu sein wie ich. Was musste ich in den kurzen Augenblicken, in denen Miriam und Ashington auf der Veranda gewesen waren, verpasst haben? Es musste mehr dahinterstecken.

»Offenbar hat mein Bruder seine Aufmerksamkeit in eine neue Richtung gelenkt«, bemerkte ich in der Hoffnung auf weitere Auskünfte.

Lady Wellington, die Ashington immer noch beobachtete, nickte. »Ich glaube, Sie könnten recht haben«, flüsterte sie, als könnten wir belauscht werden. Diese Möglichkeit bestand immer, doch verschwendete ich nur selten einen Gedanken darauf. »Miriam ist ein wahrhaft seltenes Juwel, aber sie macht es anderen schwer, das zu erkennen. Sie ist so verschlossen. Es scheint, als hätte Lord Ashington hinter ihren … Schutzwall geblickt.«

Mein Bruder war nicht der Einzige, der den wahren Wert von Miriam Bathurst entdeckt hatte. Ich hätte mühelos aufzählen können, was ihn an ihr so anzog. Man musste schon taub, stumm und blind sein, um nicht von ihr fasziniert zu sein.

»Miss Bathurst hat es geschafft, gute Seiten an ihm zu entdecken, nehme ich an?«, fragte ich, denn ich wusste genau, dass Miriam noch bei unserem letzten Gespräch nicht sonderlich von Ashington angetan gewesen war.

Lady Wellington zuckte mit den Schultern. »Ich habe nicht die leiseste Ahnung. Ehrlich gesagt ist das alles recht faszinierend, nicht? Dabei dachte ich, eine Saison in London wäre öde und spießig! Nie hätte ich gedacht, welche Dramen sich währenddessen abspielen können!«

Ich lächelte über ihre ehrliche Antwort. Die Unterhaltungen mit Lady Wellington waren jedes Mal ein Hochgenuss. »Es wird niemals langweilig«, räumte ich ein. Allerdings hätte ich es lieber gesehen, wenn sich mein Bruder eine Frau ausgesucht hätte, die tatsächlich langweilig war. Er war selbst ziemlich dröge, insofern wäre es nur logisch gewesen, dass er sich eine ebenso dröge Countess wählte. Stattdessen stand er hier und beobachtete das funkelndste Juwel im Raume, ach was, in ganz England. Miriam Bathurst hatte es geschafft, seine Aufmerksamkeit von Lydia auf sich zu lenken, und das ganz ohne Mühen. Sie war lediglich sie selbst gewesen.

Mit einem bedauernden Seufzer beobachtete ich, wie sie Mr Needs anlächelte, und wünschte mir, die Dinge lägen anders. Der Mutter zuliebe Rache zu nehmen, war das eine. Das andere, das zu verlieren, was möglicherweise das eigene künftige Glück hätte bedeuten können. Mein Bruder würde Miriam Bathurst niemals glücklich machen. Er würde ihr ein Leben aufzwingen, in das sie weder hineinpasste noch hineinpassen wollte. Wohingegen sie mit mir genau so hätte sein können, wie sie war, und ich jeden Augenblick genießen würde.

Wusste Ashington, dass ich mich zu Miriam hingezogen fühlte? Tat er das Ganze deshalb? Hatte er den Spieß umgedreht, und ich hatte es nicht mitbekommen? Miriam war keine Schachfigur, die man einsetzte. Konnte ich tatenlos zusehen, wie er sie für seine Zwecke nutzte?

Wie weit war ich der Rache zuliebe bereit zu gehen?

20. KAPITEL

Miss Miriam Bathurst

Ich konnte mich an keine Zeit in meinem Leben entsinnen, zu der ich mich so unbändig gefreut hatte wie in dem Augenblick, als Whitney durch die Haustür meiner Tante und meines Onkels trat. Mir stiegen Tränen in die Augen, und meine Brust schien zu bersten vor Glück. Ich blieb einen Moment auf der Treppe stehen und betrachtete ihr engelsgleiches Gesicht, bevor ich auf sie zustürmte, unfähig zu glauben, dass sie endlich da war.

Ihr Lachen schallte durch den Eingangsbereich, und meine Welt war wieder in Ordnung. Lachend und weinend umarmte ich meine Schwester und konnte sie gar nicht mehr loslassen. Obwohl ich den ganzen Vormittag vom Fenster meines Zimmers aus nach ihrer Kutsche Ausschau gehalten hatte, befürchtete ich noch immer, das alles wäre nur ein Traum.

»Gib dem Mädel Luft zum Atmen, Kind«, ertönte Onkel Alfreds tiefe Stimme hinter uns. Ich lockerte meinen festen Griff ein wenig, war aber nicht imstande, ganz von ihr zu lassen.

»Du bist hier!«, sagte ich ehrfürchtig.

»Ja!«, antwortete sie vergnügt. »Und du weinst!«

Ich lachte wieder und wischte mir die Tränen aus dem Gesicht. »Ich habe dich so vermisst. Das ist alles.«

Sie sah sich staunend um. »Wie konntest du in dieser Umgebung Zeit haben, mich zu vermissen? Es ist wunderschön hier.«

»Ich würde dich selbst im Buckingham Palace noch vermissen!« Ich umfasste ihr Gesicht und betrachtete sie. Sie war wahrhaftig hier bei mir.

»Ich habe dir doch versprochen, dass ich deine Mutter überrede, sie herzuschicken, oder nicht? Eines Tages wirst du lernen, mir zu vertrauen.« Onkel Alfred kam auf uns zu.

Whitney sah von mir zu unserem Onkel, den sie noch nie persönlich kennengelernt hatte. Das eine Mal, als er uns besucht hatte, war ich noch so jung gewesen, dass selbst ich mich nicht mehr daran erinnern konnte. Ich folgte ihrem Blick und lächelte den hochgewachsenen, breitschultrigen Mann an, der zu uns allen so großzügig war. »Ja, das hast du, und ich habe nicht an dir gezweifelt. Vielmehr ist es meine Mutter, an der ich gezweifelt habe, fürchte ich.«

Er gab missbilligende Laute von sich, als hätte meine Mutter eigentlich nichts zu sagen, und wandte sich dann Whitney zu. »Wir freuen uns, dass du hier bist, Liebes. Du siehst deiner Mutter sehr ähnlich, als sie in deinem Alter war. Aber nach dem, was ich von Miriam gehört habe, bist du von anderer Wesensart, und dafür sind wir alle dankbar«, erklärte er mit dröhnender Stimme.

»Alfred!«, schalt Tante Harriet ihn laut. »Sprich nicht so über die Mutter des Mädchens. Es ist gerade erst angekommen.«

Onkel Alfred wandte sich zu seiner Frau um, die Whitneys Ankunft verpasst hatte und nun auf uns zugeeilt kam. »Wie viele Tage muss ich denn warten, bis ich vor ihr kein Blatt mehr vor den Mund nehmen muss? Miriam scheint es nicht zu stören. Stimmt's, Liebes?«, fragte er mich.

Schmunzelnd sah ich zu Whitney hinüber, die das Ganze mit sichtlicher Belustigung verfolgte. Sie lächelte mich strahlend an und kicherte dann. »An der Wahrheit kann man sich nicht stören, Onkel. Das ist schon in Ordnung, Tante Harriet. Whitney kennt Mutter genauso gut wie ich und macht sich keine Illusionen über sie.«

Tante Harriet lächelte sanft und machte einen Schritt auf Whitney zu. »Oh, du bist genauso entzückend, wie deine Schwester gesagt hat. Sie hat von kaum etwas anderem gesprochen. Wir sind so froh, dich hier bei uns zu haben. Bitte fühl dich wie daheim. Ich habe dein Gepäck in das Zimmer bringen lassen, das gegenüber von Miriams liegt. Allerdings hat Miriam erwähnt, dass ihr euch zu Hause eines teilt. Wenn du also lieber bei ihr im Zimmer schlafen möchtest, nur zu. Wir sind einfach überglücklich, euch jetzt beide hier zu haben.«

Whitney strahlte angesichts der herzlichen Begrüßung, und obwohl ich mit nichts anderem gerechnet hatte, war ich den beiden doch sehr dankbar für ihre Großherzigkeit. Whitneys letztem Brief hatte ich entnehmen können, wie sehr sie sich auf ihr Kommen freute, gleichzeitig hatte sie sich aber auch besorgt gezeigt, sie könne irgendwie im Wege sein oder zu viel Mühe machen. Doch Tante Harriet würde eine weitere Tochter haben, und darüber freute sie sich eindeutig über alle Maßen.

»Wie Harriet schon sagte, wir sind froh, euch beide hier bei uns in London zu haben. Warte nur ab, gleich holt sie ihre Pralinen und Skandalblätter hervor! Wenn die Damen mich bitte entschuldigen, ich muss mich in mein Arbeitszimmer zurückziehen und einige dringende Angelegenheiten erledigen«, empfahl sich Onkel Alfred.

Tante Harriet ging auf seine Bemerkung über ihre beiden Laster zwar nicht ein, doch ihre Augen weiteten sich ein wenig, als sie Whitney fragte: »Magst du Pralinen denn, Honey?«

Nach kurzem Überlegen nickte diese. »Ja, ich glaube schon. Allerdings habe ich erst einmal welche gegessen, und zwar auf einer Weihnachtsfeier vor ein paar Jahren.«

»Bei den Rockinghams«, fügte ich hinzu. Ich erinnerte mich

nur zu gut an die Fülle von Köstlichkeiten auf diesem Fest. Bis zu meiner Ankunft hier war es die aufwendigste Feier gewesen, die ich je besucht hatte. Doch London ließ sie im Vergleich blass erscheinen. Ach, könnte Whitney doch nur auf einen Ball gehen!

»Ja! Die Rockinghams«, sagte sie vergnügt. »Sie hatten einen ganzen Tisch voller Pralinen. In allen Formen und Farben. So etwas Schönes habe ich in meinem ganzen Leben noch nicht gesehen.«

»Du bist dann aber auch mit fürchterlichen Bauchschmerzen zu Bett gegangen«, fügte ich hinzu.

Whitney wurde rot. »Ich war doch erst acht!«

Tante Harriet lachte. »Acht! Ich würde jetzt auch noch Bauchschmerzen bekommen, wenn ich einen Tisch mit Pralinen vorgesetzt bekäme, und dabei bin ich schon … Nun, das behalte ich mal lieber für mich«, meinte sie augenzwinkernd. »Kommt, ihr zwei. Gehen wir in Whitneys neues Zimmer und helfen ihr dabei, ihre Sachen einzuräumen. Danach gibt es Tee und Pralinen. Ich brenne darauf, alles über das englische Landleben zu erfahren.«

Da würde es nicht viel zu erzählen geben. Unser Leben zu Hause war nicht vergleichbar mit dem, das Menschen mit mehr Geld üblicherweise auf dem Land führten. Aber das würde ich ihr später erklären. Erst einmal wollte ich unbedingt, dass Whitney das Zimmer zu sehen bekam, das sie während ihres Aufenthaltes hier ihr Eigen nennen würde.

»Ich habe in Amerika nicht viel Schokolade bekommen. Meine Familie ist groß, und alle stehen sich sehr nahe, aber wohlhabend sind wir nicht. Mein Vater arbeitet hart und hat immer dafür gesorgt, dass es uns an nichts fehlte, aber die Seite des Lebens, die Alfred mir gezeigt hat, kannte ich bis dahin nicht. Es grenzt an ein Wunder, dass er mich noch heiraten wollte, nachdem er mir bei unserem zweiten Stelldichein die ersten Pralinen meines Lebens schenkte. Ich muss wie ein wildes Tier, das ein frisches Stück

Fleisch vorgesetzt bekommt, darüber hergefallen sein. Noch nie hatte ich so etwas Wunderbares gekostet! Dabei wurde mir klar, dass ich ihn liebe.«

Whitney lauschte Tante Harriets Geschichte fasziniert. Während wir die Treppe hinaufstiegen, überlegte ich lächelnd, wie lange es wohl dauern würde, bis sie merkte, dass Tante Harriet weder Schuhe noch Strümpfe trug. In meinen Briefen hatte ich sie auf diese Angewohnheit hingewiesen, aber Whitney war seit ihrer Ankunft derart überwältigt von allem, dass ihr das vermutlich noch nicht ins Auge gefallen war. »Was für eine schöne Geschichte«, sagte sie nun. »Ihr habt also aus Liebe geheiratet? Es war keine Ehe, die von deinem Vater arrangiert wurde?«

Tante Harriet lachte laut auf. »Mein Daddy hätte sich gehütet, mich mit einem Mann seiner Wahl zu verheiraten. Er hatte seine Töchter dazu erzogen, stark und unabhängig zu sein. Als ich dann euren Onkel kennenlernte, hat er kein einziges schlechtes Wort über ihn verloren. Er sagte lediglich, er wolle, dass ich glücklich werde. Und als euer Onkel dann um meine Hand anhielt, erwiderte er: ›Wenn sie dich heiraten will, einverstanden. Aber ich gebe sie dir nur, wenn du sie auch beschützt und für sie sorgst. Solltest du ihrer aber überdrüssig werden oder sie dich mit ihrem frechen Mundwerk so wütend machen, dass du sie ohrfeigen möchtest, dann bring sie einfach zu mir zurück. Tu meinem Mädchen niemals weh, oder deine Tage sind gezählt. Dessen kannst du dir sicher sein!‹«

Ich hatte diese Geschichte noch nie gehört und lauschte ebenso gebannt wie Whitney, wie Tante Harriet die Worte ihres Vaters mit ihrem eigenartigen Akzent wiederholte.

»Das hat dein Vater gesagt?«, staunte Whitney.

Tante Harriet nickte. »Aber gewiss doch. Und den Ehemännern meiner fünf Schwestern auch.« Sie ging mit uns den langen Gang entlang zu der Tür, die in Whitneys Zimmer führte.

Whitney sah mich mit verwunderten Augen an. Noch nie hatte sie eine so extravagante Persönlichkeit wie Tante Harriet kennengelernt. Falls ihr diese Geschichte gefallen hatte, so gab es noch genügend weitere! Ich war so froh, Whitney wieder bei mir zu haben. Bei dem Gedanken, was ich ihr alles zeigen musste und was sie in London alles erleben sollte, fühlte sich mein Herz so leicht an wie seit Jahren nicht mehr.

Sie würde es hier lieben.

21. KAPITEL

Der Earl of Ashington

Gelächter schallte die Treppe hinunter, gefolgt von Alice' mahnender Stimme. Die beiden würden zwei Tage eher aufs Land reisen, um sich dort schon einmal einzuleben. Um diese Entscheidung hatte ich mehrere Tage mit mir gerungen, da ich mich fragte, ob es für Emma besser war, hierzubleiben oder mich nach Chatwick Hall zu begleiten. Ließ ich sie hier, konnte sie womöglich von einem Besucher entdeckt werden, selbst wenn er nicht ins Haus gelangte. Nicholas war dabei meine größte Sorge.

Wenn ich sie mitnahm, war ich den Wellingtons und Miriam eine Erklärung schuldig, was es mit ihr auf sich hatte. Allerdings musste ich bezüglich Miriam und Emma ohnehin in Bälde das Terrain sondieren. Musste vorfühlen, wie Miriam auf die Vorstellung reagierte, dass ich ein Mündel hatte. Schließlich erwartete ich mir von meiner zukünftigen Frau Unterstützung bei der Erziehung Emmas. Andererseits fürchtete ich, es könnte noch viel zu früh sein, die beiden einander vorzustellen. Ich lernte Miriam gerade erst kennen, und nun bot sich mir die Gelegenheit, nicht nur mit ihr Zeit zu verbringen, sondern auch mit ihrer Schwester, ihrer Tante und ihrem Onkel. Bislang wusste ich nur wenig über die drei, dabei waren sie ein fester Bestandteil von Miriams Leben. Emma zuliebe wollte ich ihnen ein wenig auf den

Zahn fühlen. Es reichte nicht, sich nur darauf zu verlassen, dass man von einer schönen Frau angezogen wurde.

Schließlich beschloss ich, Emma mit aufs Land zu nehmen, sie aber nicht im Haupthaus unterzubringen. Auf dem Anwesen befand sich ein Witwenhaus, das seit dem Ableben meiner Großmutter nicht mehr bewohnt wurde. Ich hatte veranlasst, dass es für Alice und Emma auf Vordermann gebracht und mit Personal ausgestattet wurde. Es lag weit genug vom eigentlichen Herrenhaus entfernt, dass das wenige Licht, das es abends verbreitete, gut und gern auch vom nachbarlichen Grundstück stammen konnte.

Natürlich hatte der Plan seine Tücken, aber von allen Optionen gefiel er mir am besten, da ich Emma auf die Art vor möglichem Schaden bewahren konnte. Es behagte mir zwar gar nicht, sie derart abschirmen zu müssen, doch bis ich verheiratet war und alles seinen Gang ging, blieb mir nichts anderes übrig, sofern ich mir für sie eine Zukunft erhoffte, die einer Compton würdig war.

»Ashington! Wir gehen auf die Reise! Wir gehen auf die Reise!«, sang Emma vergnügt und hüpfte auf mich zu, nachdem sie von der untersten Stufe gesprungen war.

»Das tun wir in der Tat«, stimmte ich ihr zu.

»Aber Alice sagt, du fährst nicht mit uns!« Sie zog die Stirn kraus.

Ich ging in die Knie, um mit ihr auf Augenhöhe zu sein. »Ich habe hier noch einiges zu erledigen, komme aber bald nach. Derweil genießt du schon mal das Landleben. Wir waren schon viel zu lange nicht mehr in Chatwick Hall.«

Sie nickte energisch. »Wir werden aber in einem Häuschen wohnen, sagt Alice. Das so aussieht wie die Häuschen in meinem Märchenbuch!« Der Gedanke schien sie derart zu entzücken, dass ich vor Erleichterung am liebsten laut aufgeseufzt hätte.

»Es wird sein, als würdest du in deinem eigenen Märchen leben.«

Quietschend wirbelte sie zu Alice herum, die ein Stück von uns entfernt stand. »Haben Sie das gehört, Alice? Wir werden in unserem eigenen Märchen leben!«

Alice nickte. »O ja, das werden wir wahrhaftig.«

Emma drehte sich wieder zu mir um und schlang mir ihre Ärmchen um den Hals. »Ich werde dich vermissen, Ashington.«

Ich erwiderte ihre Umarmung und spürte, wie sich meine Brust zusammenzog. »Ich werde dich noch viel mehr vermissen, Emma.«

Sie gab mir ein Küsschen auf die Wange und löste sich von mir. »Sei nicht traurig. Wir sehen uns ja bald wieder«, tröstete sie mich mit einem spitzbübischen Grinsen.

Ich richtete mich auf und versprach Gehorsam, indem ich vor ihr salutierte.

Alice streckte die Hand nach ihr aus, und Emma lief zu ihr hinüber und ergriff sie. »Kommen Sie, Alice, es wird Zeit, dass wir uns auf die Reise machen.«

Alice sah mit einem amüsierten Lächeln auf ihrem ansonsten immer so angespannten Gesicht zu mir. Ich nickte ihr zu, und sie machte sich auf den Weg zum Dienstboteneingang. Die Haustür durfte Emma nicht benutzen, da es beim Anblick eines Kindes sofort Gerede gegeben hätte. Noch so etwas, das zu ihrem Schutz notwendig war, auch wenn es mir nicht gefiel. Das hier war Emmas Zuhause, und dass sie so leben musste, als würde sie nicht existieren, war ungerecht. Aber einen anderen Weg sah ich nicht.

Ich ging zum Eingang, und Charles half mir in meinen Gehrock, bevor ich nach draußen trat. Ich wollte noch die Kutsche ums Haus biegen sehen und hoffentlich ein letztes Winken von Emma erhaschen. Ich wusste, Alice würde sie beschützen – koste es, was es wolle –, aber ich fühlte mich grundsätzlich wohler, wenn ich Emma in meiner Nähe wusste.

Die Kutsche fuhr um das Haus herum auf die Straße, und prompt wurde ein Händchen aus dem Fenster gestreckt, das lebhaft winkte. Lächelnd winkte ich zurück. Emma kam nicht oft genug aus dem Haus, und nun stand ihr ein großes Abenteuer bevor. Als wir Chatwick für die Saison in London hatten verlassen müssen, war sie traurig gewesen. Sie liebte das Landleben genauso wie ich. Es würde eine nette Abwechslung sein, nun wieder an die frische Luft zu kommen.

»Seid Ihr bereit, Mylord?«

Zwei Tage später stand ich wieder an der Tür, bereit, um nun selbst nach Chatwick Hall aufzubrechen. Ich nickte dem Lakaien zu und drehte mich ein letztes Mal zu Charles um, der an der Tür meiner Anweisungen harrte. »Spätestens am Dienstagabend sind wir zurück«, teilte ich ihm mit. Falls sich diese Reise als Fehler herausstellte, natürlich auch schon früher. Ich hoffte jedoch, dass ich bei Miriam Bathurst und ihrer Familie alles fand, was ich brauchte.

»Ich wünsche eine gute Reise, Mylord.« Charles trat ins Haus zurück und schloss die Tür. Bei meiner Rückkehr würde ganz London wissen, dass ich Miriam Bathurst als die künftige Countess von Ashington betrachtete. Keine andere Dame hatte ich je mitsamt ihrer Familie nach Chatwick Hall eingeladen. Auch für die Wellingtons war dies ein unmissverständliches Signal.

Unterdessen konnte ein anderer Gentleman um Lydias Hand anhalten, und ich würde mein Vorgehen im Nachhinein womöglich bereuen. Lydia wäre eine Countess durch und durch und würde in allen gesellschaftlichen Kreisen sofort anerkannt. Miriam Bathurst hingegen war lediglich die Tochter eines Barons und hatte ihr ganzes Leben auf dem Land verbracht. Wenn ich mich dennoch für Miriam entschied, so geschah das aufgrund ihrer Willensstärke und ihrer Fähigkeit, mit dem kleinen Wildfang Emma umzugehen. Eine falsche Entscheidung meinerseits hätte Auswirkungen auf Emmas ganzes restliches Leben.

Wenn ich offen mit mir selbst war, gab es jedoch noch einige weitere Gründe, warum ich Miriam Bathurst den Vorzug gab. Ihr Humor, ihr Verstand, ihre Entschlossenheit, ihre Liebe zu ihrer Familie und ihre unvergleichliche Schönheit zum Beispiel – um nur ein paar zu nennen. Und wenn ich ganz ehrlich sein wollte: Ich fühlte mich zu Miss Bathurst hingezogen. Bislang hatte ich die Vorstellung, mit einer Ehefrau das Bett zu teilen, keineswegs verlockend gefunden. Als ich mir jedoch Miriam in dieser Rolle vorstellte, wollte ich nichts lieber als das. Wer brauchte die Unterhaltungen einer Mätresse, wenn man eine Miss Bathurst zur Frau hatte? Ich träumte davon, mein Gesicht in ihren kupferroten Locken zu vergraben, während ich über eine ihrer Bemerkungen lachte oder während ich .... Halt! Ich durfte mich von meinem Verlangen nach ihr nicht beeinflussen lassen. Meine Wahl musste auf diejenige fallen, die am besten für Emma war.

Mit dem Gefühl, die Last der ganzen Welt auf den Schultern zu tragen, bestieg ich die Kutsche. Ich konnte mir nicht vorstellen, dass ich Lydia je so begehren würde wie Miriam. Es würde sich um eine reine Vernunftehe handeln, weiter nichts. Wohingegen eine Ehe mit Miriam auf allerbeste Art aufregend und herausfordernd sein würde.

22. KAPITEL

Miss Miriam Bathurst

Keine Worte konnten beschreiben, wie prachtvoll Chatwick Hall war. Bei unserer Ankunft war ich so überwältigt davon, dass ich von Tante Harriets spontanem Begeisterungsausbruch kein Wort mitbekam. Whitney jedoch ergriff meine Hand und drückte sie, und so löste ich kurz den Blick von dem Anwesen und spähte zu ihr.

Mit großen Augen nahm sie den Anblick vor uns auf. Selbst wenn Lord Ashington nach diesem Aufenthalt feststellen sollte, dass wir doch nicht zueinanderpassten, war ich mir sicher, dass sich jeder Augenblick dieses Wochenendes lohnen würde. Whitneys Träume würden wahr werden. Sie blinzelte benommen und sah mich dann an. »Hast du schon jemals etwas so Großartiges gesehen?«, hauchte sie.

»Nein«, gab ich schlicht zurück. Und so war es.

»Wenn das Äußere auf das Innere schließen lässt, dann kann ich es gar nicht erwarten hineinzukommen!«, schwärmte Tante Harriet, und wir nickten zustimmend.

»Ich wette, es ist genauso prunkvoll wie der Palast«, meinte Whitney.

Tante Harriet lachte. »Wie Buckingham Palace? Meine Güte, das Gebäude ist schon reichlich imposant, aber dass das Innere an das des Königshauses herankommt, glaube ich eher nicht.«

Ich war mir da nicht so sicher. Je näher wir Chatwick Hall kamen, desto atemberaubender fand ich es. Im Übrigen war ich froh, dass wir die Reise nicht alle in einem Gefährt unternommen hatten. Obwohl die Kutschen, die Lord Ashington für uns und unser Gepäck zur Verfügung gestellt hatte, größer waren als alle, mit denen ich je gefahren war, war es dennoch viel komfortabler, dass die Männer in der einen und wir in der anderen Kutsche saßen. Vor allem jetzt, da wir seinen Besitz bewunderten.

Noch immer stellte Lord Ashington für mich in mehrerer Hinsicht ein Rätsel dar, und nur weil er einen so prachtvollen Landsitz wie diesen besaß und mein Herz bei seinem Anblick höherschlug, war ich noch lange nicht bereit, seine Frau zu werden. Nicht, dass er mir die entscheidende Frage schon gestellt hätte, selbstredend. Aber so oberflächlich war ich einfach nicht. Lebenslanges Elend wäre ein Anwesen wie dieses nicht wert. Es war wichtig, sich an den Ashington zu erinnern, den ich kennengelernt hatte, bevor er Tante Harriet und mich in die Oper eingeladen hatte. Schließlich änderte man sich nicht über Nacht. Ich musste mir über die wahre Natur Lord Ashingtons klar werden.

Die Kutsche kam zum Stehen, und Tante Harriet blickte zu mir. »Du musst Lord Ashington unbedingt von Alfred erlösen. Der hat ihn doch gewiss die ganze Reise über einem Verhör unterzogen, das sich gewaschen hat. Lord Ashington muss daran erinnert werden, warum er uns eingeladen hat, und braucht eine Pause von deinem Onkel.« Trotz ihres Lächelns merkte ich, dass sie es überaus ernst meinte. Ich hatte mir keine großartigen Gedanken darüber gemacht, worüber sich die beiden in der Kutsche vor uns unterhalten mochten. Wenn Onkel Alfred ihn allerdings wahrhaftig mit Fragen gelöchert hatte, musste das in der Tat unangenehm für ihn gewesen sein.

Whitney musste darüber kichern, und ich grinste sie schief

an. Nichts wollte ich lieber, als nach einer langen Kutschfahrt den Gutsherrn zu unterhalten! Mit einem seligen Seufzer blickte Whitney wieder zum Fenster hinaus. Dafür, sie so glücklich zu sehen, tat ich alles! Na, und so unangenehm war mir Lord Ashingtons Gesellschaft ja nun auch nicht …

Der Kutschenschlag wurde geöffnet, und Tante Harriet ergriff die Hand, die ihr ein Lakai anbot, und stieg hinaus. »Lord Ashington, ich habe noch nie in meinem Leben ein so prachtvolles Gebäude gesehen«, rief sie verzückt.

Whitney, deren Augen sich vor Unglauben über Tante Harriets laute Verkündung geweitet hatten, kicherte und hielt sich rasch die Hand vor den Mund. Sie hatte sich noch nicht an Tante Harriets Eigenarten gewöhnt, doch das würde sich mit der Zeit geben. Achselzuckend bedeutete ich ihr, sich vom Diener hinaushelfen zu lassen.

Als sie dann vor Chatwick Hall stand, war alle Belustigung verflogen. Genau deshalb war ich nach London gekommen. Ich hatte Whitney das Leben ermöglichen wollen, von dem sie träumte. Ein Erlebnis wie dieses hatte ich mir allerdings nicht zu erhoffen gewagt.

Als ich aus der Kutsche stieg, trafen sich Lord Ashingtons und mein Blick, und ich lächelte. Und zwar aus ganzem Herzen. Schon allein dadurch, dass er meine Schwester und meine Tante so glücklich machte, hatte er mir ein Geschenk gemacht. Selbst wenn die gemeinsam verbrachte Zeit zu nichts sonst führen würde, wäre ich ihm für diese Einladung auf immer dankbar. Über sein Leben wussten wir nur wenig. Tante Harriet und Onkel Alfred waren zwar sehr wohlhabend, doch seine Art des Vermögens wurde seit vielen Generationen weitervererbt. Es machte einen Teil der Persönlichkeit Lord Ashingtons aus.

»Ich hoffe, Sie hatten eine angenehme Reise?« Er trat auf mich zu und bot mir den Arm.

»Aber ja, mehr als das. Die Kutsche war ausgesprochen komfortabel. Ich danke Euch.«

»Sehr gut. Würden Sie gern Ihr Zimmer gezeigt bekommen, damit Sie sich ausruhen können?«, fragte er auf dem Weg zum Eingangsportal.

Ich musste daran denken, dass Onkel Alfred ihn nun sicher mit Fragen über den Landsitz bestürmen würde, und an Tante Harriets Bitte, dem armen Lord genau das zu ersparen. »Ich dachte, vielleicht könnten Sie mich ein wenig herumführen, wenn es Ihnen nicht zu viel Mühe bereitet. Nach dem langen Sitzen wäre ein Spaziergang einfach herrlich.«

Er verzog den Mund zu einem Lächeln, und ich fragte mich, ob es aus Erleichterung darüber geschah, Onkel Alfred los zu sein, oder weil ihm der Gedanke an einen Spaziergang gefiel. So oder so, der Vorschlag fand Anklang. »Aber natürlich.«

Am liebsten hätte ich gefragt, ob Whitney mitkommen könne, ließ es aber sein. Nach der langen Kutschfahrt würde sie ihr Bein ausstrecken und sich ein Weilchen ausruhen müssen. Nach einer Reise verkrampfte es immer und bereitete ihr Schmerzen.

Als wir Chatwick Hall betraten, entschied ich, dass Tante Harriet sich täuschen musste. Sicherlich war selbst Buckingham Palace nicht so opulent eingerichtet wie dieser Prachtbau. Ich blieb stehen und ließ die imposante Eingangshalle mit ihren glänzenden Marmorböden, den kostbaren Kunstwerken und der kunstvoll bemalten Kuppeldecke auf mich wirken.

»Willkommen in Chatwick Hall«, sagte Lord Ashington, während wir uns alle staunend umblickten. Sogar Onkel Alfred schien es die Sprache verschlagen zu haben.

Wie musste es gewesen sein, hier aufzuwachsen? Wie oft verlief man sich wohl in den Gängen? In diesem Moment bemerkte ich mehrere Dienstmädchen, die wartend neben der Treppe standen. Es handelte sich um drei junge Mädchen und eine ältere Frau, die offenbar die Verantwortung trug. Ich lächelte sie an und fragte mich, ob sie sich auch noch ab und zu verirrten.

»Nach der langen Reise können Sie sicherlich alle eine Pause gebrauchen, um sich frisch zu machen. Agnes«, er winkte der älteren Dame zu, die daraufhin vortrat, »wird sich darum kümmern, dass jeder von Ihnen sein Zimmer findet und Ihre Sachen eingeräumt werden. Sollten Sie etwas brauchen, läuten Sie einfach.«

Tante Harriet bedankte sich ein weiteres Mal bei Lord Ashington und steuerte auf Agnes zu, offensichtlich bereit, sich auf ihr Zimmer zu begeben und auszuruhen. Whitney folgte ihr schwerfällig, und mir fiel auf, dass sich ihr Hinken durch die Reisestrapazen etwas verschlechtert hatte. Allerdings würde sie niemals um Hilfe bitten oder ihre Beschwerden erwähnen. Vielleicht sollte ich sie so bald nach unserer Ankunft noch nicht allein lassen. Sie könnte Hilfe brauchen.

»Wie kann ich helfen?«, fragte Lord Ashington mit leiser Stimme neben mir.

Ich erschrak, da mir seine Nähe gar nicht bewusst gewesen war. Als ich mich zu ihm umwandte, sah ich, dass er Whitney nachdenklich beobachtete. Ich bezweifelte, dass andere dem Zustand meiner Schwester großartig Beachtung geschenkt hätten.

»Vielleicht kann jemand Whitney auf dem Weg zu ihrem Zimmer unter die Arme greifen? Da kann sie sich erholen und ihr Bein hochlegen? Das hilft nach einer Reise.«

Er nickte und machte jemandem ein Zeichen, den ich nicht sehen konnte, woraufhin ein Mann an seiner Seite erschien. Er war älter als Lord Ashington. Sein Haar war silbern, die Haltung kerzengerade, und auch wenn er hier eindeutig arbeitete, wirkte er dennoch durchaus distinguiert. Ich hörte, wie Ashington meine Bitte an den Mann weitergab, worauf dieser verschwand.

»Earlwin wird sich um alles kümmern. Agnes wird von Whitneys Bedürfnissen erfahren, und diese wird bei ihr in bester Obhut sein.«

»Ich danke Euch«, sagte ich, unfähig, all die Gefühle zum Ausdruck zu bringen, die ich empfand. Es war mehr als nur schlichte Dankbarkeit, es war auch Erleichterung. Whitney war immer meine größte Sorge. »Sie ist ganz aus dem Häuschen darüber, hier zu sein. So etwas hätte ich ihr nie bieten können. Reisen sind für sie zwar grundsätzlich beschwerlich, aber sie wollte die Gelegenheit, einen Ort wie Chatwick Hall zu besuchen, auf keinen Fall versäumen. Ich bin Euch wahrhaft dankbar, Lord Ashington.« Ich legte mein ganzes Gefühl in meine Worte und hoffte, es reichte. Obwohl Worte das selten taten.

Er hob eine Augenbraue. »Sind Sie das? Wahrhaft dankbar?«

Seine Frage verwirrte und verunsicherte mich, doch ich nickte bedächtig. »Ja, natürlich. Wie denn auch nicht?«

»Könnten Sie dann dieses Wochenende versuchen, mich einfach nur Ashington zu nennen?«

Ich sah zu ihm auf. Hatte ich ihn wirklich richtig verstanden? Das wäre so ungezwungen und vertraut! Wie konnte ich so etwas tun? Dafür kannten wir einander doch gar nicht gut genug.

»Machen Sie sich keine Gedanken. Einfach Ashington. Lord Ashington war mein Vater, und auch wenn ich mich in den letzten Jahren an den Titel gewöhnt habe, tue ich mich immer noch schwer damit. Mein Vorname lautet Hugh, doch mit dem hat mein Vater mich auch immer angesprochen. Insofern verbinde ich keine schönen Erinnerungen damit.«

So betrachtet fiel es schwer, noch Einwände zu erheben.

»Also gut, aber wenn ich Sie mit … Ashington ansprechen soll, dann müssen Sie mich Miriam nennen«, erwiderte ich, da ich gleiche Voraussetzungen schaffen wollte.

Woraufhin er grinste. Fast schon spitzbübisch. »Das hatte ich auch vor.«

Vermutlich hätte mich seine Unverfrorenheit schockieren sollen, doch stattdessen musste ich lachen. Vielleicht geziemte sich das nicht, aber ich verhielt mich nun einmal nicht immer so schicklich wie eine wohlerzogene englische Miss. Das sollte er besser wissen, bevor es zu spät war.

»Ihre Zofe ist hier, um Sie auf Ihr Zimmer zu bringen. Ich erwarte Ihre Gesellschaft dann im Salon. Bitte lassen Sie sich Zeit, Miriam.« Als hätte er ein Geheimnis, grinste er noch immer.

»Danke, Ashington«, erwiderte ich, bevor ich mich der braunhaarigen jungen Frau zuwandte, die mich schüchtern anlächelte. Ich hörte Lord Ashington hinter mir in sich hineinlachen, und mein Lächeln wurde noch breiter.

23. KAPITEL

Der Earl of Ashington

Ich hatte mich auf längeres Warten eingestellt, doch überraschenderweise kehrte Miriam nach nicht einmal einer Stunde zurück. Ich blickte von dem Buch in meiner Hand auf, und ihre schiere Schönheit raubte mir die Sprache.

Hieß es nicht, es bedürfe stundenlanger Vorbereitung, damit eine Dame so wunderschön aussah, wie Miriam es so mühelos tat?

Ich schloss das Buch in meiner Hand, legte es auf den Tisch neben mir und erhob mich. »Ich hätte Verständnis dafür gehabt, wenn Sie mehr Zeit gebraucht hätten«, sagte ich und hoffte, dass sie sich nicht beeilt hatte, um wieder zu mir kommen zu können. Gleichzeitig gefiel mir der Gedanke natürlich auch – wenn sie es aus den richtigen Gründen getan hatte.

»Whitney ruht sich gerade aus, und ich täte nichts lieber, als mir die Beine zu vertreten und mich auf einen Erkundungsgang zu begeben«, antwortete sie mit einem sanften Lächeln.

»Dann kann ich mich ja einen äußerst glücklichen Mann nennen.« Meine Worte zauberten eine leichte Röte auf ihre Wangen. Hach!

Wortlos verließen wir den Raum und gingen den langen Gang entlang in Richtung Eingangstür. Freudige Erregung ergriff mich, sie ganz für mich zu haben. Es war niemand in der Nähe, dem zuliebe wir uns hätten verstellen müssen, sodass ich die wahre Miriam Bathurst zu sehen bekäme, insoweit das angesichts der vielen Schutzmauern, mit denen sie sich immer so sorgsam umgab, überhaupt möglich war.

Die spätnachmittägliche Junisonne strahlte vom Himmel, und ich atmete tief die frische Luft ein, als wir ins Freie traten und die Treppe in die Anlagen hinuntergingen.

»Es gibt wirklich nichts Schöneres, als zu Hause zu sein, nicht wahr?«, brach sie das einvernehmliche Schweigen, in das wir verfallen waren.

Ich dachte über diesen Ort und die Erinnerungen nach, die er barg. Durch Emma kamen nun schöne hinzu, an sich aber verband ich mit diesen Mauern ein Leben voller Schmerz und Einsamkeit. Ich war mir nicht sicher, wann es sich je wie ein Zuhause anfühlen würde. Das wollte ich Miss Bathurst allerdings vorerst noch nicht offenbaren.

Stattdessen erwiderte ich: »In der Tat. Vermissen Sie Ihr Zuhause denn furchtbar?«

Nach kurzem Schweigen sah sie zu mir auf. »Whitney ist mein Zuhause. In London vermisse ich das Land, aber das gibt es ja hier im Überfluss. Daher, nein, ich vermisse gar nichts.«

Schlichte Worte, und doch sagten sie mehr aus als ein ausführliches Gespräch. Miriams Mutter lebte noch, und doch hatte sie nicht gesagt, sie würde ihr fehlen. Was es hieß, wenn zwischen einem Kind und seinen Eltern Liebe – selbst auch nur Zuneigung – fehlte, wusste ich aus eigener Erfahrung. Auch ich hatte mein ganzes Leben darunter gelitten.

Whitney war Miriam sehr wichtig, und sie schien darauf erpicht zu sein, ihre jüngere Schwester um jeden Preis zu beschützen. Diese Hingabe! Eine derartig tiefe Liebe, wie Miriam sie offenkundig für ihre Schwester empfand, sagte viel über ihren Charakter aus. So viel mehr, als ich in der kurzen Zeit, die wir bisher miteinander verbracht hatten, hatte herausfinden können. Wenngleich mir künftig davon weitaus mehr vergönnt wäre.

»Ihre Schwester muss sich glücklich schätzen, Sie zu haben.«

»Oh, ich bin es, die sich glücklich schätzen muss. Whitney hat Liebe und Freude in mein Leben gebracht. Ein Leben ohne sie könnte ich mir nicht vorstellen. Ich wage nicht einmal, es zu versuchen.«

Schon wieder. So viele Dinge in so wenigen Worten ausgedrückt.

»Ashington! Du bist da!«, rief Emma entzückt aus, als ich das Cottage betrat.

Kaum war ich in die Knie gegangen und hatte die Arme ausgebreitet, da fiel sie mir auch schon um den Hals. »Ich habe doch gesagt, ich komme bald nach«, erinnerte ich sie.

»Ist es nicht wunderschön hier?« Sie löste sich von mir und machte eine weit ausholende Geste.

Ich sah mich im Cottage um, in dem ich mich zuletzt als Junge aufgehalten hatte. »Da hast du wohl recht«, stimmte ich ihr zu.

Emma drehte sich im Kreis. »Ich fühle mich wie in einem Märchen!«

»Märchen hin oder her, morgen erledigt Ihr erst Eure Schreibaufgaben, bevor Ihr wieder nach draußen geht«, mahnte Alice, die in diesem Augenblick den Raum betrat. »Guten Abend, Lord Ashington.«

»Hallo, Alice«, erwiderte ich und richtete mich wieder auf. »Wie ich sehe, ist alles wie gehabt?«

Alice seufzte. »Alles wie gehabt.«

Ich wandte meine Aufmerksamkeit wieder Emma zu. »Morgen werde ich mich um meine Gäste kümmern müssen. Aber wenn du alle deine Aufgaben erledigst, können wir vor Sonnenuntergang vielleicht einen gemeinsamen Spaziergang machen. Was hältst du davon?« Ich hoffte, Emma damit anspornen zu können.

Nach kurzem Nachdenken nickte Emma lebhaft mit dem Kopf. »Ja! Wenn wir dafür spazieren gehen, dann mach ich diese schrecklichen Schreibarbeiten eben.«

Ein Blick auf Alice zeigte mir, dass sie sich über meine Unterstützung zu freuen schien. »Nun gut, dann ist das hiermit abgemacht. Du erledigst alle Aufgaben, die Alice dir gibt, und ich unternehme mit dir einen Abenteuerspaziergang.«

»Schauen wir auch zu den Pferden? Ich vermisse sie so sehr, weißt du?« Emma klang bekümmert.

Ich dachte über die Wahrscheinlichkeit nach, dass uns jemand sehen könnte, doch groß war sie kurz vor Sonnenuntergang eigentlich nicht. »Natürlich. Butterblume vermisst dich bestimmt auch. Bring ihr auf jeden Fall Möhren mit. Von ihrer allerbesten Freundin wird sie das erwarten.«

Emma strahlte übers ganze Gesicht. »O ja, das mache ich!«

Alice trat vor. »Ich habe versprochen, dass Ihr aufbleiben dürft, bis Lord Ashington zu Besuch kommt. Doch nun ist es spät, und Ihr müsst Euch bettfertig machen. Morgen habt Ihr viel vor.«

Emmas Lächeln erlosch, und sie sah aus, als wolle sie eine Schnute ziehen.

»Prinzessinnen wie auch Bewohner eines Märchenhauses brauchen Schlaf«, erklärte ich ihr.

Sie hielt nachdenklich inne und nickte schließlich zögernd. »Vielleicht hast du recht. Gute Nacht, Ashington.«

»Gute Nacht, Emma.«

Ich wartete, bis Alice Emma an der Hand genommen und mit ihr in deren Schlafzimmer verschwunden war, bevor ich mich zum Gehen wandte. Am Abendhimmel zeigten sich die Sterne in aller Pracht. Wenn ich in London war, vermisste ich das. In ihrem Licht begab ich mich nach Chatwick Hall zurück.

Wellington war ein angenehmer Gast. Zwei Gläser Portwein, und er war bereit, sich aufs Ohr zu legen. Und ich hatte die Möglichkeit, bei Emma vorbeizuschauen.

Vor dem Weggehen hatte ich gar nicht mehr in den Salon geschaut, ob die Damen noch wach waren. Ich hatte gewusst, dass Emmas Schlafenszeit nahte, und wollte sie nicht enttäuschen. Sie hatte mich heute erwartet, und keine Macht der Welt hätte sie dazu bewegen können, ins Bett zu gehen, bevor sie mich gesehen hatte.

Lächelnd folgte ich dem Weg, der vom Cottage zurück zum Herrenhaus führte. Schließlich trat ich zwischen den Bäumen hervor und erblickte das erleuchtete Gebäude, das sich wie von einem Strahlenkranz umgeben vor mir erhob. Ich sah, was andere bei der Betrachtung dieses Gebäudes sahen, und erkannte seine beeindruckende Pracht. Doch es barg Erinnerungen für mich, die sich nicht ändern ließen. Für mich war dieser Ort immer eher Ehrfurcht gebietend als großartig gewesen.

Ich überquerte den rückwärtigen Teil des Anwesens und blickte zu dem Fenster hinauf, das ich für das Miriams hielt. Das Zimmer war hell erleuchtet. Entweder war sie noch wach, oder sie war noch gar nicht wieder dorthin zurückgekehrt. Vielleicht hielt sie sich noch bei ihrer Tante oder ihre Schwester auf. Bei dem Gedanken, ich könnte sie noch im Salon vorfinden, beschleunigte ich meinen Schritt. Doch gerade als ich den Torbogen erreicht hatte, der in die Gärten führte, nahm ich eine Bewegung wahr.

Ich hielt inne und sah plötzlich Miriams blassblaues Gewand im Mondlicht schimmern. In diesem Augenblick drehte sie sich um und entdeckte mich. Ihr Gesicht vermochte ich im Dunkeln nicht deutlich auszumachen, ich wusste aber, dass ich sie mit meinem Erscheinen überrascht hatte.

»Lord Ashington!«, rief sie.

»Versuchen Sie es noch einmal.« Ich ging auf sie zu, um sie deutlicher sehen zu können.

Sie stutzte kurz, dann hörte ich einen kleinen Seufzer. »Ashington dann eben. Ich wusste nicht, dass Ihr noch einen Abendspaziergang macht. Ich habe frische Luft gebraucht. Ich hoffe, es ist Euch recht.«

Das war mir mehr als recht. Genau das hatte ich mir gewünscht: mehr Zeit mit ihr allein. Unsere gemeinsame Zeit am Nachmittag war bei Weitem zu kurz gewesen.

»Miriam, ich möchte, dass Sie sich hier wohlfühlen. Tun Sie, was immer Ihnen beliebt. Sie müssen dafür nicht vorher um Erlaubnis bitten.«

Sie legte den Kopf schräg, sodass ihr das lange kupferrote Haar über eine Schulter fiel. »Ihr habt wohl auch etwas frische Landluft gebraucht?«

Ich nickte. »In der Tat. Auf dem Lande kann man dem sanften Ruf der Nacht nur schwer widerstehen.«

»Ich fand die Gärten schon bei Tageslicht wunderschön, doch jetzt, nur beleuchtet vom Vollmond, haben sie etwas Magisches an sich.«

Auf unserem Spaziergang heute hatte ich sie zu den Gärten geführt, um unser Gespräch fortzuführen und zu vertiefen. Doch Miriam war dafür zu sehr von den Blumen abgelenkt gewesen, und ich hatte es meinerseits genossen, ihre Freude daran mitzuerleben.

»Es heißt, meine Mutter habe diese Gärten geliebt. Nach ihrem Tod blieb alles, wie es war. Mein Vater ließ sie glücklicherweise nie umgestalten. Meine Stiefmutter hasste es hier draußen allerdings.« Ich hielt inne. Wollte ich Miriam wirklich davon erzählen? Meiner Zukünftigen vielleicht schon, aber noch war Miriam das nicht.

»Die Gärten müssen etwas ganz Besonderes für Euch sein«, erwiderte sie schlicht.

»Sie sind das, was ich hier am meisten liebe.« Denn das stimmte. Hier war etwas, das meiner Mutter gehört hatte. Etwas, das mein Vater nicht von Grund neu hatte herrichten lassen.

Miriam starrte einen Moment lang schweigend in die Dunkelheit, und ich beobachtete sie dabei. Die zarte Linie ihres Kinns und die weiche Üppigkeit ihrer Lippen waren nahezu vollkommen. Ob ihr das bewusst war? Sie schien nicht der Typ Frau zu sein, die sich über ihr wunderschönes Äußeres und die Macht, die damit einherging, im Klaren war. Oder war das nur gespielt?

»Wie war Ihre Kindheit?« Ich dachte daran, wie anders ihr Leben verlaufen sein musste. Nicht wegen der Unterschiede, was Vermögen und Rang anging, sondern weil sie beide Elternteile hatte. Ihren vorangegangenen Worten hatte ich entnommen, dass sie ihrer Mutter nicht nahestand, doch wie stand es mit ihrem Vater? Hatte sie nur deshalb so ein angespanntes Verhältnis zu ihrer Mutter, weil sie weggeschickt worden war, um die Familie durch eine Heirat mit einem reichen Mann vor der Armut zu bewahren? Es gab so viele Dinge, die ich nicht wusste, und je länger ich in Miriams Nähe verweilte, desto sehnlicher wünschte ich mir, mehr über sie zu erfahren.

Ihre Schultern sanken eine Spur, doch genug, um sie zu verraten. Sie sah mich an. »Wollen Sie die Wahrheit hören? Es war schwierig. Whitney hat mein Leben hell und glücklich gemacht. Der Rest ist nichts, was man gern erzählen würde«, sagte sie. Ich erinnerte mich, dass sie sich heute Vormittag schon ähnlich über ihre Schwester geäußert hatte. Ich hatte gehofft, dass sie damit nicht darauf anspielte, dass ihre Kindheit schwierig gewesen war. Aber offenbar war dem so.

»Wie kam das?«, erkundigte ich mich, weil ich nicht wollte,

dass sie aufhörte zu erzählen. Hoffentlich bedrängte ich sie mit meiner Frage nicht zu sehr.

»Ich war kein Junge!«, riss sie mich aus meinen Gedanken, und ich sah sie verdutzt an. »Mein Vater wollte einen Sohn, und ich war keiner. Mein Zwillingsbruder dagegen schon, doch der wurde nur drei Tage alt. Wenn es nach meinem Vater gegangen wäre, hätte ich diejenige sein müssen, die stirbt.« Ihre Worte waren kaum mehr als ein Flüstern.

Ich schwieg entsetzt. Hatte sie wahrhaftig das Gefühl, ihr Vater hätte sich ihren Tod gewünscht? Wie harmlos all der Zwist mit meinem Vater im Vergleich dazu wirkte! Wie konnte jemand, der so gescheit, geistreich und schön war, das Gefühl haben, von den eigenen Eltern unerwünscht zu sein? Mein Vater hatte mir das Gefühl vermittelt, ich wäre eine Enttäuschung, aber ich hatte nie den Eindruck gehabt, er würde mir den Tod wünschen. Kein Kind sollte mit so einem furchtbaren Gedanken aufwachsen müssen.

»Was ist mit Whitney? War sie erwünscht?«, fragte ich. Was für ein Unmensch musste ihr Vater gewesen sein! Dass Miriam in so einer Umgebung aufgewachsen war, beunruhigte mich zutiefst.

»Er hat sich auch um sie nicht besonders gekümmert«, erwiderte sie achselzuckend. »Sie war eben auch kein Junge. Doch immerhin hat er sie ignoriert – Gott sei Dank! Dafür war ich ihm dankbar. Sanft und lieb, wie sie war, hätte sie nicht damit umgehen können, wenn er sich entschieden hätte, sie zur Kenntnis zu nehmen.«

In Miriams Stimme lag etwas Dunkles, das mich warnte, mehr würde ich nicht erfahren wollen. Keine Ahnung, ob sie es bewusst tat, doch ich hörte die Mahnung. Ein kluger Mann hätte aufgehört, Fragen zu stellen und das Thema gewechselt. Aber wenn ich Miriam kennenlernen wollte, hieß das, alles über sie zu wissen, und diese Sache schien sie offenkundig sehr geprägt zu haben. In mir flammte Hass auf einen toten Mann auf, und gleichzeitig fühlte ich mich so hilflos. Was konnte ich gegen solch einen Seelenschaden tun?

»Und Sie hat er nicht ignoriert?«, fragte ich.

Sie schüttelte den Kopf. »Nein.« Sie starrte in die Dunkelheit. »Er hat mich vielmehr jeden Tag daran erinnert, dass ich nicht das Kind war, das hätte überleben sollen. Ich war nicht der Sohn, den er verdient hatte. Mein Leben war ein Fluch.« Bei den letzten Worten brach ihr die Stimme, und ich trat zu ihr, schlang einen Arm um sie und zog sie an meine Brust. Eigentlich hätte ich erwartet, sie würde sich an mir festhalten und zu weinen beginnen. Das taten Damen in so einer Situation doch? Ich hatte es mehr als einmal erlebt. Stattdessen ließ sie sich einfach von mir halten. Ohne Tränen oder dramatisches Schluchzen. Nur die Stille der Nacht um uns herum. Nichts konnte Vergangenes ungeschehen machen. Aber ich musste etwas tun.

»Er hat sich geirrt«, sagte ich. Auch wenn ich Miriam Bathurst nicht gut kennen mochte, wusste ich, dass sie eine liebevolle Nichte war, die ihre Tante trotz ihrer wunderlichen Grillen akzeptierte und alles für ihre Schwester tat – ja, die bereit war, sogar die Chance auf ein eigenes Glück aufzugeben. Genau wegen dieser beiden Eigenschaften waren wir an diesem Wochenende hier. Der Mann, der sie aufgezogen hatte, wusste gar nichts über sie. Er kannte sie nicht wirklich. Er hatte ein verbittertes Leben geführt und war gestorben, ohne das schöne Wesen seiner ältesten Tochter zu kennen. Er hatte es nicht anders verdient. Doch als ich sie jetzt in den Armen hielt, wusste ich, nichts davon zählte, denn es steckte ein kleines Mädchen in ihr, das einfach nur geliebt werden wollte.

Sie löste sich aus meiner Umarmung und lächelte traurig zu mir auf. Ihre Augen waren feucht von ungeweinten Tränen. »Lange

Zeit wusste ich es nicht, aber inzwischen ist mir klar, dass mein Vater nicht gesund war. Seine Süchte waren eine Krankheit, die seinen Verstand und schließlich auch seinen Körper angriffen. Ich weiß, dass er mich nie geliebt hat, aber ich brauche seine Liebe nicht mehr, um mich geliebt zu fühlen.«

Miriam Bathurst war vieles, und je mehr Schichten ich allmählich freilegte, desto mehr wahre Schönheit entdeckte ich. Weder hatte sie sich von ihrer Kindheit unterkriegen lassen, noch hatte sie sie grausam oder egoistisch gemacht. Nein, es hatte sie stark gemacht. Sie war loyal und genau die Art von Mutter, die ich mir für Emma wünschte.

24. KAPITEL

Miss Miriam Bathurst

Bei Tageslicht betrachtet, war mir mein Gefühlsausbruch am vergangenen Abend im Garten wahrhaft peinlich. Ich hatte noch nie jemandem anvertraut, dass mein Vater mich verabscheut oder gar gehasst hatte. Und doch war im Schutz der Dunkelheit alles aus mir herausgesprudelt. Lord Ashington hatte sich wirklich wunderbar verhalten, und doch kam ich mir lächerlich vor, weil ich derart persönliche Einzelheiten meines Lebens ausgeplaudert hatte.

Gut, er hatte immer weiter nachgefragt, doch ich war für gewöhnlich sehr geschickt darin, ausweichende Antworten zu geben. Gestern Abend hatte mich diese Gabe im Stich gelassen.

Allerdings war ich auch mit der Erwartung in die Gärten gegangen, allein zu sein, und sein Erscheinen hatte mich völlig unvorbereitet getroffen. Womöglich war ich ja auch etwas verletzlich gewesen.

Wie dem auch sein mochte, ich musste mich heute jedenfalls bei unserem Gastgeber entschuldigen. Er hatte uns nicht hierher eingeladen, damit er mir Ratschläge hinsichtlich meiner schwierigen Kindheit geben konnte. Ich sah zu, wie das Dienstmädchen Gertrude, das mir zugeteilt worden war, meine Hochsteckfrisur, bei der mehrere lose Locken mein Gesicht umrahmten, fertigstellte, und erhob mich sodann.

»Könntest du mir auf die Sprünge helfen, wohin ich mich zum Frühstück begeben soll?«, fragte ich Gertrude.

Sie grinste, und auf ihren Wangen erschienen Grübchen, die das Mädchen noch viel jünger erscheinen ließen. »Ja, Miss. Kommen Sie, ich zeige Ihnen den Weg«, sagte sie, und dafür war ich dankbar. In diesem Haus zweifelte ich allmählich an meinem Orientierungssinn.

»Als du hier zu arbeiten anfingst, hast du dich da oft verlaufen?«, fragte ich Gertrude.

Sie gluckste. »Ja, Miss. Einmal hat man mich weinend im Ostflügel entdeckt, weil ich den Weg zur Küche nicht mehr finden konnte!«

Ich lächelte über ihre Geschichte. Sie schloss die Tür hinter uns und bedeutete mir, ihr auf dem langen Korridor zu folgen. Ich spähte zu den Gemälden entlang des Weges empor und wünschte, ich hätte mehr Zeit, sie mir genauer anzusehen und zu überlegen, wen sie zeigten. Auf einem waren zwei junge Knaben zu sehen, und ich wusste, das mussten Ashington und Nicholas sein. Ich nahm mir vor, bald zurückzukommen und mir dieses Bild noch einmal mit Muße anzuschauen.

Ich musste mich ziemlich beeilen, um hinter Gertrude herzukommen, so schnell marschierte sie die Gänge entlang. Als wir die Treppe hinuntergingen und uns nach links wandten, wusste ich, dass es nicht mehr weit sein konnte. Durch eine große Flügeltür, die offen stand, war die lange Tafel zu sehen, an der wir gestern Abend ein köstliches Mahl zu uns genommen hatten. Gertrude wandte sich zu mir um, machte einen Knicks und eilte davon.

Ich bemerkte, dass Onkel Alfred bereits mit einer Zeitung in der Hand und einer dampfenden Tasse vor sich am Tisch saß.

Tante Harriet stand neben ihm und bestrich ein Gebäck mit Butter. Ich betrat den Raum und warf einen Blick zum Ende der Tafel, wo ich Ashington entdeckte, ebenfalls mit einer Zeitung in der Hand und einer Tasse vor sich. Tante Harriet erspähte mich als Erste und sah mich freudestrahlend an.

»Guten Morgen, Miriam. Es wird dich freuen zu hören, dass es bei Lord Ashington reichlich Gebäck, Marmelade und heiße Schokolade zum Frühstück gibt«, verkündete sie.

»Ja, ich bin sicher, die einzige Sorge des Mädchens beim Herunterkommen war, was Lord Ashington wohl zum Frühstück anzubieten haben würde!« Onkel Alfred verdrehte die Augen.

Ich linste zu Ashington hinüber, der hinter seiner Tasse Tee oder dem, was ich für Tee hielt, schmunzelte. Vielleicht war er ja ein Kaffeetrinker. Manche Gentlemen bevorzugten Kaffee am Morgen, auch wenn das eine Eigentümlichkeit war, die ich nicht nachvollziehen konnte.

»Bestimmt wird alles, was es gibt, einfach fantastisch sein.« Ich nahm rechts von Ashington und gegenüber meiner Tante Platz.

»Natürlich«, stimmte Tante Harriet zu, hielt mit einem Augenzwinkern ein Gebäckstück hoch und biss herzhaft hinein. Mühsam verkniff ich mir ein Lachen über ihre Kapriolen. Wie Lord Ashington mit einem derartigen Verhalten am Frühstückstisch wohl umgehen würde?

»Harriet, du hast die Marmelade vergessen«, erinnerte sie Onkel Alfred, und nun musste ich tatsächlich lachen und hielt mir dann schnell die Hand vor den Mund. Onkel Alfred sah mich mit hochgezogenen Augenbrauen an. »Auf die Marmelade hat sie sich doch am meisten gefreut, oder nicht?«

Ich senkte die Hand und nickte. »Doch, ich glaube schon.«

»Die Marmelade koste ich als Nächstes«, erklärte Tante Harriet, nachdem sie ihren Bissen hinuntergeschluckt hatte. »Ich musste das Gebäckstück doch zunächst mal rein und unverfälscht probieren.«

»Potz Blitz, entwickeln wir uns jetzt zur Gebäckexpertin?«, frotzelte Onkel Alfred.

Ich biss mir auf die Unterlippe, um nicht schon wieder loszuprusten.

»Geht es an Ihrem Frühstückstisch immer so munter zu?«, wollte Ashington wissen.

Mir wurde heiß im Gesicht, und ich warf einen kurzen Blick in seine Richtung.

»Eher noch munterer, befürchte ich«, erwiderte Onkel Alfred trocken.

Tante Harriet kicherte, und nun musste ich einfach breit lächeln. »Onkel Alfred steht oft so früh auf, dass er sein morgendliches Mahl ohne uns einnehmen kann«, erklärte ich Ashington. »So unhöflich das auch sein mag.«

Ashington schmunzelte. »Ach, wirklich?«

»Nach diesem Frühstück wird Lord Ashington dafür Verständnis haben, dessen bin ich mir gewiss«, erwiderte Onkel Alfred.

»Ein schweigsames Mahl ist langweilig, finde ich«, teilte Tante Harriet Lord Ashington mit. »Ich bin mit sieben Geschwistern aufgewachsen, und in unserem Haus herrschte nie auch nur einen Augenblick Ruhe. Ich glaube, wenn es still wäre, könnte ich gar nicht essen.«

»Oder wenn du keine Marmelade hättest«, fügte Onkel Alfred hinzu.

Ich hielt mir die Serviette vor den Mund und kicherte.

»Unterhaltungen und Marmelade machen eine Mahlzeit viel reizvoller«, stimmte Lord Ashington zu.

»Allerdings!«, pflichtete ihm Tante Harriet bereitwillig bei.

»Es spricht so vieles für einen Augenblick der Ruhe zum Kaffee!« Onkel Alfred warf seiner Frau einen vielsagenden Blick zu.

Tante Harriet zuckte mit der Schulter. »Die Geschmäcker sind verschieden!«, gab sie zurück.

Ein Themenwechsel war vonnöten, und ich überlegte gerade, wie sich das bewerkstelligen ließe, als in nicht allzu großer Ferne ein lauter Tumult zu hören war. Ich kannte das Haus nicht gut genug, um zu erkennen, woher der Lärm stammte, aber es gab Geschrei, Kreischen möglicherweise, und fast klang es, als sei auch ein ... Kind beteiligt?

Alle wandten den Kopf zur Tür, wo plötzlich mit weit aufgerissenen Augen eine Frau auftauchte, die alarmiert wirkte. »Lord Ashington«, begann sie, doch da hatte er sich auch schon erhoben und war auf dem Weg nach draußen, um nach dem Rechten zu sehen.

Ich sah über den Tisch hinweg zu meiner Tante und meinem Onkel.

»Hatte diese Frau gerade Laub im Haar?«, fragte Tante Harriet, die immer noch auf die geöffnete Tür starrte.

»Möglicherweise war es auch ein ganzer Zweig«, überlegte Onkel Alfred.

»Vielleicht kann ich ja helfen.« Tante Harriet legte ihre Serviette auf den Tisch und machte Anstalten aufzustehen.

Onkel Alfred legte ihr eine Hand auf die Schulter. »Nichts da, du bleibst hier. Was auch immer da vorgeht, es geht uns nichts an. Lord Ashington braucht deine Hilfe nicht.«

Tante Harriet kaute einen Augenblick auf ihrer Unterlippe herum. »Ich glaube, ich habe ein Kind gehört.« Sie sah zu mir. »Du nicht auch?«

Das hatte ich, ja. Aber das bestätigte ich lieber nicht. Für den Moment war es am wichtigsten, Tante Harriet davon abzuhalten, den Raum zu verlassen. Onkel Alfred hatte recht. Weder brauchte Ashington ihre Hilfe, noch würde er sie zu schätzen wissen.

»Ich nehme mal an, da hat ein – vermutlich noch junges – Dienstmädchen, das wie ein Kind klang, gekreischt. Aus welchem Grund auch immer.« Ich sagte es ebenso sehr zu Tante Harriet als auch zu mir. Denn auch mich bestürzte es, dass ich recht deutlich die Stimme eines Kindes vernommen hatte.

Tante Harriet schienen meine Worte nicht zu beruhigen.

»Iss dein Marmeladengebäck, meine Liebe«, redete mein Onkel ihr zu.

Nachdem sie ihm mit gerunzelter Stirn einen beredten Blick zugeworfen hatte, nahm sie widerwillig einen Scone in die Hand und bestrich ihn mit Marmelade.

Weiterer jäher Lärm erklang, gefolgt von einem schrillen Schrei, der uns alle zusammenzucken ließ. Stumm sahen wir einander an. Mit großen Augen biss Tante Harriet von ihrem Gebäck ab. Onkel Alfred gab einfach vor, nichts zu hören. Schließlich wurde es still, und ich trank meine heiße Schokolade, die inzwischen allerdings kalt geworden war.

25. KAPITEL

Der Earl of Ashington

In der Küche stoben Federn auf, während die Dienstboten mit ausgebreiteten Armen im Kreis herumliefen, um ein gackerndes Huhn einzufangen, das verzweifelt versuchte, dem Wahnsinn zu entfliehen.

Alice beobachtete das Ganze mit großen Augen vom anderen Ende des Raums aus, doch Emma stand nicht neben ihr, sondern befand sich vielmehr mitten im Getümmel, rief das Huhn beim Namen – »Drusilla!« – und bemühte sich ebenfalls, das so großes Chaos stiftende Federvieh einzufangen.

Die Frage, wie das Tier in die Küche gekommen war, erübrigte sich, ich wusste auch so, wer es befreit hatte. Nur den Grund kannte ich nicht, war aber sicher, die Antwort würde sehr wortreich und schillernd ausfallen. Normalerweise hätten mich solche Possen vermutlich amüsiert, heute allerdings nicht. Wie sollte ich den Tumult meinen Gästen erklären? Emmas nach dem Huhn rufende Stimme hallte vermutlich laut vernehmlich durch die Gänge.

»ICH HABE ES!«, rief Mrs Barton schließlich triumphierend aus.

Emma eilte an ihre Seite. »Tun Sie ihr nicht weh!«

»Emma, es ist doch nur ein Huhn. Kommt sofort her«, befahl Alice und ging mit angemessen strenger Miene auf Emma zu.

»Ashington, sag ihr, dass sie Drusilla nicht wehtun soll. Sie hat Angst! Ich habe versucht, sie vor ihrem Untergang zu retten, aber sie musste ja ausgerechnet hierherlaufen!« Emma warf frustriert die Hände in die Luft. »Genau an den Ort, vor dem ich sie retten wollte. Besonders schlau ist sie nicht gerade.«

»Das scheint mir auch so«, stimmte ich zu. Allerdings war es dem Huhn sicherlich bestens gegangen, bis es Emma freigelassen hatte.

»Es tut mir leid, Mylord. Ich wollte mit Miss Emma nur einen Morgenspaziergang machen, als sie das Huhn entdeckte«, hob Alice zu einer Erklärung an, doch ich hielt die Hand hoch, um sie davon zu entheben.

»Schon gut, Alice«, versicherte ich ihr. Es war nicht die Schuld der Erzieherin, dass Emma so eigensinnig war. Das musste am Compton-Blut in ihren Adern liegen. »Wenn Sie Emma bitte zurück ins Cottage begleiten könnten? Mrs Barton bringt Scones und Marmelade hinüber. Und ich selbst schaue am späteren Vormittag vorbei.«

Emma lief zu mir und umklammerte mit ihren kleinen Händen fest meine Hand. »Aber was wird aus dem Huhn?«

»Soll ich Mrs Barton bitten, es mit Marmeladengebäck zu füttern?«, scherzte ich.

Sie zog die Stirn kraus. »Nein, Ashington. Hühner fressen keine Marmelade!«

»Na, dann gibt es ja keinen Grund zur Besorgnis.«

Sie deutete auf die Tür, die nach draußen führte. »Aber das Huhn war in einem Käfig. Sollen wir Drusilla etwa essen?«

Nach einem Blick zur Köchin sah ich wieder auf Emma hinab. Es brachte nichts, das Kind anzuschwindeln. Ich hielt nichts davon, Kinder zu belügen, selbst wenn es zum Schutz ihrer Unschuld geschah. Nicht bei einer Sache wie dieser. »Ja, ich glaube, Drusilla stand für heute Abend auf dem Speiseplan.«

Emma hielt sich beide Hände vor den Mund und schnappte laut nach Luft.

»Aber es scheint, als hättest du an, äh, Drusilla Gefallen gefunden, daher sehe ich keinen Grund, warum wir den abendlichen Hauptgang nicht abändern und ihr das Leben schenken sollten.«

»Oh, ich danke dir, Ashington. Drusilla wird ein famoses Haustier abgeben, das verspreche ich dir.«

»Emma, Hühner sind keine Haustiere.« Alice ergriff die Hand des Kindes. Ich war dankbar für ihren Einwand, schließlich sollte Emma nicht meinen, sie hätte in Drusilla eine neue Gespielin. Ich hatte ihr allein versprochen, dass wir sie heute Abend nicht verspeisen würden. Über die Zukunft des Tieres war ich mir noch nicht im Klaren.

»Und warum nicht?«, fragte Emma entrüstet.

Alice zog sie an der Hand Richtung Tür. »Darüber wird jetzt nicht diskutiert, Lady Emma. Es ist schon längst Zeit für Euer Frühstück. Kommt jetzt!«, befahl sie, und die beiden verschwanden durch die Hintertür.

Sobald Emma fort war, machte sich das Küchenpersonal unter allgemeinem Aufseufzen daran, das von dem Huhn und Emma hinterlassene Chaos zu beseitigen. Unsicher, wie ich meinen Gästen bei meiner Rückkehr den Aufruhr erklären sollte, verließ ich die Küche. Hatten sie etwas mitbekommen? Die Küche lag weit genug entfernt, dass vieles nur gedämpft zu vernehmen gewesen sein musste, aber das laute Kreischen war gewiss auch im Gang zu hören gewesen.

Wenn man Emma mitnahm, forderte man so etwas quasi heraus, doch wäre es zu riskant gewesen, sie in London zu lassen. Lieber setzte ich mich mit einer solchen Situation auseinander, als dass ich riskierte, dass Nicholas von ihrer Existenz erfuhr. Emmas Schutz war für mich genauso wichtig wie die Suche nach einer geeigneten Mutter für sie.

Aus dem Esszimmer ertönte Gelächter, und ich blieb kurz vor der Tür stehen und lauschte Miriam, die ihrer Tante und ihrem Onkel gerade von ihrem ersten Versuch erzählte, der Familie ein Frühstück zuzubereiten.

»Ich habe mir noch wochenlang Mehl aus den Haaren gewaschen«, schloss Miriam die Geschichte vor ihrer glucksenden Zuhörerschaft ab.

»Und wie haben deine Scones geschmeckt?«, wollte ihre Tante wissen.

»Ich glaube, Mutter hat sich fast ein Stück Zahn abgebrochen«, erklärte Miriam vergnügt.

»Herrjemine!«, lachte ihre Tante.

»Ja, das war eine gute Lektion für mich. Seitdem weiß ich gute, weiche Scones so richtig zu schätzen«, scherzte Miriam.

Unwillkürlich musste ich über das lockere Geplänkel und die Vertrautheit zwischen ihr und ihren beiden Verwandten lächeln. Es gab keine steifen Förmlichkeiten oder leises Getuschel über den Tumult, den sie offensichtlich mitbekommen hatten, als ich hinausgestürmt war. Sie reagierten gelassen und setzten ihr Frühstück fort. Auch wenn Miriam Bathurst nicht unbedingt als perfekte Countess gelten konnte, mochte sie möglicherweise *meine* perfekte Countess sein. Emma brauchte jemanden, der nach einem Ereignis wie dem eben nicht gleich der Ohnmacht nahe war.

Ich bog um die Ecke und betrat den Raum. Miriam nippte an ihrer Tasse mit heißer Schokolade, und ihre Augen schienen bei meinem Anblick aufzuleuchten. Eine nette Reaktion, an die sich ein Mann gewöhnen konnte. »Lord Ashington, Ihr habt soeben die Geschichte meiner einzigartigen kulinarischen Leistungen verpasst«, bemerkte sie, worauf ihre Tante erneut loskicherte.

»Vielleicht können Sie mir ja ein andermal davon erzählen. Ich war mir Ihrer herausragenden Kochkünste gar nicht bewusst«, erwiderte ich augenzwinkernd und nahm Platz.

Diesmal brach ihre Tante in so lautes Gelächter aus, dass ich mir ein Lächeln nicht verkneifen konnte.

»Bitte, Mylord, macht Euch keine Hoffnungen. Ihr könntet sonst sehr enttäuscht sein, fürchte ich.« Lady Wellington grinste.

»Es sei denn, Ihr habt einen Zahn, der gezogen werden muss«, fügte Lord Wellington hinzu, und die drei brachen in schallendes Gelächter aus. In diesem Haus hatte man bislang sehr wenig gelacht, und es war, als würden die Wände diesen neuen Klang sehnsüchtig in sich aufsaugen. Aber vielleicht wollte auch nur ich das.

26. KAPITEL

Miss Miriam Bathurst

Das Land mit seiner vertrauten Beschaulichkeit glich einem lang vermissten Freund. Während Whitney ihr Frühstück auf ihrem Zimmer zu sich nahm, blickte ich voller Bewunderung aus ihrem Fenster. Bald würden wir hinausgehen und die warme Sonne genießen.

Whitney hatte viel länger geschlafen als wir anderen und daher das Frühstück unten verpasst. Ashington hatte mich gefragt, was man ihr aufs Zimmer schicken solle, und damit einmal mehr meine Dankbarkeit erworben. Ich wusste, sie würde enttäuscht sein, das vergnügliche Frühstücksmahl verpasst zu haben, aber sobald sie mit ihrem fertig war, würde ich ihr alles haarklein erzählen.

Ich hörte sie hinter mir gähnen, drehte mich um und sah, wie sie sich die zartgliedrige Hand vor den Mund hielt.

»Hast du nicht gut geschlafen?«, fragte ich, besorgt über ihre offenkundige Müdigkeit.

»Doch, habe ich. Vielleicht habe ich ja zu viel geschlafen«, antwortete sie lächelnd. »Dieses Bett ist viel zu bequem, sodass ich in den allertiefsten Schlaf gesunken bin.«

Die allzu blasse Haut und ihre dunklen Augenringe unter den Augen sprachen eine andere Sprache. Whitney wollte mich nie beunruhigen, aber ich konnte sehen, dass es ihr nicht gut ging. Die Reise war zu viel für sie gewesen.

Ich richtete meine Aufmerksamkeit auf das Essen, das man ihr hochgebracht hatte. Sie hatte einen der Scones gegessen und etwas Schinken dazu. Eine große Esserin war Whitney nie gewesen, doch nach einer derart anstrengenden Reise brauchte sie etwas Anständiges in den Magen. Ich wollte, dass sie genug Energie hatte, um unsere Zeit hier zu genießen.

»Und jetzt erzähl endlich, was du damit meintest, das Frühstück sei so vergnüglich gewesen«, drängte mich Whitney und nahm eine Beere von ihrem Teller.

Ich erklärte es ihr und bemühte mich dabei sehr, nichts auszulassen, da ich hoffte, sie würde dadurch mehr essen. Stattdessen steckte sie nur die Beere in den Mund und lehnte sich dann in ihre Kissen, als wäre sie immer noch erschöpft. Meine Sorge wuchs, und ich beschloss, mit Ashington über einen Arztbesuch zu sprechen, sobald ich ihr Zimmer verlassen hatte.

Whitney gähnte abermals. »Oh, zu schade, dass ich das verpasst habe. Morgen werde ich pünktlich sein, aber du musst versprechen, dass es wieder ebenso unterhaltsam sein wird.« Sie lächelte nicht gezwungen, wohl aber müde.

Ich stand auf, ging zu ihr hinüber und deckte sie sanft zu. »Die Reise hat dich erschöpft, da ist Ruhe das einzige Heilmittel. Wenn es dir nachher gut geht, gehen wir im Garten spazieren. Doch jetzt ist erst einmal eine Ruhepause angesagt.« Ich sagte das alles mit meiner strengen Stimme, die keinen Widerspruch duldete. Whitney konnte nämlich manchmal durchaus bockig sein.

»Du hast recht, glaube ich. Noch etwas mehr Ruhe könnte nicht schaden«, räumte sie ein, was mich nur noch mehr in Sorge versetzte. Ich hatte meine strenge Stimme eingesetzt, um sie davon abzuhalten, mir zu widersprechen, doch dass sie sich so gar nicht sträubte, gefiel mir nicht. Wenn Whitney im Bett bleiben wollte, dann schien sie sich überhaupt nicht wohlzufühlen.

Ich küsste sie auf die Stirn, und als ich sie danach noch einmal ansah, hatte sie die Augen bereits geschlossen. Auf leisen Sohlen verließ ich ihr Zimmer und machte mich auf die Suche nach Ashington. Da ich auf einer Mission war, konzentrierte ich mich mehr, und so fand ich sein Arbeitszimmer leichter als heute Morgen das Esszimmer.

Ich musste lediglich dreimal die falsche Tür öffnen, bevor ich die richtige fand. Allerdings befand er sich gar nicht dort, der Raum war leer. Enttäuscht schloss ich die Tür wieder und suchte nach jemandem, der mir verraten könnte, wo er sich gerade aufhielt.

Als ich die Treppe hinunterkam, war der Butler gerade von der Küche zum Eingang unterwegs. Zu meiner Schande konnte ich mich nicht an seinen Namen erinnern. »Entschuldigen Sie, Sir«, rief ich, bevor ich noch die unterste Stufe erreicht hatte.

Er blieb stehen und drehte sich zu mir um. »Miss Bathurst, wie kann ich Ihnen zu Diensten sein?«

»Ich muss Lord Ashington finden. Es geht um meine Schwester. Sie fühlt sich nicht wohl. Ich würde ihn sonst nicht behelligen, aber …«

Der Butler nickte nur kurz. »Lord Ashington macht seinen Morgenausritt. Sie könnten ihn in Kürze in den Ställen antreffen.«

»Danke«, sagte ich hastig und machte mich auf den Weg zum Eingang. Der Butler erreichte ihn allerdings schon vorher und öffnete mir die Türen. Ich wandte mich noch einmal lächelnd zu ihm um.

»Ich habe Ihren Namen nicht mitbekommen oder aber leider wieder vergessen«, bekannte ich.

»Earlwin, Miss Bathurst.«

»Earlwin, ich danke Ihnen für Ihre Hilfe. Ich weiß das sehr zu schätzen!« Ich raffte meine Röcke auf eine Weise, von der ich wusste, dass meine Mutter mich sehr dafür gescholten hätte, und eilte die Treppe hinunter und über den gepflegten Rasen zu den Ställen.

Durch meine großen Schritte kam ich sehr rasch dort an, allerdings vergebens, da Ashington noch nicht von seinem Ausritt zurück war. Ein Stallbursche kam mit Futter vorbei, und ich beschloss herauszufinden, in welche Richtung Ashington ausgeritten war, und ihm ein Stück entgegenzugehen.

»Weißt du, wohin Lord Ashington morgens immer reitet?«, fragte ich den Burschen.

Er nickte und deutete stumm auf den hinter dem Herrenhaus liegenden Wald.

»Er ist mit seinem Pferd in diese Richtung geritten?«, fragte ich ungläubig. Warum in aller Welt sollte er das tun? Gab es dort überhaupt einen Weg?

Wieder deutete der Bursche in dieselbe Richtung. Diesmal energischer, als würde er lauter sprechen wollen, blieb aber weiterhin stumm.

»Gibt es dort einen Weg, den ich nur nicht sehe?«, hakte ich nach und wünschte, er würde sprechen.

Der Bursche nickte und verschwand wortlos mit dem Futter.

In der Hoffnung, dass er sich auch nicht irrte, raffte ich abermals meine Röcke und machte mich dorthin auf. Ich konnte mir nicht vorstellen, dass Lord Ashington bei all der wunderschönen Landschaft ringsum gerade dorthin zog. Beim Näherkommen entdeckte ich allerdings, dass sich dort wahrhaftig ein breiter Weg befand, der, im Schatten gelegen, aus dem Sonnenschein heraus nicht zu erkennen gewesen war. Vielleicht führte er ja zu einem schönen Bach oder einer blumenbestandenen Wiese?

Es musste einen Grund geben, warum Ashington diesen Weg genommen hatte, und es musste auch einen Grund für seine Existenz geben. Ich ging ihn entlang, und je weiter ich vordrang, desto magischer wurde es. Die Bäume lehnten ihre Wipfel liebevoll aneinander. Vögel flatterten von Ast zu Ast, und durch die einzelnen Sonnenstrahlen, die durch das dichte Blätterdach brachen, wirkte der Weg, als wäre er nicht für Menschen, sondern für Feen gedacht.

Die Natur selbst hatte ihn angelegt, und ich war so vertieft in die Schönheit und Herrlichkeit um mich herum, dass ich das Licht am Ende des Weges gar nicht wahrnahm, bis ich es fast erreicht hatte. Eine helle Stimme ließ mich innehalten, und ich lauschte. Vielleicht war ich auf ein anderes Anwesen geraten? Ich hatte mich lediglich nach dem Hinweis des Burschen gerichtet, wo ich Lord Ashington finden könnte, ohne zu wissen, wohin es eigentlich ging.

»Mach noch eine, Ashington!«, flehte die klare junge Stimme.

»Wozu brauchst du denn noch eine? Diese Krone passt doch recht gut. Du siehst damit aus wie eine Feenkönigin«, hörte ich Lord Ashington sagen.

»Die ist nicht für mich! Ich brauch noch eine für Alice. Wenn ich eine Feenkönigin sein soll, dann muss sie meine Prinzessin sein. Und wenn sie die Prinzessin ist und ich die Königin bin, dann muss ich heute kein Schläfchen halten, sondern kann inmitten der Blumen tanzen und so viel Marmelade essen, wie ich will«, erklärte das kleine Mädchen.

Sehen konnte ich die beiden nicht, doch ich befürchtete, sie würden mich hören, wenn ich mich rührte. Wer war das Kind, mit dem sich Ashington unterhielt? War es ein Nachbarskind? Eine Verwandte?

Ashington lachte, als wäre er wahrhaft entzückt. »Damit wird sich Alice wohl nicht einverstanden erklären, glaube ich«, erwiderte er. »Aber wenn du brav bist, sorge ich dafür, dass du zum Tee heute Marmelade zu deinen Scones bekommst.«

Er schickte ihnen Essen? Zu gern hätte ich mich noch ein Stück genähert, sodass ich die beiden sehen konnte, unterließ es aber. Meine Neugierde rang mit meinem gesunden Menschenverstand.

»Kommst du zum Tee denn zu uns?«, fragte sie hoffnungsvoll.

»Das geht heute leider nicht. Ich muss meine Gesellschaft unterhalten.«

Das Mädchen stieß einen lauten Seufzer aus. »Ich würde deine Gesellschaft gerne kennenlernen!«

»Das wirst du auch bald, glaube ich.«

»Wirklich? Du hast doch gesagt, du müsstest dir sicher sein.«

Eine Pause entstand, und ich fragte mich, ob er mein lautes Einatmen angesichts dieser Worte gehört hatte. Wie dumm von mir! Und noch ärgerlicher, dass ich die beiden durch das Gebüsch nicht sehen konnte!

»Ich bin mir fast sicher, dass du diese hier treffen wirst.«

Das Kind quietschte vor Freude und klatschte offenbar in die Hände. »Und sie sieht wirklich wie eine Prinzessin aus?«

»Ich würde sagen, keine Prinzessin kann es mit Miss Bathursts Schönheit aufnehmen«, erwiderte er.

Ich zog mich weiter zurück. In meinem Kopf schwirrten so viele Fragen, dass ich mich nicht entscheiden konnte, über welche ich als Erstes nachgrübeln sollte. Wie sollte man sich aus alledem überhaupt einen Reim machen? Vorsichtig entfernte ich mich, eifrig darauf bedacht, nur keinen Laut zu machen, bis ich gefahrlos in die Richtung zurückgehen konnte, aus der ich gekommen war.

Diese Vertrautheit … Es wäre eigenartig gewesen, wenn Lord Ashington so mit einem einfachen Nachbarskind oder auch nur einer entfernteren Verwandten gesprochen hätte.

Neben der Verbundenheit in ihren Stimmen hatte man aus der Lord Ashingtons auch deutlich Zuneigung herausgehört. Auf meinem Rückweg zum Haus hörte mein Kopf nicht auf zu rattern, und die prachtvolle Natur um mich herum ließ mich kalt.

Es gab nur eine Erklärung für das Ganze, aber wie konnte das sein? Lord Ashington wäre doch nie imstande, ein solches Geheimnis zu bewahren … oder doch? War er derart einflussreich?

Ich blieb nicht stehen, bis ich mich in meinem Zimmer wiederfand und die Tür fest hinter mir geschlossen hatte. Dann stand ich da und ließ mir die nächstliegende Erklärung durch den Kopf gehen.

Lord Ashington hatte eine Mätresse und ein Kind, die hier auf dem Grundstück lebten. Das war auch der Grund, weshalb er plötzlich so dringend auf der Suche nach einer Frau war. Er wollte das Ganze vertuschen. Ich ließ mich auf das Sofa sinken und starrte ausdruckslos an die gegenüberliegende Wand. Er hatte mich hierhergebracht, um meine Familie in Augenschein zu nehmen. Es ging ihm lediglich darum, einen Posten zu besetzen. Auf eine Liebesheirat war er nicht aus. Er brauchte eine Countess, die sein Kind und seine Geliebte akzeptieren würde.

Der Gerechtigkeit halber sei gesagt, dass auch ich nicht mit dem Wunsch nach einer Liebesheirat nach London gekommen war. Durchaus nicht. Das wusste er auch, schließlich hatte ich ja daraus keinen Hehl gemacht, oder? Lord Ashington war sich bewusst, dass ich zur Versorgung meiner Schwester und Mutter einen vermögenden Ehegatten benötigte. Dass ich jemanden brauchte, der sich die medizinischen Eingriffe leisten konnte, die für Whitney nötig waren. Er wiederum brauchte eine Frau, die bereit war wegzuschauen. Er musste glauben, in mir die perfekte Ehekandidatin gefunden zu haben. Wie denn auch nicht? Ich war keine typische Debütantin, für die der »gute Ton« und die Regeln der Gesellschaft schwerer wogen als alles andere. Rang bedeutete mir wenig. Leere Konventionen ebenso. Das hatte er erkannt und sich darauf gestürzt.

Ich verspürte einen Stich im Herzen, und mir wurde flau im Magen. Ich hatte mir gestattet, für Lord Ashington Zuneigung zu empfinden und an eine mögliche gemeinsame Zukunft zu glauben. Ich war seinem Zauber erlegen und hatte mich zum Narren gemacht. Einen Augenblick lang hatte er mich glauben lassen, mir könnte etwas Ähnliches wie meiner Tante und meinem Onkel vergönnt sein. Wie einfältig von mir, so etwas für möglich zu halten. Insbesondere, wenn es sich um so einen einflussreichen Mann wie Lord Ashington handelte.

Mir brach deshalb nicht das Herz, denn ich war nicht so albern, mir einzubilden, verliebt zu sein. Ich kam nur – einmal mehr – zu der Erkenntnis, dass sich nie jemand aus den Gründen für mich entschied, die ich mir gewünscht hätte. Nicholas brauchte mich nur als Spielfigur in seinem Rachefeldzug gegen seinen Bruder. Und Lord Ashington wollte mich nur dann, wenn ich als perfekte Gemahlin die Augen vor seiner heimlichen Familie verschloss. Meine Mutter sah in mir lediglich ihre einzige Hoffnung auf finanzielle Sicherheit. Und mein Vater hatte in mir natürlich überhaupt nie einen Nutzen gesehen. Hurtig schob ich die Erinnerungen an ihn beiseite. Es war sinnlos, sich über die mangelnde Liebe meines Vaters Gedanken zu machen.

Ich wischte mir die Tränen weg, die, so unerwünscht sie auch waren, einfach nicht aufhören wollten, mir über die Wangen zu laufen. Ich würde das nicht an mich heranlassen! Ich war geblendet gewesen von all dem Glanz, der mit Lord Ashington einherging, und hatte die anderen Zeichen übersehen. Ich hatte mir erlaubt, jemandem zu vertrauen, und es nicht einmal bemerkt. Er hatte meinen Schutzwall mühelos erstürmt. Noch einmal würde mir das nicht passieren. Ganz gewiss nicht! Inzwischen war ich schlauer.

Doch nach wie vor musste ich meiner Familie zuliebe eine gute Partie machen, und das würde ich auch tun. Aber würde ich dafür eine heimliche Familie akzeptieren können? Lord Ashington liebte das Kind eindeutig, und das respektierte ich. Er hatte sich seiner Tochter gegenüber nicht einfach blind gestellt, so sie das denn wirklich war, und sorgte für sie. Ich nahm an, dass er auch für ihre Mutter sorgte.

Ich wusste, meine Tante und mein Onkel führten eine Beziehung, wie die meisten in der Londoner Gesellschaft es nicht taten. Sie liebten einander wahrhaftig. Mein Onkel hielt sich keine Geliebte. Konnte ich mir den Luxus leisten zu warten, bis ich einen Mann fand, der mich liebte und niemanden brauchte außer mich?

Andererseits spürte ich, dass ich Ashington nicht vollkommen gleichgültig war. Ich sah es an den Blicken, die er mir zuwarf, der Art und Weise, wie seine Augen aufstrahlten, wenn ich den Raum betrat.

Was war da? Was ging wirklich in ihm vor?

Ich dachte an Whitney, die in ihrem Zimmer lag, und an die Schmerzen, die ihr eine Tagesreise bereitet hatte. Ich wusste, dass mit jedem Tag, der verging, die Hoffnung auf eine vollständige Wiederherstellung ihres Beins schwand.

Was wäre ich um ihrer Zukunft willen bereit zu akzeptieren?

27. KAPITEL

Emma Marie Compton

vier Jahre und fünf Monate alt

Ich schaute noch ein letztes Mal ins Schlafzimmer, ob Alice auch wirklich schlief. Es war so schwer gewesen, mit geschlossenen Augen mucksmäuschenstill dazuliegen, aber Alice war wohl wahrhaftig müde. Ich hatte nur ein bisschen warten müssen, schon hatte sie angefangen zu schnarchen.

Leise ging ich hinaus, schloss die Tür hinter mir und hielt dann den Atem an. Ich war mir fast sicher, dass sie gleich auffahren und merken würde, dass ich mich davongemacht hatte. Aber eben nicht grundlos, ich musste doch unbedingt Miriam Bathurst kennenlernen! Schließlich hatte Ashington gesagt, sie sehe schöner aus als eine Prinzessin, und so eine schöne Dame war mir noch nie begegnet. Was, wenn er vergaß, sie mir vorzustellen, und ich keine andere Möglichkeit mehr dazu bekam?

Ich rannte über den Waldweg, den ich gestern Morgen mit Alice entlanggegangen war. Heute hatte sie sich geweigert, mich wieder zu der Küche zu bringen. Nachdem ich das Huhn befreit hatte, traute sie mir nicht mehr, dabei hatte das Huhn doch frei sein wollen. Ich hatte also bloß einer angehenden Freundin geholfen. Doch so, wie die in der Küche das Huhn dann behandelt hatten, hasste es mich jetzt bestimmt. Arme Drusilla!

Ich hatte großes Glück gehabt, dass man mir heute Morgen

trotzdem Marmelade zum Frühstück hergeschickt hatte. Bestimmt war das Ashington gewesen! Die Marmelade hier in Chatwick Hall war süßer als die bei uns in London. Ich musste Ashington unbedingt bitten, so eine mit in die Stadt zu nehmen. Wie ich das alles hier vermisst hatte! Unser Haus in London hatte keinen Feenwald und auch keine Rosengärten wie diese hier. Alice hatte versprochen, heute mit mir durch den Feenwald zu wandern. Wenn sie aber aufwachte und ich noch nicht wieder da war, wurde daraus nichts. Und Marmelade würde ich zum Nachmittagstee auch nicht bekommen.

Bei dem Gedanken fragte ich mich, ob sich ein Treffen mit Miriam Bathurst wirklich lohnte, wenn ich dafür vielleicht auf Marmelade oder den Feenwald verzichten musste. Diesen Wald vermisste ich nämlich so sehr! Mit gerunzelter Stirn blickte ich zu unserem Häuschen zurück. Alice würde sehr enttäuscht von mir sein. Das war sie oft, und es machte mir eigentlich nichts aus, aber auf diese Wanderung heute freute ich mich schon so, ja, und die Marmelade wollte ich auch!

Ich wandte mich um und schaute wieder in Richtung Chatwick Hall. Meine Chancen, unbemerkt dorthin zu kommen, standen nicht besonders gut, und wenn mich einer von den Dienstboten entdeckte, würde man mich auf der Stelle zu Alice zurückbringen. Seufzend zwang ich meine Füße, sich wieder in Richtung Cottage zu bewegen. Wenn ich mich beeilte, würde Alice gar nicht merken, dass ich überhaupt weg gewesen war.

»Hallo!«, hörte ich in diesem Augenblick eine sanfte und schöne Stimme hinter mir. War ich auf eine Fee gestoßen? Als ich mich umdrehte, entdeckte ich eine Dame. Eine Fee konnte sie nicht sein, dafür war sie zu groß, eine Prinzessin aber durchaus.

»Hallo«, erwiderte ich. »Sind Sie Miriam Bathurst?« Ich fragte nur, um mich zu vergewissern. Eigentlich war ich mir fast sicher. Ihr Haar funkelte einfach zu herrlich im Sonnenlicht. Ich konnte mir nicht vorstellen, dass Ashington eine *noch* schönere Dame kannte.

Die Prinzessin nickte. »Ja, das bin ich, und wer bist du?«

Ich straffte meine Schultern, ganz so wie Alice mich immer ermahnte, es zu tun, und reckte den Kopf. »Ich bin Emma Marie Compton. Herrin des Hauses«, erklärte ich ihr.

»Es ist mir eine Freude, Sie kennenzulernen, Lady Compton«, antwortete Miriam und knickste. Noch nie hatte jemand vor mir einen Knicks gemacht oder mich Lady genannt. Das gefiel mir richtig gut. Ich sollte Alice sagen, dass wir meinen Namen in Lady Compton ändern müssten. Allerdings bezweifelte ich, dass sie dann vor mir knicksen würde. Dafür war sie viel zu dickköpfig. Aber fragen kostete ja nichts.

»Ich habe Sie gesucht«, erklärte ich ihr. »Alice ruht sich gerade aus, und eigentlich sollte ich das auch, aber ich wusste ja nicht, ob Ashington uns einander wirklich vorstellen würde, und ich bin doch so neugierig. Alice sagt sogar, ich bin viel zu neugierig. Ich glaube nicht, dass es so was gibt. Sie vielleicht?«

Miriam Bathurst lächelte mich an und schüttelte den Kopf. »Nein, das glaube ich auch nicht. Ich meine, mit Neugierde kann man viel lernen.«

Ich mochte sie. »Haben Sie Lust auf einen Spaziergang durch den Feenwald? Wir haben einen, wissen Sie? Der ist gleich da drüben, und eigentlich wollte ich mit Alice hin, aber wenn sie aufwacht und sieht, dass ich weg bin, kann ich mir das sowieso aus dem Kopf schlagen und die Marmelade zum Tee genauso.«

Miriam schürzte die Lippen, als ob sie die Vorstellung, keine Marmelade zu bekommen, genauso schrecklich fände wie ich. »Keine Marmelade, das klingt furchtbar«, meinte sie. »Aber nachdem wir uns gerade erst kennengelernt haben und niemand außer mir weiß, wo du steckst, wäre das mit dem Spaziergang vielleicht nicht so klug. Den Feenwald würde ich zu gern sehen, aber Alice sollte besser schon wissen, wo du dich aufhältst.«

Diese Antwort hatte ich jetzt eigentlich nicht hören wollen. Überhaupt sagten Erwachsene selten das, was man sich wünschte. Wirklich schade! »Ich könnte Alice eine Nachricht hinterlassen.« Obwohl meine Handschrift noch nicht so schön war und ich vieles noch nicht richtig schreiben konnte.

Miriam wiegte den Kopf hin und her, als würde sie eingehend darüber nachdenken. Wenn sie zustimmte, könnte ja auch sie die Nachricht schreiben. Dann konnte Alice sie nämlich vermutlich auch lesen. »Ja, eine gute Idee, aber was ist mit deiner Mutter? Würde sie sich nicht Sorgen machen, wenn du mit einer Fremden im Wald herumwanderst?«

Ich schüttelte den Kopf. »Nein, kein bisschen. Meine Mutter ist tot. Ich kann mich kaum an sie erinnern. Sie war blond und sprach mit einem schönen Akzent. Es heißt, sie war Französin.«

Das Lächeln auf Miriams Gesicht verschwand, und ich erinnerte mich daran, dass es Erwachsene oft bedrückte, wenn man von Toten sprach. Keine Ahnung, warum, aber ihr Gesicht verdüsterte sich dann immer so. Alice meinte, es würde sie betrüben, an jemanden zu denken, der nicht mehr lebt. »Sei nicht traurig. Es ist alles in Ordnung. Ich habe ja Ashington. Alice sagt, da habe ich wirklich großes Glück.«

»Ja, ich glaube, Alice hat recht«, stimmte Miriam mit einem Lächeln zu, das aber nicht so strahlend war wie das zuvor. Hätte ich doch bloß meine tote Mutter nicht erwähnt! Ich mochte ihr Lächeln von zuvor.

»Alice hat leider oft recht«, erklärte ich. »Ashington meint, deshalb sei sie auch so eine ausgezeichnete Gouvernante.«

»Da muss ich Lord Ashington beipflichten«, erwiderte Miriam.

In diesem Moment hörte ich Alice nach mir rufen. Auch

Miriam hörte sie und sah zu dem Weg, der zurück zum Cottage führte. Wenn Alice mich dabei erwischte, wie ich mit ihr sprach, würde ich Ärger bekommen und möglicherweise sogar mit tagelangem Marmeladenverbot bestraft.

»Auwei. Das ist Alice. Sie ist aufgewacht.« Ich sah auch zum Cottage und hoffte, Alice würde nicht herauskommen.

»Vielleicht läufst du ja ganz schnell zurück, bevor sie beschließt, eure Wanderung in den Feenwald zu streichen. Es wäre doch eine Schande, ein so großartiges Abenteuer zu verpassen«, meinte Miriam.

Ich nickte zustimmend. »Und die Marmelade!«

»Ja, natürlich, die auch.«

»Es war schön, Sie kennenzulernen!«

Sie knickste erneut und erwiderte: »Es war mir wahrhaftig ein Vergnügen, Lady Compton.«

Lächelnd drehte ich mich um und lief zu unserem Häuschen zurück. Ich fand es wirklich famos, wenn man einen Knicks vor mir machte. Ich würde Alice vorschlagen, es auch zu tun, obwohl ich bezweifelte, dass sie sich darauf einlassen würde. Alice ließ sich oft nur schwer überzeugen. Hoffentlich bestrafte sie mich nicht dafür, dass ich aus dem Cottage geschlichen war. Vielleicht hatte sie sich aber gut ausgeruht und war jetzt guter Dinge. Hoffen konnte man immer.

28. KAPITEL

Der Earl of Ashington

Lady Wellington hatte erzählt, Miriam sei zu einem Spaziergang in die Gärten aufgebrochen. An diesem Morgen hatte ich mich nach einem weiteren kurzweiligen Frühstück mit Miriam, ihrer Tante, ihrem Onkel und diesmal auch ihrer Schwester in mein Arbeitszimmer verabschiedet, um versäumte Arbeit nachzuholen. Eigentlich hatte ich gar nicht vorgehabt, lange zu bleiben, doch als ich wieder von meinen Unterlagen aufsah, musste ich feststellen, dass es schon weit nach Mittag war. Als ich das Arbeitszimmer verließ, betrat Lady Wellington mit ihren Schuhen in der Hand und vom Sonnenschein geröteten Wangen gerade das Haus.

Ich freute mich zu sehen, dass sich Miriams Familie hier so wohlfühlte. Ein gutes Zeichen für die Zukunft, wenn ihre Familie mich und Chatwick Hall mochte. Allerdings durfte ich nicht vergessen, dass sie die wichtigste Person noch gar nicht kennengelernt hatten. Doch je besser ich sie kennenlernte, desto zuversichtlicher wurde ich, dass ihre Reaktion in meinem Sinne ausfallen würde. In Emmas Sinne.

Lady Wellingtons Gleichgültigkeit gegenüber den gesellschaftlichen Gepflogenheiten war ein wahrer Segen. Sie hatte keine strikten Vorstellungen davon, wie ein Haushalt zu sein hatte oder nicht. Seit ihrer Ankunft hatte ich sie nur selten in Schuhen gesehen. Zudem hatte sie auch keine Hemmungen, Geschichten über ihre Familie und ihre amerikanische Heimat zu erzählen, die die meisten Damen der feinen Gesellschaft verlegen hätten erröten lassen.

Auf dem Weg zu den Gärten hielt ich Ausschau nach Miriams kupferrotem Haar, das im hellen Sonnenschein gewiss wunderschön aufleuchtete. Doch erst als ich den rückwärtigen Teil von Chatwick Hall erreichte, entdeckte ich sie. Sie saß zwischen den Rosen und blickte in Richtung des Weges, der zum Cottage führte. Kurz verspürte ich einen Anflug von Panik. War sie ihn entlanggelaufen? Hatte sie Emma gesehen? Ehe ich mir indes allzu große Sorgen machen konnte, wandte sie sich zu mir um und lächelte mich an. Meine Erleichterung über ein simples Lächeln war größer, als sie ahnen konnte. Ich erwiderte es und ging auf die Frau zu, die mit ziemlicher Sicherheit genau meinen Vorstellungen von meiner künftigen Gemahlin entsprach. Dennoch wagte ich es noch nicht, ihr Emma vorzustellen. Dieser Schritt würde noch warten müssen.

»Ich muss mich dafür entschuldigen, dass ich mich ganz in meiner Arbeit verloren habe. Eigentlich wollte ich nur etwas Korrespondenz erledigen, die sich nicht mehr aufschieben ließ. Aber offenbar habe ich es geschafft, mich den ganzen Vormittag in meinem Arbeitszimmer zu verschanzen.«

Miriam schien es nicht übel zu nehmen, dass man sie sich selbst überlassen hatte. »Leider erledigt sich die Arbeit nun mal nicht von allein«, erwiderte sie. »Vor allem lästige Korrespondenz nicht.«

Sie war sehr liebenswürdig und überhaupt nicht anspruchsvoll. Zumindest schien es so. Ich fragte mich, ob eine andere, ebenso schöne Dame aus den vornehmen Kreisen auch so reagiert hätte. Meiner Erfahrung nach verlangte eine Frau, je schöner und begehrter sie war, desto mehr Aufmerksamkeit. Bei Miriam war das nicht der Fall. Fast kam es mir so vor, als sollte sie von anderen mehr verlangen.

Ihr Onkel stellte ihr eine angemessene Mitgift zur Verfügung, und sie war eine Schönheit ohnegleichen. Sollte sie da nicht die Vorteile genießen, die damit verbunden waren? Konnte ich mich glücklich schätzen, sie gefunden zu haben, oder war es selbstsüchtig von mir, sie für mich zu beanspruchen, bevor sie überhaupt wirklich Zeit gehabt hatte zu glänzen?

Verwirrt durch meinen unvermittelten Wunsch, mir für Miriam mehr zu wünschen, als sie selbst zu beanspruchen schien, nahm ich neben ihr Platz. Bevor ich mir die Worte genauer zurechtlegen und mich klar ausdrücken konnte, platzte ich heraus: »Von einem Gentleman sollten Sie wahrhaftig mehr erwarten.«

Miriam streifte mich mit einem kurzen Blick, und ihren rosigen Lippen entfuhr ein leises Lachen. »Ach, ist das so, Mylord?«

»Ja«, erwiderte ich nur, aus Angst, was mir noch herausrutschte, wenn ich es mir gestattete.

»Ich erwarte das, was ich für wichtig halte. Ehrlichkeit, Freundlichkeit, Intelligenz, einen Mann, der verantwortungsbewusst ist und – natürlich – das geschriebene Wort zu schätzen weiß. Hingegen glaube ich nicht, dass man von einem Mann erwarten sollte, dass er einer Dame jeden Wunsch von den Lippen abliest. Das würde sie nur verwöhnen und somit verderben, wage ich zu behaupten. Ganz gleich, wie schön sie auch sein mag.«

Ihre Ideen waren so einzigartig und doch so gut vorgebracht. Wie war es möglich, dass sie mit jedem Moment, den ich mit ihr verbrachte, noch anziehender wurde? Ich bezweifelte, ob sich im Laufe der Zeit je eine Eigenschaft an ihr offenbaren würde, die ich als unangenehm empfinden könnte.

»Sie sprechen, als hätten Sie schon viele verwöhnte Frauen kennengelernt«, erwiderte ich.

Sie hob eine zarte Schulter und seufzte. »Oh, das habe ich. Da muss man ja nicht lange suchen.«

Vor allem in der vornehmen Gesellschaft. London war voll von Leuten, die nur auf den eigenen Vorteil bedacht waren. Dagegen waren mir bislang nur wenige begegnet, welche die Bedürfnisse anderer über ihre eigenen stellten. Miriam opferte sich für ihre Schwester ja regelrecht auf, und das sagte mehr über sie aus als alles andere. Ebendeshalb wünschte ich sie mir für Emma. Ich wollte, dass Emma zu einer Frau mit derselben Gesinnung wie Miriams heranwuchs.

Ich stutzte. Wollte ich das? Wollte ich wirklich, dass Emma so erzogen wurde, dass sie die eigenen Wünsche völlig aus dem Blick verlor? Und ihrem eigenen Glück keine Bedeutung beimaß?

Nein, das wollte ich nicht. Ich wollte, dass Emma auch an sich selbst dachte und nicht nur nach dem Glück anderer trachtete. Ich wollte, dass sie Entscheidungen traf, die sie zum Lächeln brachten, und ich wollte, dass sie das Leben führte, das sie verdiente.

»Ich hoffe, ich habe nicht zu freimütig gesprochen.« Miriam lächelte schief. »Ich spreche oft die Wahrheit aus beziehungsweise das, was ich für die Wahrheit halte. Meine Mutter sagt immer, ich sei zu geradeheraus und solle meine Zunge hüten. Leider höre ich grundsätzlich nicht auf sie.«

Anscheinend hatte ich angesichts meiner Gedanken ein finsteres Gesicht gezogen und setzte schnell ein freundliches auf. »Ehrlichkeit und Unverblümtheit sind mir lieber«, sagte ich ihr. »Zudem stimme ich Ihnen voll und ganz zu.«

Sie schien nicht überzeugt zu sein, beließ es aber dabei. Miriam Bathurst drängte selten zu etwas. Sie trachtete nicht nach dem eigenen Glück. Etwas tief in mir fühlte mit dem kleinen Mädchen mit, das von seinem Vater keine Liebe erfahren hatte. Ich fühlte mit der jungen Frau, deren Mutter wollte, dass sie ihre Zukunft für die Familie opferte. Wie konnte ich ihre Gesinnung ausnutzen, wenn für mich eine ähnliche Zukunft für Emma nicht infrage kam?

»Nobel«, sagte ich, und Miriam wandte ihren Blick erneut zu mir. Sie hob fragend die Augenbrauen. »Sie haben bei Ihrer Aufzählung gerade eben ›nobel‹ vergessen. Ein Gentleman sollte nobel sein. Und damit meine ich weniger seinen Titel, sondern seinen Charakter. Er sollte Entscheidungen auf der Grundlage dessen treffen, was richtig und fair ist.«

Nach kurzem Nachdenken nickte Miriam. »In der Tat«, stimmte sie zu. »Das sollte er.«

In diesem Moment hätte man viele Dinge sagen können, doch ich rang innerlich mit mir. Ich war mir nicht sicher, ob ich mich immer genügend nobel zeigte und es sein würde, wenn die Zeit denn kam. Miriam Bathurst war genau das, was Emma brauchte, aber waren Emma und ich das, was Miriam brauchte ... oder verdiente?

Ich stand auf und streckte Miriam die Hand entgegen. »Kommen Sie, machen Sie einen Spaziergang mit mir. Lassen Sie uns den Sonnenschein genießen, schließlich kann es hier in England jederzeit zu regnen anfangen.«

Miriam legte ihre behandschuhte Hand in meine und erhob sich. »Eine ausgezeichnete Idee. Allerdings bezweifle ich, dass es heute noch regnen wird. Es ist keine einzige Wolke am Himmel!«

»Nun denn, so oder so, lassen Sie uns den Moment genießen.«

Wir marschierten los, und ich dachte über ein Gesprächsthema nach, das mich von unserer vorangegangenen Unterhaltung ablenken würde. Eine leichte Brise trug Rosenduft her und hüllte uns damit ein. Ich beobachtete, wie Miriam ihn tief inhalierte. Was für ein wunderschöner Anblick! Das Sonnenlicht hob ja häufig die Unvollkommenheiten eines Gesichtes hervor, doch bei ihr brachte es ihren großen Liebreiz nur noch mehr zum Vorschein. Ich könnte mit ihr glücklich sein. Nicht nur, weil ich mich von ihrer Erscheinung angezogen fühlte, sondern auch, weil ich sie wirklich gern um mich hatte. Ich suchte ihre Gegenwart und das Gespräch mit ihr.

»Sagen Sie, Miriam, welches ist Ihr Lieblingsbuch?«, fragte ich sie und merkte einmal mehr, wie wenig Ahnung ich davon hatte, woran sie Vergnügen fand. Doch ich wollte es wissen. Außerdem wollte ich ihr das Gefühl geben, dass sie wichtig war. Ihre Träume, ihre Freuden, ihre Abneigungen – all das zählte. Bisher hatten sicherlich nur wenige Menschen in ihrer Umgebung Wert darauf gelegt zu erfahren, was für *sie* bedeutsam war.

»*Justine*«, antwortete sie.

»Wirklich?« Ihre Antwort überraschte mich. Wollte sie mich auf den Arm nehmen, oder war das tatsächlich ihr Lieblingsroman?

Miriam schmunzelte. »Ihr habt das Buch gelesen?«

»Habe ich, ja. Ich lese ebenfalls gerne.«

»Sogar Marquis de Sade?«, fragte sie belustigt.

»Besonders Marquis de Sade«, versicherte ich ihr, was sie zum Lachen brachte. Dieses Lachen klang so schön, dass ich mich bestimmt nie daran satthören würde, und einen Moment verspürte ich Wehmut bei dem Gedanken, ich könnte es vielleicht irgendwann nicht mehr hören.

»Es kommt einem Wunder gleich, dass Mutter das Buch in meinem Zimmer nicht gefunden hat. Ich habe es nach dem Tod meines Vaters in seiner Bibliothek entdeckt. Mutter interessiert sich nicht für Bücher, daher hatte sie die Bibliothek nie selbst aufgesucht. Ich weiß nicht einmal, ob ihr der Titel des Buches etwas gesagt hätte, aber aus Angst, irgendwelche unbedarften Seelen hätten ihr etwas zugetuschelt, habe ich es genommen und in meinem Zimmer versteckt. Drei Nächte lang habe ich nicht geschlafen, da ich es nicht aus der Hand legen konnte.«

Ich stellte mir eine jüngere Miriam vor, die sich bei Kerzenlicht in ihr Zimmer verkroch und *Justine* las, während andere schliefen, und konnte mir ein Lächeln nicht verkneifen. Das Ganze war reichlich verwegen für jemanden, der noch jünger war als sie jetzt. Allerdings erregte mich das Wissen, dass sie es gelesen und es ihr gefallen hatte, auch auf eine Weise, die uns beiden nicht guttat.

»Und was ist Ihr Lieblingsbuch, Mylord?«, fragte sie mich.

»*Ashington*«, erinnerte ich sie.

»*Ashington*«, wiederholte sie.

»Ich muss sagen, dass mein Lieblingsroman seit Neuestem *Justine* von Marquis de Sade ist«, antwortete ich ehrlich.

Diesmal lachte Miriam laut auf, und ich freute mich unbändig, dass ich sie dazu gebracht hatte. Diese Zwanglosigkeit, mit der sie beim Lachen ihren Kopf zurückwarf – so gelöst –, das herrliche Haar, das sich um ihre sanft geröteten Wangen kringelte – ich konnte einfach nicht genug davon kriegen. Allmählich bedeutete sie mir mehr als ursprünglich geplant. Wie sollte ich damit umgehen? Ich wollte Miriam Bathurst in meinem Leben haben – und in meinem Bett. Nun musste sie mich nur noch aus eigenem Antrieb wollen. Und nicht, weil genau das zum Vorteil anderer in ihrem Leben wäre.

29. KAPITEL

Miss Miriam Bathurst

Nach dem Frühstück am Sonntagmorgen war Whitney bereit für Erkundungen. Noch immer war ich nicht sicher, ob sie krank gewesen war oder mir nur Zeit allein mit Ashington hatte gönnen wollen. Natürlich war ich dankbar, dass ich ihn dadurch besser hatte kennenlernen können – auch wenn ich noch immer nicht wusste, was ich von der kleinen Emma im Feenwald halten sollte –, hauptsächlich aber war ich jetzt erleichtert, dass es Whitney nun besser ging. Morgen stand allerdings auch schon die Rückfahrt nach London an, und ich sorgte mich, es könnte dafür noch zu früh sein, nachdem die Strapazen der ersten Reise sie so lange ins Bett gezwungen hatten.

Ich genoss es, sie dabei zu erleben, wie sie sich mit den Pferden im Stall unterhielt, als wären sie Menschen, und genießerisch die Luft einatmete, als wir durch den Rosengarten wandelten. Die Pracht Chatwick Halls hatte es ihr wahrhaft angetan. Und obwohl ich Ashington und dem Grund, weshalb ich offenbar hier war, noch immer skeptisch gegenüberstand, war ich doch dankbar, dass sie diese Erfahrung machen durfte. Von einem Leben an einem Ort wie diesem hatte sie immer geträumt.

Während Whitney die verschiedenen Rosen studierte und bei jeder neu entdeckten Sorte in Verzückung geriet, blickte ich zu dem Wald hinter dem Herrenhaus hinüber, durch den jener gut verborgene Weg verlief. Ich musste an Emma denken und daran, was sie heute wohl unternehmen mochte. Noch immer hatte es nicht geregnet, ein seltenes Geschenk. Nur ein paar Wolken zogen am Himmel vorbei, und die Sonne schien.

Gestern hatte ich zwischenzeitlich fast gedacht, Ashington würde auf Emma zu sprechen kommen oder mich vielleicht zu ihr bringen, aber nichts dergleichen war geschehen.

Stattdessen waren wir ausgeritten und hatten ein Picknick gemacht. Er erwies sich als sehr zuvorkommender, ja, amüsanter Begleiter, und als ich abends im Bett lag, ging mir auf, dass ich schon lange nicht mehr so viel gelacht hatte wie an diesem Tag. Doch so schön er gewesen sein mochte, konnte ich nicht aufhören zu grübeln. Ich fragte mich, ob Ashington überhaupt vorhatte, mir Emma vorzustellen, und wenn ja, wann. Dass er es noch nicht getan hatte, konnte nur bedeuten, dass ich seinen Erwartungen doch nicht gerecht geworden war. Kein schöner Gedanke, aber etwas anderes wollte mir nicht einfallen. Er trübte einen ansonsten perfekten Tag.

»Hast du jemals so viele Tudor-Rosen auf einem Fleck gesehen?«, rief Whitney aus und betrachtete die Rosen ehrfürchtig. Mit Rosen kannte ich mich zugegebenermaßen nicht sonderlich aus, aber ich mochte sie. Ich schob meine anderen Gedanken beiseite und ging auf dem schmalen Pfad zu ihr.

»Welche davon sind denn die Tudor-Rosen?«

Whitney sah mich verdutzt an. »Das kann doch nicht dein Ernst sein. Gerade du, die du doch ständig am Lesen bist, weißt nicht, was Tudor-Rosen sind?«

Whitney war keine Leseratte, von daher verstand sie weder die Liebe zu Romanen noch deren Unterschied zu Sachbüchern, die Wissen vermitteln sollten. »Ich lese Romane, die mich an einen anderen Ort und in eine andere Zeit versetzen. Sie bieten mir eine Flucht aus meinem Alltag. Wissenschaftliche Bücher wie etwa über Botanik sind nicht mein Fall. Vater hatte einige Bücher in seiner Bibliothek, die dir bestimmt gefallen würden. Es gibt zwar keines speziell über Rosen, aber doch einige über englische Landgärten.«

Sie riss die Augen auf. »Wirklich?«, fragte sie, als wäre ihr dieser Gedanke nie in den Sinn gekommen. Selbst als Kind hatte sie für Geschichten nichts übriggehabt. Ich hatte versucht, ihr etwas vorzulesen, doch sie war grundsätzlich schon vor dem Ende der Geschichte eingeschlafen.

»Ja, ich hätte schon früher daran denken können, dir eines herauszusuchen.« Ich begriff, dass ich ihr die ganze Zeit über die falschen Bücher in die Hand gedrückt hatte.

»Du hast versucht, mich davon zu überzeugen, dass Bücher magisch sind, aber das fand ich eigentlich nie. Man kann's dir also nicht verübeln, dass du bei der Entdeckung der Gartenbücher nicht an mich gedacht hast.«

»Vielleicht hatte ich aber auch Angst, du könntest mich bitten, dir daraus vorzulesen. Dann wäre nämlich *ich* nach ein paar Seiten eingeschlafen«, neckte ich sie.

Ihr mitreißendes Lachen tat meiner wunden Seele gut. Das war sogar schon so gewesen, als wir noch klein waren. Als sie nun zu den Bäumen jenseits der hinteren Gärten blickte, wurde ihre Miene jedoch unvermittelt ernst. »Ich glaube, da war gerade jemand!« Sie sah genau in die Richtung, in der der Weg zum Cottage begann.

Im Augenblick war niemand zu sehen, was aber nicht hieß, dass Emma sich nicht irgendwo dort versteckt hielt. Würde sie sich in Whitneys Gegenwart zeigen? Ich warf einen Blick zu meiner Schwester. War es gut, wenn sie Emma kennenlernte?

Ich vertraute Whitney zwar, aber bislang konnte ich im Hinblick auf Emma nur Mutmaßungen anstellen. Ich kannte den Grund für ihr Hiersein nicht, wusste aber, dass sie mit Nachnamen Compton hieß. Den Rest konnte man sich leicht zusammenreimen. Wäre das Kind eine jüngere Halbschwester von Ashington – also ein weiteres Kind von Nicholas' Mutter –, dann würde sie nicht hier in einem Cottage versteckt werden, sondern sich bei Ashington im Herrenhaus aufhalten.

»Das ist nur der Wind, der in die Zweige fährt.« Ich ergriff Whitneys Hand, um sie anderswo hinzuführen, bevor Emma sich erneut zeigte.

»Nein, das war ganz eindeutig. Ein kleines Mädchen, gleich da am Waldrand. Als gäbe es dort irgendwo einen Weg.« Whitney schaute angestrengt, ob es ein weiteres Mal auftauchen würde.

»Dann war's vielleicht eine Fee«, versuchte ich es mit einem Scherz.

Whitney wandte sich zu mir um, und ich war erleichtert über ihre neue Blickrichtung. »Eine Fee, Miriam? Ernsthaft? Meinst du etwa, ich wäre noch immer zehn?«

Mit einem breiten Grinsen hakte ich mich bei ihr unter. »Ich fürchte, für mich wirst du wirklich immer das kleine Mädchen bleiben, das mir überallhin folgt.«

»Das mag ja sein, aber an Feen glaube ich schon seit Jahren nicht mehr«, versicherte sie mir.

Ich führte sie aus dem Rosengarten. »Das zerreißt mir das Herz! Nun wirst du vielleicht nie mehr einen Blick auf sie erhaschen können!«

Whitney lachte. Das Mädchen am Waldrand schien sie zum Glück vergessen zu haben.

Wir wandten uns in Richtung des Herrenhauses, doch ich spähte noch einmal zurück, und tatsächlich, Emma stand wieder dort und beobachtete uns. Sie hob kurz die Hand und verschwand.

»Ich könnte eine Tasse Tee gebrauchen«, meinte ich und strebte mit Whitney weiter zum Haus.

»O ja, ich hoffe, es gibt dazu wieder diese Himbeertörtchen. Die waren göttlich. Ich hätte ein Dutzend davon verdrücken können!«, schwärmte Whitney hoffnungsvoll.

»Auf Wunsch bekommt man sie gewiss.«

»Und diese Gurkensandwiches! Was für ein Genuss, solche leckeren Häppchen serviert zu bekommen, wenn man eigentlich nur um einen Tee bittet!«

Bei Tante Harriet gab es in der Regel nur dann Sandwiches oder Scones, wenn Besucher da waren. Ansonsten zog sie zum Tee ihre geliebten Pralinen vor.

Als wir die Vorderseite von Chatwick Hall erreichten, entdeckten wir Ashington auf dem Weg von den Ställen zum Haus. Offensichtlich kam er gerade von einem Ausritt zurück. Mein Herz tat einen Sprung, als ich seine große, schlanke Gestalt erblickte, die sich in der Reitkleidung ebenso elegant ausnahm wie im feinsten Rock. Unsere Augen fanden sich, und er blieb stehen und wartete, bis wir ihn erreicht hatten.

»Guten Tag, die Damen. Ich hoffe, Sie haben sich heute zu beschäftigen gewusst?«

»Durchaus! Die Rosengärten sind wirklich eindrucksvoll, und von Euren Tudor-Rosen bin ich hin und weg«, erwiderte Whitney begeistert. Zum Glück erwähnte sie das kleine Mädchen am Waldrand nicht.

»Ich muss zugeben, dass ich von Rosen wenig verstehe. Sie waren die Leidenschaft meiner Mutter. Allerdings halte ich mich auch gern in den Gärten auf. Es ist alles so friedlich hier.«

Ashington wandte seinen Blick wieder mir zu. Es fiel mir schwer, mein Herz zur Räson zu rufen, das noch immer nicht wieder in den Takt gefunden hatte. Zu allem Überfluss spürte ich, dass sich meine Wangen aus Unmut darüber mehr als nur sanft röteten. Die Tatsache, dass mein Körper so töricht auf seine Aufmerksamkeiten reagierte, bestürzte mich einmal mehr. Je mehr Zeit ich mit ihm verbrachte, desto heftiger schienen meine Reaktionen auszufallen. Obwohl ich seine Geheimnisse kannte und mir fast sicher war, dass sein Interesse an mir wenig mit echter Anziehung zu tun hatte, fühlte ich mich selbst doch sehr zu ihm hingezogen.

»Hatten Sie einen angenehmen Tag?«, fragte er mich.

»Aber ja, durchaus! Wie denn auch nicht an einem weiteren sonnigen Tag auf dem Land?«

Ich versuchte, mir nicht anmerken zu lassen, dass ich ihn tatsächlich vermisst hatte. Ich verbrachte so gerne Zeit mit meiner Schwester, doch beim Anblick Ashingtons kam mir bitter zu Bewusstsein, dass wir morgen abreisen würden und ich ihn fortan nicht mehr täglich zu Gesicht bekäme. Beim Gedanken daran zog sich mein Innerstes schmerzlich zusammen. Wie würde ich unsere amüsanten Gespräche vermissen. Diesen Blick …

»In der Tat«, pflichtete er mir bei, aber seine Augen schienen um so vieles mehr zu sagen. Vielleicht handelte es sich um Einbildung oder Wunschdenken, aber ich hatte das Gefühl, dass er mich auch vermisst hatte.

»Wir wollten gerade Tee trinken«, meinte Whitney. »Möchtet Ihr uns dabei Gesellschaft leisten?«

Er hielt seinen Blick einen Moment länger als nötig auf mich gerichtet, bevor er lächelnd zu meiner Schwester sah. »Tee klingt perfekt. Ich bin am Verhungern.«

»Wunderbar! Ich hoffe so sehr, es gibt wieder die herrlichen Himbeertörtchen von gestern«, bekannte Whitney.

Seine Mundwinkel wanderten belustigt nach oben. »Das lässt sich machen, denke ich.«

Whitney klatschte vor Freude in die Hände. »Wunderbar!«

Mit jeder Sekunde, die ich in der Gegenwart dieses humorvollen, fürsorglichen, unglaublich gut aussehenden Mannes verbrachte, machte es mir Ashington schwerer, mich nicht in ihn zu verlieben. Ein lächerlicher Gedanke, dessen war ich mir bewusst. Er hatte Geheimnisse, und ich kannte sie, wenn auch nicht im Detail. Bis ich eine Erklärung für Emma Compton erhielt, musste ich unbedingt einen kühlen Kopf bewahren.

30. KAPITEL

Der Earl of Ashington

»Miriam ist eigen, dessen bin ich mir bewusst, aber ich wage zu behaupten, dass ihre Art, das Leben zu betrachten, wohl einzigartig ist. Langweilig wird es mit ihr jedenfalls nie«, sagte Alfred nach seinem dritten Glas Portwein.

Die Damen hatten sich für den Abend zurückgezogen und wir uns nach dem Verlassen des Speisezimmers in mein Arbeitszimmer begeben. Der starke portugiesische Wein schien Wellingtons Zunge gelockert zu haben. Das Abendessen war ebenso angenehm verlaufen wie die vorangegangenen Mahlzeiten mit seiner Frau und seinen Nichten. Miriam und Lady Wellington sorgten mit ihren geistreichen und vergnüglichen Bemerkungen und Anekdoten für Unterhaltung, und ich ertappte mich dabei, dass ich den Mahlzeiten mit meinen Gästen jeden Tag mit mehr Vorfreude entgegensah – wenn das überhaupt möglich war.

»Mit ihrem Wesen sticht sie aus der Menge heraus. Das gibt es in der Tat selten«, erwiderte ich. Miriams Schönheit war eine Sache, aber ihr scharfer Verstand und ihre Entschlossenheit, ihrer Familie zuliebe zu reüssieren, noch einmal eine ganz andere.

»Mit ihrer Mutter hat sie rein gar nichts gemein, und ihr Vater war ein Mistkerl, den ich nie leiden konnte. Den Großteil von Miriams Leben habe ich in New Orleans verbracht. Als mich ihre Mutter darum bat, sie in die Gesellschaft einzuführen, hatte ich sie zuletzt als Winzling von vielleicht zwei Jahren erlebt. Und Whitney war ich überhaupt noch nie begegnet. Ein Versäumnis meinerseits, leider. Mir liegt nur einfach nicht viel an meiner Schwester. Sie ist ein schwieriger Mensch. Ihre Eitelkeit hat sie in ihrer Jugend oft grausam gemacht.«

Diese Auskünfte hatte ich dem Port zu verdanken, da war ich sicher, aber ich war dankbar darüber. Jeder noch so kleine Einblick in Miriams Leben war mir wichtig. Und das nicht nur, wie ich mir eingestehen musste, weil ich Emmas Interessen im Auge hatte, sondern auch meine. Es wäre so leicht, sein Herz an Miriam Bathurst zu verlieren. Tatsächlich konnte ich, gleich zu welcher Tageszeit, an nichts anderes denken als an sie. Obwohl ich das mit Blick auf meine zukünftige Gattin weder erwartet noch gewünscht hatte, glaubte ich nun, nichts anderes mehr akzeptieren zu können.

»Ihr müsst wissen, sie hatte einen Zwillingsbruder«, fuhr er fort. »Genau das, was sich dieser Tropf von einem Vater gewünscht hatte. Einen männlichen Nachkommen, der den Titel weiterführte. Das Würmchen hat nicht lange durchgehalten, und meine Schwester, so gallig sie sonst auch ist, war danach eine Zeit lang am Boden zerstört. Der Verlust eines Kindes ist für jede Mutter schwer. Ich fürchte, Miriam wurde von ihrem ersten Tag auf dieser Erde an vernachlässigt. Dabei sollte ein Kind von seinen Eltern geliebt werden. Wenn ich nun sehe, zu welcher jungen Frau sie sich entwickelt hat, einer, die ihre Schwester so sehr liebt, dass sie alles für sie tun würde, obgleich sie selbst ohne elterliche Liebe aufwachsen musste, ist das wahrhaftig bemerkenswert.«

Wie recht er hatte!

Die schlichte Tatsache, dass sie sich so entzückend entwickelt hatte, ohne dass ihr die ersehnte mütterliche Fürsorge zuteilgeworden wäre, ließ mich für Emma hoffen. Zugleich erschütterte mich der Gedanke an das kleine Mädchen, das die Liebe und

Aufmerksamkeit seiner Mutter gebraucht hätte und nichts davon erhalten hatte. Es war herzzerreißend.

»Nun hört nur, wie ich vor mich hin fasele. Portwein macht mich melancholisch. Immer schon. Es wird Zeit, dass ich mich auf mein Zimmer zurückziehe und Euch noch etwas Ruhe gönne.« Wellington nuschelte leicht, und als er aufstand, schwankte er etwas.

»Wellington«, sagte ich und erhob mich ebenfalls. »Meine Absichten Ihre Nichte betreffend sind edler Natur. Genau die von Ihnen heute Abend erwähnten Eigenschaften sind es, die mich in ihren Bann ziehen. Mir ist bewusst, was für ein seltenes Juwel sie ist. Seien Sie versichert, dass ich Sie nicht hierher eingeladen hätte, wenn es mir nicht ernst damit wäre, Miriam selbst und die Ihrigen näher kennenzulernen.«

Wellington bedachte mich mit einem Lächeln. »Wir hätten diese Reise nicht angetreten, wenn ich mir darüber nicht im Klaren gewesen wäre, Lord Ashington.« Er nickte mir zu und steuerte die Tür an. Ich überlegte, ob ich ihm Hilfe anbieten sollte, doch ich wollte ihn nicht beleidigen und er schien noch einigermaßen gerade gehen zu können.

Als er verschwunden war, nahm ich wieder Platz, ließ die Tür aber offen stehen. Eigentlich hätte ich ebenfalls zu Bett gehen sollen, doch meine Gedanken würden mich bestimmt wachhalten. Mit dem Einschlafen hatte ich mich schon immer schwergetan.

An diesem Abend ratterte es in meinem Kopf noch mehr als sonst. Wellingtons Schilderung von Miriams Leben hatte in mir Wut auf einen Mann geweckt, der jetzt kalt unter der Erde lag. Die Abneigung gegen meinen eigenen Vater war nichts im Vergleich zu der, die ich gegen Miriams Vater empfand. Sie war doch nur ein kleines Mädchen gewesen! Emma erschien vor meinem geistigen Auge, und mir zog sich bei dem Gedanken, man hätte sie auf der Türschwelle einer anderen Person als mir zurückgelassen, der Magen zusammen. Ihr Leben hätte ähnlich wie Miriams verlaufen können, und die Vorstellung machte mich krank.

Miriam verdiente es, geliebt zu werden und glücklich zu sein. Aber würde ich sie auch so lieben, wie sie es verdiente? Bis Emma in mein Leben getreten war, hatte ich noch nie jemanden wirklich geliebt. Nun gut, meinen Bruder schon, zumindest, als wir jung waren. Mit den Jahren hatte er sich verändert und damit meine Gefühle für ihn auch. Emma zu lieben war einfach. Sie war ein Kind und brauchte eine Familie.

Die Liebe zu einer Frau war eine andere Sache. Ich hatte erlebt, wie hässlich eine Ehe sein konnte und wie sehr Bitterkeit eine Frau veränderte. Obwohl mein Vater die ehemalige Countess geliebt hatte, hatte die Ehe beide verändert, und das überaus schnell. Miriam war ganz anders als meine Stiefmutter, doch bei dieser Entscheidung stand meine komplette Zukunft auf dem Spiel – und Emmas.

Ich starrte auf mein leeres Glas und überlegte, ob ich noch einen Schluck trinken sollte, bevor ich mich zur Ruhe begab. Vielleicht würde mir das beim Einschlafen helfen. In diesem Augenblick nahm ich an meiner Tür eine Bewegung wahr. Ich wandte mich um und entdeckte Miriam. Gewiss konnte ich nicht so viel Portwein getrunken haben, dass ich sie mir nur einbildete. Doch die Vorstellung, dass sie leibhaftig vor mir stand, schien ebenso unmöglich. Denn noch nie hatte ich etwas so zutiefst Bezauberndes erblickt.

Langes, dichtes kupferrotes Haar fiel ihr in Kaskaden über die Schultern und lockte sich an den Enden. Obgleich sie sich ein dünnes Schultertuch über das schlichte weiße Nachtgewand geworfen hatte, verhinderte es doch nicht, dass meine Fantasie bei ihrem Anblick sogleich mit mir durchging.

»Es tut mir leid, Lord Ashington. Mir geht nach diesem erlebnisreichen Tag noch so viel im Kopf herum, dass ich einfach nicht einschlafen kann. Da dachte ich, etwas warme Milch könnte Abhilfe schaffen, und bin daher auf dem Weg in die Küche.« Miriams Wangen hatten sich rosig gefärbt, was sie nur noch atemberaubender aussehen ließ.

Es schien, als sei sie drauf und dran, die Flucht zu ergreifen, weshalb ich mich ganz behutsam erhob. »Ich fürchte, wenn Sie auf der Suche nach der Küche sind, so sind Sie auf Abwege geraten«, neckte ich sie.

Sie errötete noch heftiger. »Ja, das kommt mir auch so vor.«

»Kommen Sie, ich zeige Ihnen den Weg. Ich könnte ebenfalls Hilfe beim Einschlafen gebrauchen.« Inzwischen hatte ich sie erreicht, und sie trat zurück, damit ich den Raum verlassen konnte, ohne dass wir einander berührten.

»Ob da Ihr Portwein nicht hilfreicher ist als warme Milch …?«, fragte sie mit leichtem Schalk in der Stimme und jenem Funkeln in den Augen, dem ich nicht widerstehen konnte.

»Mag sein, aber was wäre ich für ein Gentleman, wenn ich eine Dame allein durch die dunklen Gänge irren ließe?«

»Wenn besagte Dame unvorsichtigerweise ihr Schlafzimmer verlassen hat, ohne den Weg zur Küche zu kennen, dann hat sie es nicht anders verdient, würde ich sagen«, gab Miriam keck zurück.

»Das mag stimmen, andererseits bin ich ein Mann, und wenn eine so traumhafte Schönheit wie Sie vor meiner Tür steht, dann möchte ich nichts lieber, als ihr in der Angelegenheit meine Unterstützung anbieten.«

Keine schnelle Entgegnung diesmal, nur ein langer Blick aus großen Augen, von dem ich mich kaum losreißen konnte. Wir machten uns auf den Weg, und als ich zu ihr hinunterspähte, entdeckte ich den Hauch eines Lächelns auf ihren vollkommen geformten Lippen. Lippen, die sich so rosig gegen ihre blasse Haut abhoben, dass es mir schwerfiel, an etwas anderes denken zu können, als von ihnen kosten zu wollen.

Ich erwog, den Weg zur Küche auszudehnen, verwarf den Gedanken aber wieder. Ich sah sie lieber an, als dass ich neben ihr einherging. Der Umstand, dass sie unter ihrem Nachthemd nichts trug, sie mir mit ihren bloßen Füßen so nahe war und als einzige Bedeckung ihr dünnes Schultertuch umklammert hielt, ließ mich an Sachen denken, die für beide von uns gefährlich werden konnten.

Ich war schon mit Mätressen zusammen gewesen, die, um mein Verlangen anzufachen, nur spärlich mit französischer Seide bedeckt gewesen waren, doch kein einziges Mal hatte mich weibliche Schönheit so überwältigt wie heute Abend. Eine in einen Unterrock aus französischer Seide gekleidete Miriam wäre etwas, wovon ich mich möglicherweise niemals erholen würde. Dieses Bild hatte sich nun allerdings in meinem Kopf festgesetzt, und ich wünschte mir nichts sehnlicher, als Miriam genau so zu sehen.

Als wir schließlich die Küche erreichten, pulsierte mein Blut, und meine Sehnsucht, sie zu berühren, ließ sich kaum noch beherrschen. Wir betraten den großen, warmen Raum, der noch immer von einer Laterne erhellt wurde. Normalerweise suchte ich die Küche nicht auf, um diese Uhrzeit schon gar nicht, und so wusste ich nicht, ob wir hier allein sein würden oder ob jemand noch unversehens auftauchen könnte. Nicht, dass es von Belang gewesen wäre.

»Haben Sie Ihren Aufenthalt hier genossen?«, erkundigte ich mich, um wieder ihre Stimme zu hören.

Mit einem sanften Lächeln blickte Miriam zu mir auf. »Wer würde das nicht? Dieser Ort ist ja fast magisch. Whitney hat oft von der funkelnden Glitzerwelt Londons gesprochen. Aber das hier ist so viel mehr, als jeder Ball es in London je sein könnte.«

Ich hatte ein schlichtes Ja oder Nein erwartet. Und keine so eloquente Erwiderung. Hätte sie nur mit Ja oder Nein geantwortet, dann hätte ich mein brennendes Verlangen, die Hand um ihre Taille zu legen und sie an mich zu ziehen, damit ich die Kurven ihres Körpers spüren konnte, vielleicht kontrollieren können. So aber senkte ich den Kopf, um endlich die Lippen zu kosten, die mich vom ersten Augenblick in ihren Bann gezogen hatten.

31. KAPITEL

Miss Miriam Bathurst

In meinen geheimsten Träumen hatte ich mir diesen Augenblick schon ausgemalt. Nun, ich hatte darin nicht in einer Küche gestanden und mein Nachtgewand getragen, doch als Ashingtons Lippen meine fanden, schien das alles keine Rolle zu spielen. Die Welt um uns herum verblasste, und wir hätten uns auf dem prachtvollsten Ball befinden und ich hätte eine Robe aus feinster Seide tragen können, es hätte nichts an diesem Moment geändert.

Noch nie zuvor hatte mich ein Mann geküsst. Nun kribbelten mir die Lippen unter seiner Berührung, und ich spürte einen Schauer über meinen Körper laufen. Fühlten sich Küsse immer so an? Wenn ja, verstand ich, warum so viele Lieder davon handelten und sich in Romanen alles darum zu drehen schien. Nachdem ich sehr viel las, wusste ich, dass zwischen einer Frau und einem Mann noch so viel mehr geschehen konnte. Ich mochte unberührt sein, unwissend war ich jedoch mitnichten. Ein Kuss konnte zu so viel mehr führen, und wenn ich klug war, löste ich mich schleunigst vor ihm.

Doch ich war nicht klug, ich gab mich ganz dem Augenblick hin und wollte es auch nicht anders.

Ashington umfasste meine Taille fester und schob dabei den Stoff meines Nachtgewandes zusammen. Mein Schultertuch rutschte hinunter, als ich haltsuchend nach seinen Armen griff, weil mir die Knie nachgaben.

Mit Lippen, so weich wie italienischer Satin, streifte Ashington sachte über meine. Dann öffnete er sie, und auch davon hatte ich schon gelesen. Die Lektüre der Werke Marquis de Sades zog es schließlich mit sich, dass man sich Wissen aneignete über das, was zwischen Mann und Frau so möglich war. Auch wenn meines doch noch große Lücken aufwies, wie ich jetzt erkannte. Man musste diese Dinge leibhaftig erleben, um sie wahrhaft zu verstehen.

Bedächtig, denn ich war nicht sicher, ob ich es nicht im nächsten Moment bereuen würde, öffnete ich ebenfalls erwartungsvoll den Mund. Sollte der Kuss zart und süß ausfallen oder leidenschaftlich und wild? Ich klammerte mich fester an ihn, während er eine Hand auf meinen Rücken gleiten ließ und mich fest an sich zog, bis nur noch der Stoff unserer Kleidungsstücke uns trennte. Bei der Vorstellung stockte mir der Atem, aber mir blieb kaum Zeit, darüber nachzudenken, denn Ashington hob mich an, setzte mich auf einen Tisch und schob sich zwischen meine Beine, die ich unwillkürlich für ihn öffnete. Wieder fanden sich unsere Lippen, und der Kuss wurde immer ungestümer, bis es mir fast vorkam, als würden wir einander verschlingen. Ich fuhr mit den Händen in sein Haar. Ich wollte ihn berühren, wollte ihn fühlen, noch mehr schmecken. Kein Wunder, er roch berauschend nach süßem Wein und Zimt.

Er strich mit der Hand über meinen Oberschenkel und drängte sich an mich. In meinem Unterleib breitete sich ein lustvolles Ziehen aus, das von meiner empfindlichsten Stelle ausging, und ich keuchte auf, krallte mich in seinem Schopf fest. Er hielt im Küssen inne und atmete scharf ein.

Aus Angst, Ashington würde nicht fortfahren, obwohl ich mich doch in den Empfindungen verlieren wollte, die mir einen

Vorgeschmack auf alles gaben, was noch folgen könnte, schlug ich die Augen auf und sah ihn an.

Die Glut in seinem Blick raubte mir einmal mehr den Atem. Es war, als würde sich alles, was ich körperlich gerade erlebte, in seinem Blick widerspiegeln. Vielleicht handelte es sich um ein Spiegelbild meiner Seele oder eher meiner lüsternen Begierde. Denn wenngleich ich wusste, dass so etwas alles andere als schicklich und überaus gefährlich war, wollte ich mehr. Die Empfindungen waren allesamt neu für mich, und ich verstand nun, warum Frauen ihre Moral über den Haufen warfen und sich einem Mann hingaben. Nie hätte ich gedacht, wie leicht man doch bereit war, seinen guten Ruf für einen Augenblick wie diesen aufs Spiel zu setzen.

Ashington nahm seine Hand von meinem Oberschenkel, und ich wollte schon protestieren, da spürte ich seine Finger über meine nackte Wade streichen, und alles, was ich hatte sagen wollen, war vergessen. Während sein Blick noch immer in meinen versunken war, streichelte er sich unendlich langsam an meinem bloßen Bein empor, tauchte die Hand unter das Nachthemd, bis er an meinem Oberschenkel angelangt war. Ich grub die Fingernägel in seine Unterarme, und jede Faser meines Körpers summte vor Erregung. Keine erotische Beschreibung in einem Buch, über die ich je gestolpert war, hatte in meinem Schoß je einen so lustvollen Schmerz verursacht. Am liebsten hätte ich um Erlösung gefleht. Doch stattdessen beobachtete ich weiter stumm und voller Faszination seine Hand unter dem Baumwollstoff meines Nachthemds.

Er bewegte sie zur Innenseite meines Schenkels, hielt kurz inne und näherte sich sodann mit den Fingerkuppen der Stelle, die er, das wusste ich, nicht berühren durfte. Doch genau das wollte ich so verzweifelt, dass ich Angst hatte, ich könnte zu weinen beginnen, wenn er aufhörte.

Wieder fand sein Mund den meinen, und ich drängte mich ihm entgegen, da ich nicht länger warten konnte.

Als er mit einer Fingerspitze meinen empfindlichsten Punkt berührte, stieß ich einen Laut aus, der beinahe wie ein Seufzen klang, möglicherweise aber auch wie ein Flehen. Was auch immer es war, es reichte, um die quälend langsame Folter zu beenden. Für Ashington gab es jetzt kein Halten mehr. Er raffte mein Nachtgewand in meiner Taille zusammen, schob meine Beine weiter auseinander und legte eine Hand zwischen meine Schenkel. Mit der anderen zog er am Ausschnitt meines Nachthemds, bis es zerriss, und entblößte meine Brüste.

Einen flüchtigen Moment lang dachte ich, ich müsste protestieren und mich bedecken, aber da tauchte er mit einem Finger in mich ein. Entflammt vor Lust und nicht mehr imstande, meinen Körper zu kontrollieren, schob ich mich mit den Hüften gegen ihn. Es war köstlich und berauschend. Nichts anderes mehr zählte. So wie in diesem Augenblick, so wollte ich mich immer fühlen.

Ashington löste seinen Mund von meinen Lippen, zog eine Spur glühender Küsse an meinem Kinn entlang und senkte den Kopf. Als er dann die Lippen um eine meiner Brustspitzen schloss und sanft daran sog, stand mein ganzer Körper in Flammen, und ich war verloren. Heiße Wellen der Lust durchfluteten mich, und ich legte den Kopf in den Nacken und stöhnte laut seinen Namen.

Sein Mund wanderte von der einen Brust zur anderen. Kurz kam mir, welches Bild ich abgeben musste. Wie ein loses Frauenzimmer lag ich nahezu nackt auf dem Holztisch seiner Küche! Doch es war mir einerlei. Ich wollte nichts anderes, als diese pure Glückseligkeit erleben. Der nächste Tag lag in weiter Ferne und bedeutete mir nichts.

Wieder grub ich die Hände in Ashingtons Haar, der noch immer an meiner Brust sog und gleichzeitig mit zärtlich-sanftem Knabbern lustvollen Schmerz in mir auslöste. Unvermittelt hob er den Kopf und sah mir in die Augen. In seinem Blick spiegelte sich jenes wunderbare Gefühl wider, das meinen Körper gerade zum Erbeben brachte. In diesem Moment geschah etwas tief in mir, etwas, das noch intensiver war als der Akt der Lust, und mir zog sich das Herz zusammen. Panik breitete sich in mir aus, als ich begriff, dass ich tatsächlich in Gefahr stand, diesen Mann zu lieben. Ich machte mich verletzlich damit, und mein Vertrauen reichte nicht, um Freude darüber zu empfinden. Stattdessen erfüllte mich jähe Angst. Langsam wurde mir bewusst, was wir hier eigentlich taten.

Gerade wollte ich nach unten greifen und mich bedecken – ich war unsicher, was ich sagen sollte oder ob mich meine Beine überhaupt tragen würden –, da löste Ashington den Blick von mir und kniete sich zwischen meine Beine. Mir verschlug es die Sprache, und wieder erfasste mich Panik. Für eine Reaktion blieb keine Zeit, da er in diesem Moment mit seiner feuchten, warmen Zunge durch die sensiblen Fältchen fuhr, durch die reinstes Verlangen pulsierte.

Der kurze Augenblick der Klarsicht war vergessen, als er mich dort zu kosten begann, wo mich bis zu diesem Abend noch nie jemand berührt hatte. Keine Worte konnten das unglaubliche Lustgefühl beschreiben, das er in mir auslöste. Ashington hob mein linkes Bein an und legte es sich über die Schulter, liebkoste mit der Zungenspitze aber weiterhin die feste Knospe meines Verlangens.

Ich verging fast vor Erregung, und so gern ich ihn weiter bei seinem wundervollen Tun beobachtet hätte, konnte ich mich dafür doch nicht länger aufrecht halten. Schwer atmend legte ich mich auf den kalten Holztisch zurück und sah zur Decke empor. Etwas baute sich in mir auf, und es war, als würden nun sämtliche wonnevollen Erfahrungen gemeinsam in mir lodern und müssten sich Bahn brechen. Gerade als ich dachte, ich könnte es nicht länger ertragen, explodierte die Lust in mir wie ein Feuerwerk.

»ASHINGTON!«, keuchte ich und wurde zu solch ungeahnten Höhen katapultiert, dass mir fast die Sinne schwanden. In meinen Ohren dröhnte es, und ich wusste mit Gewissheit, nichts würde je wieder so sein wie zuvor.

32. KAPITEL

Der Earl of Ashington

Wir hatten eine Grenze überschritten, und die Schuld lag allein bei mir. Noch dazu hatte ich, schwach, wie ich war, mein Verlangen nach Miriam nicht etwa gestillt, sondern weiter angefacht. Ich würde nie mehr von ihr lassen können. Ich hob Miriams Schultertuch vom Boden auf, legte es ihr um die Schultern und zog sie in meine Arme. Wäre ich mir nicht so sicher gewesen, dass sie das, was gerade auf dem Küchentisch geschehen war, genossen hatte, hätte mich ihr Schweigen beunruhigt.

Ich war mit all meinen Gedanken, mit meiner ganzen Aufmerksamkeit nur bei ihr gewesen. Ob wohl jemand aus der Dienerschaft Zeuge des Ganzen geworden war? Allerdings konnte ich mir der Loyalität und der Verschwiegenheit meiner Dienstboten gewiss sein. Sie wurden gut bezahlt und noch besser behandelt. Miriam sollte ihre zukünftige Countess sein, und ihr Name durfte nicht befleckt werden.

Miriam sank gegen mich, und ich drückte ihr wie einem Kind einen Kuss aufs Haar. »Ich bringe dich auf dein Zimmer. Du brauchst deinen Schlaf«, sagte ich sanft.

Sie nickte, und als sie hochsah und meinen Blick erwiderte, sah ich, dass ihre Wangen von ihrer Erlösung noch glühten. »Es sieht so aus, als bräuchte ich doch keine warme Milch«, sagte sie leise, und mein Lächeln wurde noch breiter.

»Vielleicht nicht, nein«, erwiderte ich.

Sie schenkte mir nur ein ganz kleines, scheues Lächeln. Nichts wünschte ich mir sehnlicher, als sie mit in mein Schlafgemach und in mein Bett zu nehmen, doch ich durfte ihren Ruf nicht weiter aufs Spiel setzen. Nur widerstrebend machte ich mich mit ihr auf den Weg zu ihrem Zimmer. Es war nur gut, dass wir auf unserem Weg die Gänge entlang schwiegen. Wäre eines ihrer Familienmitglieder wach gewesen und hätte uns gehört, hätte es zu Problemen kommen können, die wir nicht brauchten. Wenn ich um Miriams Hand anhielt, dann sollte das nur aus dem Grund geschehen, dass ich sie mir zur Gemahlin wünschte. Nichts anderes sollte diesen Augenblick überschatten. Nichts sollte sie glauben machen, ihr Onkel hätte mich zu diesem Schritt gezwungen.

Beim Erreichen ihrer Zimmertür überlegte ich, ob ich mit hineingehen sollte, doch ich kannte die Besuchsgewohnheiten ihrer Schwester nicht. In der Küche waren wir bereits ein Risiko eingegangen, und ich wollte mein Glück nicht weiter herausfordern, indem wir in ihrem Zimmer mit dem fortfuhren, womit wir andernorts begonnen hatten.

Sie legte eine Hand auf den Türgriff und wandte sich noch einmal zu mir um. Ich wusste, wir schwiegen besser, und so trat ich nahe an sie heran und beugte mich zu ihr hinunter, um noch einmal ihre Lippen zu suchen. In ihren Träumen sollte nur ich vorkommen. Aus Angst, ich könnte mich vergessen, beließ ich es jedoch bei einem kurzen Kuss. »Gute Nacht, Miriam«, flüsterte ich und streifte mit den Lippen sanft ihr Ohr. Sie erschauerte, und ich trat zurück.

»Gute Nacht, Ashington«, erwiderte sie leise, drehte sich eilig um und verschwand in ihrem Gemach. Sobald die Tür ins Schloss gefallen war, wandte ich mich zum Gehen.

In den letzten Tagen hatte ich mich daran gewöhnt, Wellington morgens bereits am Esstisch vorzufinden. Der Mann war ein Frühaufsteher. Bei meiner Ankunft hatte man ihm bereits seinen Kaffee serviert, und ein Tablett mit Gebäck stand vor ihm. Ich hatte es genossen, diese Familie zu Gast zu haben, und hoffte, sie künftig wieder hier begrüßen zu dürfen, wenn ihre Nichte die Countess of Chatwick Hall war. Da ich wusste, wie nahe sie Miriam standen, war ich davon überzeugt, dass das gewiss regelmäßig der Fall sein würde.

Emma würde Lady Wellington lieben. Sie hatten so viel gemein. Vor allem ihre Vorliebe für Marmelade und heiße Schokolade. Was für ein Glück, dass ich nicht nur eine Frau gefunden hatte, die perfekt in unser Leben passen würde, sondern überdies eine Familie mitbrachte wie diese. Alle nahmen sie es mit den gesellschaftlichen Konventionen nicht so genau, und das schätzte ich ungemein. Wie ich darauf gekommen war, jemand wie Lydia Ramsbury wäre imstande, die kleine Beigabe, mit der ich daherkam, zu akzeptieren, war mir inzwischen schleierhaft. Ich hatte das Ganze nicht zu Ende durchdacht. Emma hätte sie ständig zum Weinen gebracht, und ich hätte die Folgen davon zu spüren bekommen.

»In Eurer Küche wird ein ausgezeichneter Kaffee gebraut! Ich muss zugeben, meine Köchin beherrscht das Verfahren noch nicht perfekt. Insofern bin ich neidisch, dass die Eure es schafft, den Kaffee genau so schmecken zu lassen wie den, den ich in meiner Zeit in New Orleans immer getrunken habe. Dort habe ich ihn nämlich auch lieben gelernt.« Mit diesen Worten begrüßte mich Wellington, als ich mich an meinen Platz begab.

Der Zeitpunkt schien günstig, mit ihm über seine Nichte zu sprechen. Nachdem wir uns jedoch in meinem Haus und an meinem Tisch befanden, befürchtete ich, Wellington könnte den Eindruck bekommen, ich würde mir dadurch Vorteile verschaffen wollen. Es war wohl besser, seine Zustimmung zu der Vermählung in seinem eigenen Heim einzuholen, wo er nicht das Gefühl bekommen musste, ich würde seine Entscheidung beeinflussen wollen. Bis dahin zu warten, fiel mir jedoch schwer. Nach der vergangenen Nacht wollte ich keine weitere mehr ohne Miriam in meinem Haus verbringen. Und am liebsten auch keine ohne sie in meinem Bett.

»Ich habe gelesen, in New Orleans wird, ähnlich wie in Frankreich, im Kaffee Zichorie verwendet. Aufgrund steuerlicher Probleme hat es das Konzept noch nicht nach England geschafft. Dabei sollte man meinen, dass auch hier so ein Zusatz zum Strecken des Produkts sinnvoll wäre«, erwiderte ich.

Wellington grinste breit. »In der Tat. Ganz meine Meinung. Viele mögen den Zichoriengeschmack im Kaffee nicht, aber ich mag ihn so nur umso lieber. Er bekommt dann eine leicht holzige, äh, …«, kurz hielt er inne und dachte nach, »… fast schon nussige Note, würde ich sagen.«

»Jetzt erzähl mir bitte nicht, dass du Lord Ashington mit deinen Auslassungen über Zichorienkaffee langweilst!« Lady Wellington rauschte mit strahlender und ausgeruhter Miene in das Speisezimmer. »Er vermisst Kaffee mit Zichorien so! Meine Familie beklagt sich darüber, dass man Zichorie zusetzt, Alfred hingegen schwört, es sei eine großartige Kombination.« Sie nahm auf dem Stuhl Platz, den man ihr darbot.

»Heiße Schokolade, bitte«, erklärte sie mit ihrer lauten amerikanischen Stimme dem Diener, der darauf wartete, ihre Wünsche zu hören. Als sie die Gebäckstücke auf dem Tisch entdeckte, leuchteten ihre Augen auf. »Nach diesem Wochenende werde ich in keines meiner Kleider mehr passen. Dafür waren die süßen Versuchungen hier schlichtweg zu groß!« Sie strahlte mich an, nahm sich zwei davon und legte sie vor sich ab.

Bestimmt war Emma ebenso begeistert von den Gebäckstücken, die man in der Früh zum Cottage gebracht hatte. Nach dem Frühstück würde ich mich auf den Weg dorthin machen müssen, um mich zu vergewissern, dass auch dort für die Rückreise nach London alles vorbereitet war. Emma würde enttäuscht sein, dass sie Miriam nicht hatte kennenlernen können, aber das erste Aufeinandertreffen war von äußerster Wichtigkeit und der passende Zeitpunkt noch weit mehr.

»Es freut mich zu hören, dass Sie während Ihres Aufenthaltes auf Chatwick Hall so richtig verwöhnt wurden«, erwiderte ich.

»Wenn ich doch nur Eure Köchin abwerben könnte!« Genüsslich biss sie in das Schokocroissant in ihrer Hand.

»Das lassen wir lieber bleiben«, bemerkte Wellington, der neben seiner Frau saß.

Lady Wellington sah zur Tür und riss jäh überrascht die Augen auf. Ich folgte ihrem Blick, ohne zu ahnen, was mich dort erwarten würde. O nein, Emma! Auch wenn sie höchst zufrieden mit sich selbst zu sein schien und ein strahlendes Lächeln aufgesetzt hatte, wusste ich, sie hatte wieder Unfug im Kopf. Wenn ihr doch nur klar gewesen wäre, dass dies kein Unfug war, den man so leicht wieder aus der Welt schaffen oder erklären konnte!

»Hallo!«, grüßte sie mit fröhlicher Stimme und schritt hocherhobenen Hauptes in den Raum, als wäre sie die Hausherrin.

In der Erwartung, als Nächstes würde Alice auftauchen, spähte ich zur Tür, doch offenbar hatte Emma sie erfolgreich abgeschüttelt. »Wo ist Alice?«, fragte ich, unsicher, wie ich den anderen Emmas Auftritt erklären sollte.

Die sah mich herausfordernd an. »Das weiß ich nicht so genau.«

Ihre Antwort konnte vieles bedeuten. Es würde mich allerdings nicht weiterbringen, das mit ihr vor den anderen zu besprechen. »Lass uns in die Küche gehen«, schlug ich vor, doch sie rührte sich nicht vom Fleck.

»Ashington, die süßen Sachen gibt's doch hier!«, meinte sie und marschierte zielstrebig auf den Tisch zu.

Sie würde nicht gehorchen, ohne eine Szene zu machen, und im Grunde war es auch zu spät, sie ohne Vorstellungsrunde hinausführen zu können. Mit einem ergebenen Seufzer drehte ich mich zu meinen Gästen um.

»Das ist Emma. Emma, das sind Lord und Lady Wellington.«

Emma schenkte ihnen ihr schönstes Lächeln. »Es freut mich sehr, Sie kennenzulernen«, sagte sie, kletterte auf einen Stuhl in der Nähe des Gebäcks und beugte sich vor, um sich eines vom Tablett zu pflücken. »Ich glaube, in dem hier ist Marmelade drin. Was meinen Sie?«, wandte sie sich an Lady Wellington, sobald sie ein Teilchen in der kleinen Hand hielt.

»Ja, das sieht mir ganz nach Erdbeermarmelade aus«, stimmte Lady Wellington zu und musterte Emma neugierig.

»Ich liebe Erdbeermarmelade einfach!« Emma ließ sich auf den Stuhl sinken, den sie als Schemel benutzt hatte, und nahm einen großen Bissen.

»Es gibt kaum etwas Leckereres als Erdbeermarmeladenfüllung«, räumte Lady Wellington ein.

Emma nickte begeistert mit dem Kopf.

»Oh!«, ertönte Miriams überraschte Stimme, die in diesem Moment den Raum betrat. Herrje, auch das noch! Die erste Begegnung der beiden hatte ich eigentlich genauestens planen und arrangieren wollen. Meine Gesellschaft nun einfach so mit Emma zu konfrontieren und zu erwarten, dass sie sie nicht nur akzeptierten, sondern ihre Existenz auch noch dazu geheim hielten, war zu viel verlangt, fürchtete ich. Doch was blieb mir anderes übrig? Emma hatte mir in dieser Angelegenheit keine andere Wahl gelassen.

»Bitte, nimm doch Platz, Honey. Hier gibt es eine köstliche Auswahl an Gebäckstücken, und außerdem haben wir einen entzückenden Gast, mit dem wir sie genießen können.« Lady Wellington strahlte ihre Nichte an.

Miriam kam langsam herein und warf mir einen Blick zu, der nicht fragend oder verdutzt war, wie ich es erwartet hätte, sondern eher … besorgt. Um wen sie sich wohl Sorgen machte? Um mich? Um sich selbst? Um Emma?

»Guten Morgen, Emma!« Miriam setzte sich auf den Stuhl neben ihr und brachte damit den ganzen Raum zum Schweigen.

Man hätte eine Stecknadel fallen hören können, und mir wurde jäh klar, dass Miriam Bathurst ebenfalls ihre Geheimnisse hatte.

33. KAPITEL

Miss Miriam Bathurst

Das Letzte, was ich an diesem Morgen erwartet hatte, war, Emma im Speisezimmer vorzufinden. Mein Weg hierher war eine Qual gewesen, da ich mir gewiss war, meine Tante würde mir ansehen, was gestern Abend zwischen Ashington und mir geschehen war. Dennoch konnte ich mich nicht dazu durchringen, es zu bereuen. War es überhaupt möglich, dass eine Frau so etwas bereute? Nun, sie konnte jedoch befürchten, dass ihre Familie es herausbekam.

Und nun saß Emma überraschend am Tisch und strahlte meine Tante an, und mein Onkel bekam bei ihrem Anblick den Mund nicht mehr zu. An Ashingtons panischer Miene konnte ich erkennen, dass das Kind das Ganze allein eingefädelt hatte. Ich verspürte Mitleid mit Ashington, da ich wusste, dass er nicht vorgehabt hatte, Emma uns auf diese Weise vorzustellen – wenn überhaupt. Doch genau das sollte ich im Hinterkopf behalten, wann immer ich ihm vertrauen und glauben wollte, wir könnten eine Zukunft haben.

Bei meiner Begrüßung drehte sich Emma auf ihrem Platz um und lächelte mich, den Mund voller süßem Gebäck, spitzbübisch an. »Stand dir heute wieder der Sinn nach etwas Süßem, hm?«, fragte ich sie. »Dann ist es ja nur gut, dass du hergekommen bist. Es scheint reichlich davon da zu sein.« Ich nahm neben ihr Platz.

Sie schaffte es, alles, was sich in ihrem Mund befand, auf einmal herunterzuschlucken. »O ja, das lohnt sich, selbst wenn Alice mich findet!«, erklärte sie derart leidenschaftlich, dass ich schmunzeln musste.

»Ich glaube, du hast recht. Sag mal, hat man dir denn schon eine heiße Schokolade gebracht?«

Sie schüttelte den Kopf und sah dann mit gerunzelter Stirn zur Tür, wo eine Bedienstete stand, die genauso panisch aussah wie Ashington zuvor. »Ich hoffe sehr, sie bringen sie mir bald, bevor ich noch verdurste!«

»Allerdings«, stimmte ich ihr zu und bedachte die junge Frau mit einem Lächeln. »Könnten Lady Emma und ich bitte heiße Schokolade haben?«

Die Bedienstete sah fragend zu Ashington, der nickte. Worauf sie aus dem Raum in Richtung Küche huschte, wo sie gewiss jedem brühwarm erzählte, wer im Speisezimmer erschienen war.

Ich begegnete dem neugierigen Blick meiner Tante und wusste, sobald wir allein waren, würde sie mich mit Fragen bestürmen. Vielleicht hätte ich so tun sollen, als wäre ich Emma noch nicht begegnet, aber es erschien mir falsch, vor einem Kind zu lügen. Ich brachte es einfach nicht über mich. Sie war noch so klein und sog ihre Umgebung wie ein Schwamm in sich auf. Sie sollte mich nicht als Person in Erinnerung behalten, die Unwahrheiten verbreitete. Selbst wenn es welche waren, die sich Ashington gewünscht hätte.

»Tante Harriet, Emma isst Marmelade genauso gern wie du. Ich glaube, ihr habt viel gemein«, erklärte ich.

Tante Harriet betrachtete Emma mit leuchtenden Augen. Sie war regelrecht verzaubert von dem Mädchen, aber das war auch kein Wunder.

»Ich kenne kaum jemanden, der keine leckere Marmelade zu seinen Scones mag«, sagte sie lächelnd.

Emma kräuselte die Stirn. »Alice mag sie nicht. Sie findet, dass Marmelade viel zu süß ist und auf einem Teegebäck nichts verloren hat.«

»Wer ist Alice?«, fragte Tante Harriet, die sich nicht bremsen konnte.

»Meine Gouvernante«, antwortete Emma.

Tante Harriet nickte, als ob das alles Sinn ergäbe. »Aha. Ich hatte nie eine Gouvernante, aber mit Süßem scheinen sie im Allgemeinen nicht viel anfangen zu können.«

Emma kniete sich wieder auf ihren Stuhl und griff nach einem weiteren Gebäckstück. »O nein, überhaupt nicht. Für süße Sachen hat Alice überhaupt nichts übrig!«

Mit einem Räuspern erinnerte Ashington uns an seine Gegenwart. Als ich mich zu ihm umwandte, sah ich, dass er mich musterte. Ich wartete auf die unvermeidliche Frage und überlegte, ob er sie mir hier vor meiner Tante und meinem Onkel stellen oder warten würde, bis wir allein waren.

»Wann haben Sie Emma kennengelernt, Lady Miriam?«, erkundigte er sich. Meine Frage hatte sich damit ziemlich schnell geklärt.

Ich bedachte Emma mit einem entschuldigenden Lächeln. Ich würde ihr zuliebe zwar nicht schwindeln, wollte jedoch mein Bestes tun, es so darzustellen, als wäre es meine Schuld gewesen, dass wir uns auf dem Waldweg begegnet waren, und nicht ihre.

Dann lächelte ich Ashington achselzuckend an. »Ich habe einen Spaziergang gemacht und im Park einen wunderschönen Weg zwischen den Bäumen hindurch entdeckt. Ich beschloss, ihn einzuschlagen, und während ich die Natur um mich herum genoss, begegnete mir unvermutet ein kleines Wesen, das ich zunächst für ein Feenkind hielt. Doch Lady Emma versicherte mir, sie sei keines.« Emma neben mir musste kichern.

»Soso.« Ashington sah durchaus nicht belustigt aus.

»Ja, nun, sie stellte sich mir vor und ich mich ihr. Ein Weilchen unterhielten wir uns über Marmelade, dann verschwand sie jenseits des Weges und ließ mich in der Überzeugung zurück, mir wäre tatsächlich ein Fabelwesen über den Weg gelaufen. Insofern war ich nun angenehm überrascht, sie beim Betreten des Speisezimmers zu entdecken. Es wäre zu schade gewesen, wenn ich Chatwick Hall in dem Glauben verlassen hätte, Lady Emma sei ein Feenkind, wo sie doch eindeutig eine sehr kluge junge Lady ist.«

Ashington verstand, was ich andeuten wollte, auch wenn ich es Emma zuliebe verschleierte. Und doch hatte ich sein Geheimnis gestern Abend vergessen und Dinge getan, die eine anständige Dame niemals tun würde. Ich hatte ihm vertraut, weil ich gewollt hatte, dass er mein Vertrauen verdiente. Doch bei Tageslicht und mit Emma an meiner Seite wurde mir wieder bewusst, dass dem nicht so war.

»Ich verstehe«, sagte er schließlich.

»Emma!«, ertönte eine strenge und zugleich verzweifelte Stimme an der Tür. Wir wandten uns alle um und entdeckten Alice, die Gouvernante, wie ich annahm. Ihr Haar war zu einem strengen Knoten frisiert, und durch die Brille auf ihrer Nase wirkte ihre Miene noch verkniffener. Unvermittelt verspürte ich das Bedürfnis, Emma zu beschützen.

»Hallo, Alice. Ich hoffe, Sie haben gut geschlafen«, antwortete Emma, die keineswegs eingeschüchtert wirkte.

»Es tut mir leid, Lord Ashington«, sagte Alice, die offenbar bis ins Mark erschüttert war. »Als ich das Haus verließ, um Tee zu holen, dachte ich, Emma würde schlafen. Bei meiner Rückkehr war die Tür verschlossen, und ich vermutete, sie hätte mich ausgesperrt und wäre im Haus.«

Ashington schien keinen Groll gegen die Erzieherin zu hegen – und auch nicht überrascht zu sein über Emmas Verhalten.

Ob sie so etwas öfter machte? Bei dem Gedanken lächelte ich in mich hinein. Was für ein keckes kleines Mädchen!

»Es ist ja unser letzter Morgen hier! Da wollte ich alle noch kennenlernen«, sagte Emma, die Schultern gerade, den Kopf gereckt. Völlig furchtlos. Es war, als würde sie beide herausfordern.

»Emma, darüber haben wir gestern Abend doch gesprochen!« Diesmal klang Alice eher verzweifelt als wütend.

»Aber Ihre Antwort hat mir nicht gefallen«, gab Emma zurück. Mit diesen Worten wandte sie sich seelenruhig wieder ihrem Gebäck zu und biss herzhaft hinein.

Ashington stand auf und streckte Emma seine Hand entgegen. »So, nun kennst du hier alle. Es wird Zeit, dass du dich verabschiedest. Deine Kutsche nach London steht schon bereit.«

Emma seufzte und blickte sehnsüchtig auf das halb aufgegessene Teilchen in ihrer Hand.

»Das Gebäckstück darfst du mitnehmen«, sagte Ashington.

Sofort hellte sich Emmas Gesicht auf, und sie sah lächelnd zu mir empor. »Es war mir ein Vergnügen, Sie wiederzusehen. Ich hoffe wirklich, es war nicht das letzte Mal!« Sie rutschte von ihrem Stuhl und steuerte auf Ashington zu.

Kurz bevor sie ihn erreichte, wirbelte sie noch einmal herum und blickte zu Tante Harriet. »Es war mir auch ein Vergnügen, Sie kennenzulernen«, sagte sie und sah dann zu meinem Onkel. »Und Sie natürlich auch! Auch wenn wir uns gar nicht unterhalten konnten«, erklärte sie ihm, ergriff Ashingtons Hand und ließ sich von ihm vergnügt aus dem Esszimmer führen.

Stille senkte sich über den Raum, und sowohl meine Tante als auch mein Onkel sahen fragend zu mir. Doch ich hatte keine Antworten für sie parat. Ich befürchtete, dass der Eindruck, der gerade entstanden war – um wen es sich bei Emma zu handeln schien, nämlich –, wahrhaftig stimmte. Deshalb mochte ich das Kind nicht weniger, befürchtete aber, wenn die feine Gesellschaft je davon Wind bekäme, könnte das für sie unschöne Folgen haben. Bei dem Gedanken bekam ich Magengrimmen. Sie war so voller Leben und hatte ein bezauberndes Wesen.

»Das kann nicht gut enden«, unkte Onkel Alfred.

»Das wissen wir nicht«, widersprach Tante Harriet ihm, doch auch sie wirkte nicht überzeugt.

Whitney kam herein. »Es tut mir leid, dass ich schon wieder zu spät komme. Während meines Aufenthaltes hier scheine ich es nicht zu schaffen, zu einer anständigen Zeit aufzustehen.«

Wir sahen alle auf, und ihr strahlendes Lächeln erlosch.

»Oje, habe ich was verpasst?«, fragte sie mit gedämpfter Stimme.

»Wenn wir es dir erzählten, würdest du es uns nicht glauben«, erwiderte Onkel Alfred und erhob sich von seinem Stuhl. »Ich muss meine Sachen packen. Ich denke mal, wir reisen bald ab.«

Whitneys Blick fiel auf das süße Gebäck auf dem Tisch. »Bleibt mir denn Zeit für wenigstens eines …?«, fragte sie.

»Aber natürlich«, antwortete Tante Harriet.

Die von mir gewünschte heiße Schokolade kam, und irgendwie schaffte ich es, eine Tasse davon zu trinken und ein Gebäckstück zu essen. Keine Ahnung, wie ich es hinunterbrachte, denn mein Magen war noch nie so verknotet wie in diesem Augenblick.

Bis wir unser Frühstück beendet hatten, wurde nur wenig gesprochen, obwohl Ashington nicht mehr zu uns zurückkehrte. Ich war darüber eher erleichtert als enttäuscht. Whitneys neugieriger Blick ruhte auf mir, und obwohl ich ihn spürte, vermied ich es, sie anzusehen. Je weniger Leute von Emma wussten, desto eher wurde sie vor Schaden bewahrt. Ich vertraute meiner Schwester, aber es war nicht an mir, jemandem zu offenbaren, dass es Emma gab. Diese Meinung schien Tante Harriet zu teilen, denn auch sie ließ kein Wort darüber verlauten.

Nach dem Frühstück verließ ich das Esszimmer. Ich fragte mich, wie mein nächstes Gespräch mit Ashington wohl verlaufen würde, und wusste nicht, ob ich bereit dafür war. Vielleicht hätte ich ja, wenn wir wieder in London waren, Zeit, mich darauf vorzubereiten und er ebenso.

Nachdem wir unsere Reisekluft angezogen hatten, wurde unser Gepäck aus den Gemächern zur Kutsche gebracht. Whitney verließ ihres zur gleichen Zeit wie ich meines. Wir gingen den Gang entlang, und als wir die Treppe erreichten, nahm ich mir einen Augenblick Zeit, das Eingangsportal von Chatwick Hall noch einmal auf mich wirken zu lassen. Was für ein atemberaubender Ort! Ob ich ihn wohl jemals wiedersehen würde? Meine Gedanken wanderten in die Küche und zu all dem, was dort geschehen war. Von jäher Trauer erfüllt, folgte ich meiner Schwester hinaus zu der auf uns wartenden Kutsche.

Noch immer war von Lord Ashington keine Spur zu entdecken.

34. KAPITEL

Mr Nicholas Compton

»Der Ball hat gerade erst begonnen, und doch finde ich Sie bereits hier draußen bei den Rosen.« Mit diesen Worten trat ich aus dem Schatten auf Miss Bathurst zu. Dass wir uns beide im Garten befanden, war durchaus kein Zufall, auch wenn es vor ihr so aussehen sollte. Doch eigentlich war ich heute Abend nur ihretwegen überhaupt auf diesen Ball gekommen.

Während mein Bruder sie nach Chatwick Hall entführt hatte, hatte ich Zeit gehabt, über die Angelegenheit nachzudenken. Er hatte sich für Miriam entschieden, ganz klar. Ebenso schmerzlich klar war auch, dass ich sie für meine Zwecke nutzen musste, wenn ich den neuen Earl of Ashington demütigen und quälen wollte. Während meiner Überlegungen, wie sich das auf alle auswirken würde, Miriam eingeschlossen, hatte ich jedoch begriffen, dass ich das nicht fertigbrachte. Zumindest nicht auf Grundlage meines so sorgfältig zurechtgelegten Plans.

Denn mittlerweile konnte ich meine Empfindungen für Miriam nicht länger als störend abtun, nein, in ihrer Nähe verspürte ich ein Glück, das mir mein Leben lang gefehlt hatte, ohne mir darüber klar zu sein. Ja, während sie mit Hugh auf dem Land war, rang ich mit meinen Gefühlen und musste schließlich der simplen Wahrheit ins Auge sehen, dass ich Miriam Bathurst überaus zugetan war.

Miriam wandte sich um und lächelte mich an, während der Mondschein silberne Lichter auf ihr Haar setzte. »Mr Compton, ich würde ja sagen, was für eine Überraschung, Sie zu sehen, wenn ich mir nicht so sicher wäre, dass diese Begegnung hier draußen von Anfang an geplant war, nicht?« In ihrer Stimme klang kein Vorwurf mit. Eher Erheiterung. Ganz so, als würde sie mein Spiel kindisch und vorhersehbar finden. Das musste ich umgehend richtigstellen.

»Seien Sie versichert, so ist es keineswegs. Es handelt sich um pures Glück, zumindest was mich angeht«, erwiderte ich, fragte mich aber im nächsten Augenblick, ob es nicht mehr bringen würde, mit der Wahrheit herauszurücken. Doch ich log schon so lange, dass mir die Lügen leicht von der Zunge gingen. Selbst wenn ich eigentlich ehrlich sein wollte.

»Nun gut.« Miriams Lächeln verriet, dass sie mir das nicht abnahm. Sie war zu klug, als dass sie die aalglatten Worte eines Mannes wie mir für bare Münze genommen hätte. Doch so ein Mann wollte ich nicht mehr sein. Zum ersten Mal in meinem Leben wollte ich als ehrenwert betrachtet werden. Ich wollte jemand sein, den Miriam respektieren konnte.

»Haben Sie Ihre Zeit in Chatwick Hall genossen?«, fragte ich sie, nicht imstande, noch länger auf Auskunft zu warten. Hatte sich mein Bruderherz aus der Deckung gewagt?

Selbst im Mondschein konnte man erkennen, dass sich ihre Wangen färbten. Als wolle sie ihre Reaktion verbergen, senkte Miriam den Kopf, und ich wusste, dass es vielleicht zu spät war. Mein Magen zog sich zusammen, und ich spürte eine Enge in der Brust, die ich nur als Panik einstufen konnte. Hatte ich so etwas schon je einmal empfunden?

»Chatwick Hall ist der zauberhafteste Ort in ganz England, da bin ich mir gewiss«, erwiderte sie. Mehr gab sie nicht preis, und ich konnte die Mauer zwischen uns spüren. Hatte es zwischen uns zuvor irgendetwas gegeben, eine Verbundenheit etwa, die sie mir gegenüber gefühlt hatte, dann war dem nun eindeutig nicht mehr so. Miriam Bathurst war fest entschlossen, die nächste Countess zu werden.

Nachdem sie Chatwick Hall besucht und alles gesehen hatte, was Ashington ihr zu bieten hatte, lag das ja auch nahe. Aber ich kannte Miss Bathurst und wusste, sie würde sich mit keinem noch so großen materiellen Reichtum ködern lassen. Sie war nicht wie andere Damen nur auf den Titel und die Macht aus. Es musste mehr dahinterstecken.

»Soll das heißen, dass bald eine Hochzeit ansteht?«, fragte ich und versuchte, mir meine Bitterkeit und Eifersucht nicht anmerken zu lassen. Noch blieb Zeit, das Blatt zu wenden! Doch das auf Kosten ihres Glücks zu tun, würde mir schwerfallen. Nanu? Wann hatte ich mich zu einem Mann gewandelt, dem an den Gefühlen anderer lag? Und warum gerade jetzt?

»O nein, wohl kaum. Ich habe Lord Ashington seit unserer Rückkehr nicht mehr gesehen. Sicher war er sehr beschäftigt.« Sie verstummte, und ich konnte in ihren Augen Schmerz aufflackern sehen, bevor sie das Gesicht abwandte und den Gartenweg entlangblickte.

Na, unter diesen Voraussetzungen ließ sich doch gleich viel besser arbeiten!

»Machen Sie sich keine allzu großen Gedanken. Auf den Schultern des Earl of Ashington lastet viel. Sobald seine Aufgaben es ihm erlauben, lässt er sich auch wieder blicken«, versicherte ich ihr und deutete in Richtung Ballsaal. »Würden Sie einstweilen mit mir in den Saal zurückkehren? Ich glaube, ich bin auf Ihrer Tanzkarte der Nächste.«

Ein Lächeln stahl sich auf ihr Gesicht, und ich fühlte mich wie eine Art Held. Vielleicht meinte Hugh ja, Zeit zu brauchen, um seinen Entschluss zu überdenken, und währenddessen konnte ich meine eigenen Ziele vorantreiben. Miriam Bathurst war einzigartig, und ich bekam sie einfach nicht aus dem Kopf. Allein ihre Schönheit war schon eine mächtige Waffe, die sie jedoch nicht einsetzte. Und genau das machte sie umso begehrenswerter. Ich war bereit zuzugeben, dass das meine Pläne völlig über den Haufen geworfen hatte.

»Ich dachte, er käme heute Abend vielleicht«, meinte Miriam auf dem Weg zum Ballsaal.

»Ashington verspätet sich häufig. Vielleicht ist er ja inzwischen schon da«, erwiderte ich. Eine weitere Lüge, so leicht dahingesagt. Gewissensbisse nagten an mir. Ashington befand sich tatsächlich schon im Ballsaal. Ich wusste nicht, mit wem er gerade sprach oder ob er tanzte, aber auf die Suche nach Miriam hatte er sich jedenfalls nicht gemacht. Jemand anderes beanspruchte seine Zeit.

»Vielleicht«, räumte sie ein, als wir auf die Veranda traten und uns von dort zurück in die Wärme des überfüllten Raums begaben.

»Möchten Sie vor unserem Tanz eine Erfrischung zu sich nehmen?«, fragte ich sie und versagte mir, mich nach meinem Bruder umzusehen, so gerne ich es auch getan hätte.

Miriam hingegen tat es bereits, und ich beobachtete, wie sie den Blick durch den Raum schweifen ließ. Sie sah zu mir auf und schüttelte den Kopf. »Nein, vielen Dank.«

Ich nahm ihre Hand, legte sie mir auf den Arm und führte sie zur Tanzfläche. Und in diesem Augenblick entdeckte ich Ashington. Er sprach mit niemand anderem als Lydia Ramsbury und ihrer Mutter, die sich beide sichtlich über seine Aufmerksamkeiten zu freuen schienen. Inzwischen wusste ganz London von seiner Reise aufs Land mit Miriam und ihrer Familie. Seine Unterhaltung mit Lydia erweckte indes den Eindruck, als sei das durchaus nicht so wichtig gewesen, wie die Klatschblätter glaubten.

Miriam versteifte sich neben mir, und ich wusste, dass auch sie meinen Bruder, diesen Mistkerl, entdeckt hatte. Eigentlich konnte mir seine Dummheit nur recht sein, doch sie machte mich wütend. Ich wusste, wie sehr Miriam sein Verhalten mitnahm, und dabei wollte ich sie lächeln sehen. Ja, ich sah sie lieber glücklich. Ein Leben mit meinem Bruder würde sie niemals glücklich machen. Nun, besser sie lernte das jetzt. Ehe es zu spät war.

»Miss Bathurst, glauben Sie mir, Miss Ramsbury verblasst im Vergleich zu Ihnen«, raunte ich ihr ins Ohr, bevor ich zum Auftakt der Musik ihren Arm ergriff und sie zu mir drehte.

Augenblicklich war es allerdings Miriam, die blass wirkte – trotz der herrlichen Locken, die ihr Gesicht sanft umspielten, trotz des wundervollen Kleides, das das Leuchten ihrer Augen noch verstärkte. Der Kummer war ihr derart deutlich ins Gesicht geschrieben, dass mir aufging, wie sehr ihr wirklich an meinem Bruder lag. Nach ihrer Rückkehr nach London hatte sie sich mehr erhofft. Doch wieder einmal hatte mein Bruder sich von jemandem abgewandt, der gedacht hatte, er wäre ihm zugeneigt. Ich verstand ihre Gefühle besser, als sie wissen konnte. Man bewegte sich auf glattem Eis, wenn man dem Earl of Ashington vertraute, und ich befürchtete, ich kam zu spät, um Miriam noch vor dem Sturz zu bewahren. Jedoch würde ich da sein, um den Aufprall zu mildern.

»Ich finde sie entzückend«, flüsterte Miriam mit trübseliger Miene.

»Lydia sieht reizend aus, ja, vergleicht man sie mit Ihnen, fällt das aber gar nicht mehr auf«, stellte ich klar.

Miriam sah zu mir auf und rang sich ein winziges Lächeln ab.

»Sie wollen mir mit Ihren Worten doch nur Trost spenden. Das brauchen Sie nicht.«

»Ich weiß. Aber dieser deutliche Kummer in Ihrem Gesicht,

den sehe ich nur ungern. Wenn ich nur etwas machen könnte, um ihn zu lindern – ich würde es tun«, gestand ich ihr freimütig.

Ihr Lächeln wirkte nun weniger gezwungen, wenngleich die Traurigkeit in ihrem Blick immer noch sehr deutlich war.

»Danke, Mr Compton. Ich komme schon zurecht. Tanzen Sie einfach mit mir, und bringen Sie mich dann zu meiner Tante«, sagte sie mit der Gewissheit einer Person, die Herzschmerz kannte.

»So versiert Sie auch darin sein mögen, Schicksalsschläge zu verkraften, heißt das nicht, dass Sie keine Schulter zum Anlehnen verdienen. Die braucht jeder irgendwann. Die meine biete ich Ihnen jedenfalls sehr gerne an.«

Miriam seufzte und lachte dann kurz auf. Womit ich nicht gerechnet hatte. »Mr Compton, vielleicht sind Sie das verwirrendste Individuum, das ich je das Vergnügen hatte kennenzulernen.«

»Ich betrachte das einfach einmal als Kompliment.«

»O ja, in der Tat!«

Der Schmerz, der tief in ihren Augen lag, verschwand zwar nicht, aber die Art, wie sie sich in meinen Armen allmählich entspannte, reichte fürs Erste. Gerade als ich dachte, alle Hoffnung sei verloren, hatte man mir einen letzten Rettungsanker gereicht, um das Blatt noch zu wenden.

35. KAPITEL

Miss Miriam Bathurst

Ich hielt meinen Blick auf Tante Harriet gerichtet und konzentrierte mich darauf, eine unbekümmerte Miene zur Schau zu stellen. Als Nicholas mich nach unserem Tanz zu ihr geführt hatte, war ich mir des Getuschels und der Blicke bewusst gewesen. Offenkundig wusste ganz London über meinem Besuch in Chatwick Hall Bescheid. Lord Ashingtons Erscheinen am heutigen Abend und sein Bemühen um Lydia heizten die Gerüchteküche im Saal nur noch mehr an.

Eine Flucht hätte es nur noch schlimmer gemacht. Dass sich meine Wangen durch die Beachtung, die ich erhielt, röteten, war das Einzige, was ich nicht unter Kontrolle hatte. Es hatte mir noch nie gefallen, im Zentrum der allgemeinen Aufmerksamkeit zu stehen, aber heute Abend machte ich mich schon allein dadurch, dass ich am Leben war, zum Objekt von jedermanns Geflüster. Ich klammerte mich fest, vielleicht gar zu fest, an Nicholas' Arm, doch er beschwerte sich nicht.

Für seinen Beistand an diesem Abend war ich ihm dankbar. Sein Auftauchen im Garten war kein Zufall gewesen, und jetzt war mir auch klar, warum er mich hatte ausfindig machen wollen. Er hatte gewusst, was mich drinnen erwartete, und mir den Rücken stärken wollen. Über Nicholas Compton ließ sich vieles sagen, und er mochte zahlreiche Fehler haben, über die man nicht hinwegsehen konnte. Doch wenn ich einen Freund brauchte, war er da. Das würde ich ihm nie vergessen.

Tante Harriets Gesichtsausdruck war nicht so beherrscht wie hoffentlich meiner. Sie sah vollkommen außer sich aus vor Sorge und vielleicht auch ein wenig vor Zorn. Bislang hatte ich sie noch nie wahrhaft wütend erlebt, insofern war ich mir nicht ganz sicher. Vielleicht lag ihre verkniffene Miene aber auch nur an ihrem Unbehagen über die Situation.

Sie trat vor, nahm meine Hand und hielt sie in ihren beiden Händen, was vor dem Publikum, das jede meiner Bewegungen beobachtete, viel zu dramatisch wirkte. »Wir können gehen, wenn du möchtest«, sagte sie unverzüglich.

Ich schüttelte den Kopf, denn ich wusste, das würde die Sache nur noch schlimmer machen. Wenn ich etwas über Zurückweisung wusste, dann, dass man keine Schwäche zeigen durfte, sonst machte man sich zur Zielscheibe. Mein Vater hatte mich diese Lektion auf die harte Tour gelehrt, andererseits konnte ich dank ihm mit so schmerzhaften Situationen wie dieser umgehen – wenn auch nicht so mühelos, wie ich erhofft hatte. »Ich sehe keinen Grund dazu. Der Abend ist noch jung. Und ich habe auf meiner Karte noch einige Tänze vorgemerkt«, erklärte ich. Weder klang ich zittrig, noch war ich ins Stocken gekommen, und das, obwohl ich sehen konnte, wie sich die Dame hinter Tante Harriet näher zu mir lehnte, um uns besser belauschen zu können. War das wirklich so faszinierend?

»Vielleicht etwas frische Luft?«, schlug Tante Harriet vor, die jetzt eher verwirrt und nervös als wütend wirkte. Meine Antwort hatte sie offenbar verblüfft. Sie hatte damit gerechnet, dass ich aufbrechen wollen würde. Die meisten Verschmähten hätten das auch, aber ich hatte nicht vor, den feinen Kreisen weiteren Gesprächsstoff für ihre vormittäglichen Besuche zu liefern.

»Ich wollte ihr gerade eine Limonade besorgen. Dürfte ich Ihnen auch etwas bringen?«, erkundigte sich Nicholas und bewahrte mich damit davor, mir eine passende Antwort einfallen lassen zu müssen.

»Äh, o ja, bitte«, antwortete Tante Harriet. »Limonade klingt köstlich.«

Nicholas sah mich an, und ich ließ seinen Arm los, doch er verweilte noch, da er auf meine Versicherung zu warten schien, dass es mir gut gehe. All die charakterlichen Schwächen, die ich in den letzten Wochen bei Nicholas Compton erlebt hatte, wie auch seine Täuschungsmanöver waren vergeben und vergessen, als er nun neben mir stand. Hätte er mir heute nicht zur Seite gestanden, wie viel schwieriger wäre dieser Abend gewesen?

Lieber nicht daran denken. Ich würde mir darüber später Gedanken machen. Im Moment musste ich mich auf das Anstehende konzentrieren und selbstsicher wirken. Ich sammelte mich also und bereitete mich darauf vor, diesen Abend erhobenen Hauptes zu beenden, als mich Tante Harriet wieder fest am Arm packte. Sie sah bestürzt aus.

»Ach herrjemine«, flüsterte sie und sah mich an, als müsste sie mir eine furchtbare Nachricht überbringen.

Ich erwog, mich ihrem Griff zu entwinden, wollte jedoch keine Aufmerksamkeit erregen. Daher rührte ich mich nicht und wartete darauf, dass sie weitersprach. Wie ein Fisch außerhalb des Wassers klappte sie den Mund mehrmals auf und zu. Wäre sie nicht den Tränen nahe gewesen, hätte ich darüber lachen müssen.

»Was auch immer es ist, Tante Harriet, so furchtbar kann es doch auch nicht sein«, sagte ich leise, nicht sicher, wer uns alles belauschte. Ich hasste dieses Gefühl, und doch hatte ich mich genau darauf eingelassen, als ich zugestimmt hatte, Lord Ashington in Chatwick Hall zu besuchen.

In diesem Augenblick kehrte Nicholas zurück. »Bitte schön,

Ihre Limonade«, sagte er und reichte Tante Harriet ihr Getränk, sodass sie meinen Arm loslassen musste. Er hatte offenbar meine letzten Worte mitbekommen und wandte sich mir zu. »Es ist nichts wahrhaft von Bedeutung. Ashington tanzt mit Lydia. Langweilig eigentlich«, flüsterte er so leise, dass es sonst niemand hören konnte, vermutlich selbst Tante Harriet nicht.

Ich konnte nicht anders, ich musste einfach einen Blick hinter mich werfen und sah, wie Ashington Lydia anlächelte. Sie kam mir keineswegs langweilig vor. Ganz im Gegenteil.

»Geben Sie den Klatschbasen keine Nahrung«, flüsterte Nicholas wieder und erinnerte mich daran, dass ich unter genauer Beobachtung stand.

Schnell wandte ich den Blick von den beiden Tanzenden ab. Sie gaben ein derart perfektes Bild ab, dass ich angesichts der Erkenntnis, dass ich nie so in seine Arme passen würde wie sie, Magengrimmen bekam. Lydia Ramsbury war die geborene Countess, ich hingegen nicht. Ich hatte mein Schutzschild gesenkt, und mein gesunder Menschenverstand war mir lange genug abhandengekommen, dass ich mich in einen Mann verliebt hatte, der meine Liebe nicht erwiderte.

Ja, ich liebte ihn.

O Gott, das tat ich.

Ich nahm einen großen Schluck von meiner Limonade und sah zu meiner Tante, die das Tanzgeschehen mit gequälter Miene mitverfolgte. »Ich habe Kopfschmerzen, Tante Harriet, und würde den Ball nun doch lieber verlassen.«

In ihren Augen spiegelte sich Erleichterung und Sorge zugleich wider. »Oje!«, keuchte sie.

»Nichts, worüber man sich aufregen müsste. Bis darauf, dass man über mich als jene junge Dame reden wird, die den Ball viel zu früh verlässt«, versicherte ich ihr.

»Soll ich Sie hinausbegleiten?«, fragte Nicholas in einem besorgten Ton, passend zu dem meiner Tante. Wenn die beiden weiter so einen Wirbel um mich machten und ich nicht bald von hier wegkam, würde ich wirklich Kopfschmerzen bekommen.

»Danke, Mr Compton, aber das ist nicht nötig. Noch einen vergnüglichen Abend wünsche ich Ihnen«, erwiderte ich mit einem Lächeln für all jene, die sich an diesem Abend für mein Verhalten interessierten.

Ich wollte nur noch in die Geborgenheit meines Schlafgemachs zurück. Ich ging so gemächlich und mit so viel Anmut, wie ich konnte, auf den Ausgang zu und lächelte dabei hocherhobenen Hauptes all jene an, die Blickkontakt zu mir suchten. Sie wollten, dass ich geschlagen wirkte, denn so waren sie nun einmal. Doch ich mochte mich innerlich gebrochen fühlen, die Genugtuung, es mir auch ansehen zu lassen, gönnte ich ihnen nicht.

Die Musik hatte geendet, und gewiss führte Lord Ashington Lydia Ramsbury genau in diesem Augenblick von der Tanzfläche. Vielleicht fragte er sie ja, ob sie etwas frische Luft schnappen wolle, da es im Ballsaal reichlich stickig sei. Sie würde lächelnd zustimmen. Dann würden sie sich in die Gärten hinausbegeben und sich über schickliche Themen unterhalten. Alles sehr vornehm und seines Ranges würdig.

Bei der Vorstellung hätte ich diesem perfekten Paar am liebsten verfaultes Obst an die Köpfe geworfen.

Während wir darauf warteten, dass unsere Kutsche vorfuhr, drückte mir Tante Harriet die Hand. Zum ersten Mal, seit ich sie kannte, sprach sie kein Wort. Selbst ihr war klar, dass es nicht viel zu sagen gab.

Was hatte ich denn nur falsch gemacht? War mein Wissen um Emma der Grund? Konnte Ashington mir nicht verzeihen, dass ich ihm meine Begegnung mit Emma im Wald verschwiegen hatte? Wie lächerlich war das denn, wenn dem so war?! Plante er, Lydia Ramsbury Emma vorzustellen? Denn ich bezweifelte, dass sie es so gut aufnehmen würde. Hatte er das bedacht, als er entschied, dass sie es sein sollte, der er den Hof machte?

Ich verspürte ein Engegefühl in der Brust, und ich atmete tief die kühle Abendluft ein.

Vielleicht würde ich nie Antworten bekommen, und falls dem so sein sollte, dann ließe sich das nicht ändern. Ich hatte ein Ziel. Ich war aus einem bestimmten Grund hier, und es war in keiner Weise mein Ziel gewesen, mich in einen Earl zu verlieben.

36. KAPITEL

Der Earl of Ashington

Lieber hätte ich an diesem Morgen eine andere Adresse als den Grosvenor Square Nummer 7 angesteuert. Je mehr Zeit ich mit Lydia verbrachte, umso mehr erkannte ich, dass sie nicht in mein Leben passte. Vielleicht hätte es ja doch klappen können, wenn … nein! Es war unfair gegenüber Lydia, meine Gedanken immer wieder zu Miriam wandern zu lassen.

Als ich aus meinem Haus auf die Straße trat, drang zwischen den Wolken, die Regen verhießen, nur spärlich Sonnenlicht hindurch. Der Tag würde so trist werden, wie es in meiner Seele aussah. Wie passend. Der gestrige Abend war genug Folter für ein ganzes Jahr gewesen, geschweige denn eine Nacht.

»Ashington, so früh am Morgen schon unterwegs?« Nicholas' Stimme riss mich aus meinen Gedanken an die dunkle Zukunft zurück in meine düstere Gegenwart. Zielstrebig marschierte er auf mich zu, und seine Miene verriet, dass er mir eigentlich lieber einen Faustschlag zwischen die Augen verpasst hätte, als mit mir zu sprechen. Für gewöhnlich hätte ich mich über diese Störung geärgert, doch für den Moment half sie mir, etwas hinauszuzögern, womit ich es ohnehin nicht eilig hatte.

»Guten Tag, Nicholas.« Ich fragte mich, ob wir die schreibende Zunft Londons mit einer Schlägerei in meinem Vorgarten mit neuem Klatsch versorgen könnten.

»Steck dir deinen guten Tag sonst wohin, Hugh«, knurrte er. »Dir dürfte klar sein, dass ich nicht hier bin, um Höflichkeiten auszutauschen. Schließlich können wir den Anblick des jeweils anderen nicht ertragen.«

Ich nickte zustimmend. »Wie kann ich dir dann helfen?« Mir war bewusst, dass sein Auftauchen mit Miriam zu tun haben musste. Als ich gestern Abend beobachtet hatte, wie er sich um sie bemüht hatte, war mir klar gewesen, was er damit bezwecken wollte. Er wollte mich damit treffen. Und das war ihm gelungen. Nichts hätte ich lieber getan, als ihm jedes Mal die Hand zu brechen, wenn er sie berührte.

»Wie du mir helfen kannst?« Er wiederholte meine Worte, als hätte ich die dümmste aller Fragen gestellt. »Du kannst mir nicht helfen. Verflixt, du hast mir noch nie geholfen. Für dich ist das Leben so einfach, nicht wahr, *Lord Ashington?* Wenn du etwas willst, dann nimmst du es dir. Ohne Rücksicht darauf, wen du dabei verletzt.«

Ich ballte meine Hände zu Fäusten, wartete aber schweigend das Ende seiner Schimpftirade ab. Irgendwann würde er mit dem Grund seines Kommens herausrücken, und dann konnte er wieder gehen.

»Warum sie, Ashington? Warum Miriam? Eine so reizende und selbstlose Person. Mit ihrem Lachen hebt sie jede dunkle Stimmung. Sie verzeiht und hegt keinen Groll. Sie ist klug, sie ist witzig. Es ist niemals langweilig mit ihr!« Nicholas hielt inne. Er erzählte mir Dinge, die mir allesamt bekannt waren und die ich zu vergessen suchte.

»Das klingt, als wärst du von Miss Bathurst angetan«, erwiderte ich betont kühl und gab mich gelangweilt, während mich heiße Eifersucht darüber packte, wie deutlich mein Halbbruder Miriams Einmaligkeit erkannt hatte.

Nicholas trat einen Schritt näher. »Ja, ich bin in Miriam

Bathurst verliebt. Das Problem ist, dass ich mich in eine Frau verliebt habe, die in *dich* verliebt ist. Wie unfair mir mein Leben doch vorkommt, Bruder.«

Ich schwieg. Es gab nichts, was ich Nicholas darauf antworten konnte. Eine Erklärung würde er von mir nicht bekommen.

»Du warst ihrer nie würdig. Ich hoffe, sie sieht das eines Tages ein. Sie verdient es, geliebt und wertgeschätzt zu werden. Du dagegen verdienst es nicht, jeden Morgen mit einer so wunderbaren Frau an deiner Seite aufzuwachen.«

Ohne meine Antwort abzuwarten, wandte sich Nicholas zum Gehen. Was er loswerden wollte, hatte er gesagt. Keine Ahnung, was er damit zu erreichen gehofft hatte, außer mich zu verletzen.

Mit einem tiefen Seufzer kehrte ich in mein Haus zurück. Der Besuch bei Lydia musste warten. Für diesen Tag hatte ich mich genug verstellt. Ich brauchte einen Drink und einen dunklen Raum.

»NEIN, ALICE!«, kreischte Emma und ließ einen schrillen Schrei folgen. Sie kam grinsend und mit fliegenden Haaren die Treppe heruntergerannt.

»Miss Emma! Ihr könnt keine Kniehose tragen!«

»O doch, kann ich wohl!«, versetzte Emma, und in diesem Moment wurde mir bewusst, dass sie in der Tat eine Knabenhose trug. »Die sind viel, viel bequemer als meine schrecklichen Kleider!«, rief sie über ihre Schulter zurück und lief dann an mir vorbei in Richtung Küche. »Guten Morgen, Ashington!«

Alice schaffte es schließlich auch hinunter, allerdings außer Atem. Obwohl es noch früh am Tag war, sah sie so erschöpft aus wie nach einem ganzen Tag harter Arbeit. »Ich habe keine Ahnung, wo sie diese Hose herhat!« Sie bemühte sich, wieder zu Atem zu kommen.

»Emma ist da ziemlich einfallsreich«, erwiderte ich.

Alice sah mich ungläubig an, und zum ersten Mal an diesem ganzen Vormittag war mir ein wenig nach Lächeln zumute.

»Es ist an der Zeit, dass sie eine Mutter an ihrer Seite hat, Mylord«, erklärte Alice.

Mein Lächeln erlosch, und meine düstere Stimmung kehrte zurück.

37. KAPITEL

Miss Miriam Bathurst

»Du hast ja gar nichts von der Schokolade gegessen, die ich dir mitgebracht habe.« Tante Harriet klang enttäuscht, weil ich das Naschzeug bislang verschmäht hatte. Ich warf einen Blick auf den Teller mit den Pralinen, den sie vor einer Weile neben mich gestellt hatte.

»Ich habe wohl einfach keinen Appetit, Tante Harriet«, erklärte ich. Normalerweise hätte ich geflunkert, dass ich mich derart in das Buch in meiner Hand vertieft hatte, dass ich die Süßigkeiten darüber ganz vergessen hatte. Doch heute fehlte mir die Kraft, um mir eine Ausrede auszudenken.

»Natürlich.« In ihrer Miene spiegelte sich nun noch deutlicher Besorgnis. »Natürlich. Deine Mutter hat deine Schwester zu einem äußerst schlechten Zeitpunkt um eine Heimkehr gebeten. Es tut mir wirklich leid, dass dein Onkel sie nicht umstimmen konnte. Diese Frau ist reichlich stur«, fügte sie frustriert hinzu.

Ich seufzte. Dass Whitney nicht mehr da war, vergrößerte meinen Herzschmerz noch. Doch zugleich empfand ich die Entscheidung meiner Mutter als so wertvolle wie grausame Erinnerung daran, was meine Aufgabe war. Meine Pflicht. Als wüsste meine Mutter Bescheid darüber, was in mir vorging. Dabei brauchte ich diese Erinnerung im Grunde gar nicht. Ich dachte sowieso täglich an Whitneys Zukunft.

»Mutter ist eine bittere Pille, mit der ich zu leben gelernt habe. Aber Whitney zuliebe muss ich eine gute Partie machen. Ich habe keine Zeit, mich mit ... anderen Dingen zu beschäftigen«, sagte ich mehr zu mir selbst als zu Tante Harriet.

»Mumpitz. Alfred hat deiner Mutter ein ordentliches Sümmchen Geld geschickt. Ihr und deiner Schwester fehlt es an nichts, das versichere ich dir. Er möchte, dass du dir Zeit nimmst und den Gentleman findest, der dich glücklich macht. Man muss nicht um eines Ranges oder Namens willen heiraten, Miriam. Man kann aus Liebe heiraten! Ich habe es getan, und das war die beste Entscheidung meines Lebens. Ich möchte, dass du auch in den Genuss dieser Freiheit kommst.«

Tränen, die ich nur mit Mühe zurückhielt, brannten mir in den Augen, doch ich zwang mich zu einem Lächeln. Die Liebe meiner Tante und meines Onkel zeigte sich deutlich in ihrem alltäglichen Miteinander. Sosehr ich mir das auch wünschte, befürchtete ich doch, dass dieses Glück mir in meinem Leben verwehrt bleiben würde. Anders als Tante Harriet hatte ich mich in einen Mann verliebt, der meine Liebe nicht erwiderte. Eine Dummheit, die ich nicht geplant hatte, aber sie war geschehen, ohne dass es mir überhaupt bewusst gewesen war.

»Ich werde dir und Onkel Alfred ewig für alles dankbar sein, was ihr für mich getan habt. Während meiner Zeit hier bei euch beiden hatte ich einige der besten Momente meines Lebens. Ich werde die Erinnerungen daran immer in meinem Herzen tragen.« Ich konnte diese Worte aufrichtig aussprechen, während das bei anderen nicht der Fall war. Ich glaubte nämlich nicht, dass ich aus Liebe heiraten würde. Doch hätte ich Tante Harriet das gesagt, hätte ihr das das Herz gebrochen.

Sie war eine Seele von Mensch.

So schnell, dass ich erschrak, kam sie zu mir und setzte sich neben mich aufs Sofa. Dann wurde ich auch schon in eine Umarmung gezogen, und sie fing zu schluchzen an. Ob nun aus Freude über meine Worte oder aus Trauer über das, was ich nicht ausgesprochen hatte, ließ sich schwer sagen. In dem unbeholfenen Versuch, sie zu trösten, tätschelte ich ihr die Schulter.

»Gütiger Himmel, Frau, verschone das Kind doch bitte mit deinem Gefühlsausbruch!«, dröhnte Onkel Alfreds Stimme durch den Raum. Ich war noch nie so erleichtert über sein Erscheinen gewesen.

Tante Harriet ließ mich jedoch nicht los. Wenn überhaupt, dann drückte sie mich unter Tränen nur noch fester an sich. In der Hoffnung, mein Onkel würde eine Möglichkeit finden, seiner gefühlsseligen Frau Einhalt zu gebieten, sah ich über ihre Schulter Hilfe suchend zu ihm.

»Harriet, Liebes, ich glaube, du traumatisierst das Kind. Komm, lass es los«, sagte er in sanfterem Ton.

Schniefend lockerte Tante Harriet ihren Griff und löste sich dann ganz von mir. »Oje, habe ich dich erschreckt?«

Was sollte ich ihr darauf antworten?

Ihr Wimmern und ihre Umklammerung hatten mir durchaus etwas Angst gemacht. Allerdings war es nun mal typisch für Tante Harriet, dass sie laut war und ihre Gefühle überschwänglicher zeigte als andere.

Mein Onkel antwortete an meiner Stelle. »Selbstredend hast du das! Das Mädel hat noch nie in ihrem Leben solch einen Ausbruch erlebt. Sie ist Engländerin. Und wurde von meiner verklemmten Schwester aufgezogen. Derartige Liebesbekundungen kennt man hierzulande einfach nicht«, erklärte Onkel Alfred schmunzelnd.

Tante Harriet musste lächeln und wischte sich die Tränen aus dem Gesicht. »Es tut mir leid, Honey. Aber deine Worte waren so wundervoll, und ich liebe dich wie mein eigenes Kind. Da haben mich meine Gefühle so überwältigt, dass ich mich vergessen habe und ... na ja, bei mir zu Hause zeigen wir unsere Gefühle offener.«

»Und lauter«, fügte Onkel Alfred hinzu.

Tante Harriet warf ihm einen finsteren Blick zu, und er zuckte mit den Schultern. »Ist doch wahr!«

»Mylord, Mr Compton ist hier, um Miss Bathurst seine Aufwartung zu machen«, verkündete der Butler durch die offene Tür hinter Onkel Alfred.

Onkel Alfred sah mich mit hochgezogenen Augenbrauen an, als wolle er mich fragen, ob ich Nicholas zu sehen wünschte. Ich nickte, woraufhin er sich zum Butler umwandte. »Na schön, schicken Sie ihn herein, James.«

Tante Harriet drückte mir die Hand, erhob sich und setzte sich ans Fenster, wo sie einen Brief zur Hand nahm, den sie zuvor dort abgelegt hatte. Dann sah sie zu Onkel Alfred auf.

»Ich bin in meinem Arbeitszimmer, falls ihr mich braucht«, sagte dieser und verließ den Raum. Ich war nicht sicher, ob Tante Harriet ihm mit ihrem Blick bedeutet hatte, er solle gehen, oder ob er bei dem Besuch einfach nicht dabei sein wollte. Das ließ sich bei meinem Onkel immer schwer sagen.

Mein Blick wanderte zu Nicholas, der soeben hereinkam. Lächelnd legte ich das Buch beiseite und stand auf. »Guten Morgen, Mr Compton«, begrüßte ich ihn und merkte, dass ich mich zum Lächeln gar nicht zwingen musste. Ich fand es wirklich schön, ein freundliches Gesicht zu sehen.

»Guten Morgen, Miss Bathurst«, erwiderte er. »Sie sehen so atemberaubend aus wie immer. Und das scheinbar ohne großen Aufwand.« Er zwinkerte mir zu und wandte sich dann meiner Tante zu. »Hallo, Lady Wellington, Sie sehen ebenfalls entzückend aus.«

Tante Harriet winkte errötend ab. »Was für ein Charmeur Sie doch sind! Dabei müssen Sie doch gar nicht mich für sich gewinnen«, gab sie zurück. »Möchten Sie einen Tee oder vielleicht etwas zu essen?«

Nicholas schüttelte den Kopf. »Vielen Dank, aber nichts dergleichen. Ich würde mich sehr freuen, wenn Miss Bathurst mit mir einen Gartenspaziergang machen würde. Sofern Sie damit einverstanden sind.«

Nach einem kurzen Blick zu mir meinte Tante Harriet: »Aber gewiss doch. Es ist so ein schöner Tag. Die Sonne scheint warm herab, und die Rosen sind wunderschön. Die werden viel zu wenig gewürdigt. Also, nur zu, gehen Sie in den Garten hinter, und setzen Sie sich auf die Bank, auf der sonst nie jemand sitzt.«

Nicholas nickte lächelnd und bot mir seinen Arm. Ich hakte mich ein, und wir gingen in die Halle hinaus. »Kennen Sie noch einen besseren Weg in den Garten als erst durch die Haustür und dann ums Haus herum?«, fragte er.

»Allerdings.« Ich leitete ihn zu der Tür an der linken Seite des Hauses, die hauptsächlich von den Bediensteten benutzt wurde. Von dort aus führte ein gepflasterter Weg zu dem kleinen Garten auf der Rückseite des Gebäudes. Tante Harriet verbrachte nicht viel Zeit im Freien, weshalb sich Onkel Alfred auch nicht weiter um den Garten kümmerte. Doch auch wenn die Anlage durchaus nicht so gepflegt war, wie sie hätte sein können, strahlte sie dennoch eine freundliche Geborgenheit aus, wie sie für alles typisch war, das mit meinem Onkel und meiner Tante zu tun hatte.

Schweigend gingen wir zu der beschatteten Bank, die sich gleich neben besagtem Rosengarten befand. Ich nahm darauf Platz und nach kurzem Zögern auch Nicholas. Sonderlich groß war sie nicht, und wir saßen sehr dicht nebeneinander, jedoch ohne uns zu berühren. Doch mir wurde weder heiß durch diese Nähe, noch beschleunigte sich mein Herzschlag.

Nicholas roch allerdings sehr gut, und ich war ihm dankbar für seinen Besuch. Es lenkte mich ab, wo ich ansonsten dagesessen, auf ein Buch gestarrt und meine Gedanken zu Ashington hätte wandern lassen.

»Ich weiß, Sie glauben, in Ashington verliebt zu sein. Ich bin ein aufmerksamer Mensch. Nachdem ich kaum je den Blick von Ihnen lösen kann, habe ich viel über ihre verschiedenen Stimmungslagen gelernt.« Er verstummte, und ich sah ihn an. Mit einer derartigen Unterhaltung hatte ich nicht gerechnet.

Nein, ich hatte gehofft, er würde über Dinge reden, die mich zum Lachen brachten, wie etwa den neuesten Klatsch oder dergleichen.

»Ich bin kein Earl, ganz unvermögend bin ich indes nicht. Ich weiß, dass Ihnen eine Aufnahme in die Londoner Gesellschaft nichts bedeutet, sich diese aber für Whitney wünschen, und wie Sie gesehen haben, bin ich in vornehmen Kreisen äußerst beliebt. Mein Landsitz lässt sich mit Chatwick Hall nicht vergleichen, aber er ist wunderschön, und für Ihre Schwester und Mutter gäbe es auch Platz, wenn Sie es möchten. Ich kann Sie glücklich machen, Miriam. Ich kann Ihnen all das geben, was Sie sich so verzweifelt für Ihre Schwester wünschen, und dazu auch das Eine, das Sie für sich selbst immer zu übersehen scheinen.« Er erhob sich.

Ich erstarrte. Seine Worte ergaben für mich keinen Sinn.

Nicholas wirkte entschlossen – doch wozu? Ich betrachtete ihn ratlos, während er vor mir niederkniete und meine Hände ergriff.

»Ich bin bis über beide Ohren in Sie verliebt. Dass Sie einen anderen lieben, ist mir gleich. Meine Liebe reicht für uns beide, und ich denke, dass Sie mich eines Tages auch lieben werden. Heiraten Sie mich, Miriam.«

Unfähig, seinem Blick zu begegnen, starrte ich auf unsere in meinem Schoß verschränkten Hände.

»Aber das war doch nie Ihr Ansinnen! Sie sind doch nur auf

mich aufmerksam geworden, weil Sie Ihrem Bruder einen Strich durch die Rechnung machen wollten. Aber ich bin nicht mehr das Objekt seiner Begierde. Er will mich nicht.« Als könnten andere uns belauschen, kamen meine Worte nur als ein Flüstern heraus.

Sein Griff um meine Hände wurde fester. »Miriam, Sehen Sie mich an«, flehte er.

Ich konnte seine Bitte nicht einfach ignorieren, denn auch wenn ich ihn nicht liebte, war er mir ein Freund geworden, und ich hatte ihn gern. Ich hob den Blick und entdeckte eine Freundlichkeit in seinen Augen, die tröstlich war. Etwas, das ich in meinem bisherigen Leben selten zu Gesicht bekommen hatte. Etwas, wonach ich mich gesehnt hatte.

»Ich bin nach London gekommen, um mich zu rächen, und habe stattdessen Sie gefunden. Sie, Miriam Bathurst, haben alles verändert. Die Wut, die Bitterkeit, der Hass, all das schmolz dahin, und nur Sie blieben übrig. Alles, was ich noch sehen konnte, waren Sie. Alles, was ich wollte, waren Sie. Sie haben mich aus meiner eigenen inneren Hölle gerettet.«

Zum zweiten Mal an diesem Tag stiegen mir Tränen in die Augen. Diesmal kämpfte ich nicht dagegen an, hielt sie nicht zurück. Vielleicht musste ich ja einfach einmal weinen. Über alles, was ich gewollt hatte. Über alles, was ich verloren hatte. Über alles, was ich mir erträumt hatte. Und über das, was ich gefunden hatte. Das hier war keine Liebesgeschichte. Es war eine Geschichte der Erlösung. Es war eine Geschichte der Freundschaft.

Schon immer hatte ich mir gewünscht, geliebt zu werden, und hier war ein Mann und gestand mir seine Liebe. Konnte ich mich ein Leben lang nach etwas sehnen und es dann, wo es mir so selbstlos dargeboten wurde, einfach zurückweisen? Nein. Das konnte ich nicht. Das war nicht meine Art.

38. KAPITEL

Miss Miriam Bathurst

Alle Augen waren auf mich gerichtet, dessen war ich mir bewusst, ganz gleich, ob ich nun eine ganze Drehung vollführte oder auch nur ein wenig die Hand bewegte. Es fiel mir schwer, mein Lächeln aufrechtzuerhalten, und gewiss entging das auch meinem Tanzpartner nicht.

Das war er also. Der letzte Ball, den ich als Miss Miriam Bathurst besuchte. Für weiteres Grübeln blieb keine Zeit. Meine Entscheidung war gefallen.

Unwillkürlich versteifte ich mich in den Armen des Mannes, dessen Heiratsantrag ich an diesem Morgen im Rosengarten meiner Tante angenommen hatte. Denn ich liebte einen anderen und nicht ihn, selbst wenn ich es mir noch so sehr gewünscht hätte. Andererseits konnte ich nicht ewig darauf warten, dass der Mann, dessen Liebe ich mitunter zu spüren geglaubt hatte, sich zu einer Entscheidung durchrang. Meiner Mutter und Schwester zuliebe musste ich heiraten. Als ich aufblickte und meinem Tanzherrn in die schönen grünen Augen sah, lächelte ich aufrichtig, wenn auch traurig.

Heute Abend würde ich zum letzten Mal ungezwungen seine Freundschaft und Gesellschaft genießen können. So vieles würde sich ändern, und ich hoffte, ich würde meine Entscheidung nie bereuen müssen.

Denn wenn ich erst einmal seine Gattin war, würde der Mann, den mein verräterisches Herz liebte, mich hassen. Ein Gedanke, der mir unsagbare Schmerzen bereitete. Doch ich wusste, seine Wahl wäre nie auf mich gefallen. Das hatte er durch sein Versäumnis, sich zu erklären, deutlich gemacht.

»Du bist heute Abend so schweigsam«, bemerkte Nicholas.

»Ja, ich glaube, ich bin nervös«, antwortete ich aufrichtig. Meinem zukünftigen Mann gegenüber wollte ich mich immer an die Wahrheit halten.

»Offenbar entdeckt Ashington heute Abend kaum etwas anderes, das sein Interesse weckt.« Nicholas machte deutlich, dass er sich bewusst war, dass sein Bruder uns – oder vielleicht auch mich – beobachtete.

»Offenkundig ist er sich heute Abend meiner Existenz wieder gewahr geworden«, scherzte ich in dem Bemühen, die Angelegenheit herunterzuspielen.

Nicholas schmunzelte. »Sieht ganz danach aus.«

Der Tanz war noch nicht zu Ende, da bahnte sich Ashington auch schon seinen Weg zu uns. Da niemand von unserer kürzlichen Verlobung wusste, konnte seine jähe Aufmerksamkeit nicht von diesem Wissen herrühren. Ich umklammerte Nicholas' Arm fester und versuchte, mich für das Zusammentreffen mit Ashington zu sammeln.

Mit einem kurzen Blick über seine linke Schulter erfasste Nicholas die Situation und spannte sich ebenfalls an. Keiner von uns beiden hatte damit gerechnet, dass Ashington zu uns kommen würde. Ich war davon ausgegangen, er würde wie schon beim letzten Ball keinerlei Notiz von mir nehmen. Warum wollte er mich heute Abend partout daran erinnern, welche Gefühle er in mir hervorrief? Es war ja nicht so, dass ich es vergessen hätte. Keinen Moment lang war ich mir meiner Empfindungen ihm gegenüber nicht im Klaren.

»Miss Bathurst«, begrüßte er mich förmlich, als er uns genau am Ende des Liedes erreichte. »Ich glaube, der nächste Tanz wurde mir versprochen.«

Ich wusste, dass das nicht stimmte.

Doch ich brauchte diesen Tanz. Möglicherweise gab es keine andere Gelegenheit mehr, mit Ashington zu sprechen, bevor meine Verlobung mit seinem Bruder bekannt gegeben wurde. Ich wollte diejenige sein, die es ihm sagte. Immerhin war ich es gewesen, die einfältig genug gewesen war, sich in ihn zu verlieben. Ich brauchte einen Abschluss.

Langsam löste ich meine Hand von Nicholas' Arm, der mich verwundert anschaute, und das letzte bisschen Sicherheit, das er mir dadurch vermittelt hatte, verschwand. Vielleicht war es falsch gewesen, Ashingtons Aufforderung anzunehmen. Ich hatte gedacht, ich sei stark genug, um ihm gegenüberzutreten, aber ohne Nicholas an meiner Seite war dem vielleicht gar nicht so.

Als die Musik wieder einsetzte, bot mir Ashington seine Hand, und ich legte meine darauf und schritt von meinem einzigen Freund weg in die Arme des Mannes, der mir so mir nichts, dir nichts das Herz gebrochen hatte.

Mein Körper reagierte, als hätte man ihn seinem rechtmäßigen Besitzer zurückgegeben und summte vor Freude über dessen Nähe. Erkannte der Rest von mir denn nicht, was dieser Mann mit meinem Herzen angerichtet hatte? Verstanden die Schmetterlinge in meinem Bauch, die in seiner Nähe grundsätzlich verrücktspielten, denn nicht, wie gefährlich er war? Verspürten sie die Qualen denn nicht, die ich litt, weil ich wusste, dass er mich bald hassen würde?

»Es tut mir leid, Miriam«, sagte er, ohne zu zögern. Ich konnte die Glut seines Blickes auf mir spüren, doch ich richtete meinen Blick irgendwo ins Nichts, nur nicht auf ihn. Ich traute mich nicht, ihm in die Augen zu sehen, die die Farbe von dunkelstem Meeresblau hatten. Ich träumte von diesen Augen und davon, wie sie mich an einen aufgewühlten Sturm erinnerten, wenn er erregt war.

Nein!

Ich würde mich von meinen Gefühlen nicht hinreißen lassen. Ich würde nicht noch einmal schwach werden. Das hier war der Mann, der mich so leicht vergessen hatte. Ohne Erklärung hatte er so getan, als würde er mich überhaupt nicht kennen.

»Mir auch«, erwiderte ich mit wiedergefundener Willenskraft. Fest entschlossen zu sagen, was gesagt werden musste, bevor dieser Tanz zu Ende war, richtete ich meinen Blick auf ihn. »Es tut mir leid, dass ich Euch vertraut habe«, fügte ich hinzu. »Das war ein Fehler. Einen, den ich nicht noch einmal mache. Heute hat Nicholas um meine Hand angehalten, und ich habe Ja gesagt. Er hat seine Rachegelüste Euch gegenüber aufgegeben. Ich kann ihm vertrauen«, erklärte ich, unterließ es aber hinzuzufügen: »Ich kann darauf vertrauen, dass er mich nicht verletzt.« Ich wollte meine Gefühle vor Ashington nicht offenlegen. Er brauchte nicht zu wissen, wie sehr er mir wehgetan hatte.

Ashington hielt einen Moment lang inne und starrte mich an, als würde er nicht fassen können, was ich da sagte. Ich straffte meine Schultern und reckte den Kopf. Er mochte mich nicht für würdig genug halten, um seine Countess zu sein, doch sein Bruder sah mich in einem anderen Licht. Ich würde ihm eine gute Ehegattin sein, und Lord Ashingtons ungläubiger Blick würde mich nicht brechen. Das ließ ich nicht zu. Er konnte mir nicht mehr wehtun.

»Nicholas akzeptiert mich so, wie ich bin«, sagte ich, vermutlich vor allem, weil ich mich selbst daran erinnern musste. »Er will mich. Mehr nicht.«

Ashington starrte mich weiter an, als würden meine Worte für ihn keinen Sinn ergeben oder als könnte er nicht glauben, was er hörte. Meine Brust fühlte sich an, als würde sie gleich explodieren; als wäre der Schmerz, der sie erfüllte, zu groß, um ihn weiter halten zu können. Ich wollte Luft holen, vermochte es aber nicht. Oder zumindest kam es mir so vor. Etwas zutiefst Grauenvolles zerbarst in mir, und ich befürchtete, ich würde es nicht überleben.

In diesem Moment legte jemand seinen Arm um mich, und ich hörte Nicholas' Stimme, wenngleich ich ihn nicht genau verstehen konnte. Dann waren wir unterwegs, er und ich. Wir verließen den Ballsaal, vielleicht auch das Gebäude. So genau wusste ich das nicht. Ich war schlicht erleichtert, dass ich von den vielen Menschen, dem Lärm, von Ashingtons so ungläubigem Blick weggebracht wurde.

»Vielleicht hätte ich es ihm nicht sagen sollen«, flüsterte ich.

»Früher oder später hätte er es ohnehin erfahren«, erwiderte Nicholas.

»Aber vielleicht nicht unbedingt hier, von Angesicht zu Angesicht, in diesem Augenblick!«

»Da muss ich ihr beipflichten. Die beste Idee war das, glaube ich, nicht gerade«, hörte ich Tante Harriet sagen. Sie folgte uns also.

»Gehen wir?« Erst jetzt bemerkte ich, dass wir tatsächlich bereits ins Freie getreten waren.

»Ja, ich denke, wir haben der feinen Gesellschaft fürs Erste genug Gesprächsstoff geliefert. Meinst du nicht auch?« Nicholas' Lächeln erreichte seine Augen nicht.

»Haben wir das?«, fragte ich.

Nicholas strich mir mit dem Handrücken sanft über die Wange. »So viel auf einmal haben sie schon seit Jahren nicht mehr bekommen.«

Es gab so viele Dinge, über die ich mir in diesem Moment Gedanken hätte machen sollen. Ashington gehörte nicht dazu … und doch war er in meinen Gedanken da und verdrängte alle anderen.

39. KAPITEL

Der Earl of Ashington

Als mir die Haustür der Wellingtons geöffnet wurde, wusste ich nicht einmal, wie viel Uhr es war. Ich hatte die ganze Nacht kein Auge zugetan, war nur immer wieder in meinem Büro auf und ab geschritten. Nun war ich hier, ganz ohne wohlüberlegten Plan oder zurechtgelegte Worte. Ich war schlicht nicht imstande gewesen, mich länger fernzuhalten. Es gab wenige Dinge, die mir im Leben wirklich wichtig waren. Augenblicklich stand ich im Begriff, eines davon zu verlieren. Dabei wusste ich zweifelsfrei, dass ich Miriam Bathurst liebte und dass es nie wieder eine andere Frau geben würde, die ich so sehr liebte wie sie.

»Lord Ashington«, begann der Butler, der mich vermutlich darauf hinweisen wollte, dass es für einen Besuch noch zu früh war. Doch ich konnte nicht länger warten.

»Es tut mir außerordentlich leid.« Ich stürmte an ihm vorbei in die Eingangshalle.

»Lord Ashington, wenn Ihr hier zu warten geruhen würdet, hole ich Lord Wellington. Er nimmt gerade sein Frühstück ein, aber …«

»Das wird nicht nötig sein«, erwiderte ich. »Wo ist Miss Bathurst?«

»Sie ist noch nicht wach …«

»Doch, das bin ich«, fiel sie ihm ins Wort.

Ich drehte mich um und entdeckte Miriam in einem Morgenmantel auf einer der unteren Treppenstufen. Da stand sie, wie ein Geschöpf vom Himmel, sofern man denn an höhere Wesen glaubte; engelsgleich. Ausgeruht sah sie freilich nicht aus, und angesichts der Erschöpfung in ihren Augen hätte ich sie am liebsten fest in die Arme genommen und an mich gedrückt. Die Gefühle, die mich innerlich aufwühlten, waren angesichts meines an Schlafentzug leidenden Hirns derart außer Kontrolle, dass ich es lieber nicht wagte, auch nur einen Schritt in ihre Richtung zu machen.

»Lord Ashington«, sagte sie. »Wie kann ich Euch behilflich sein?«

»Du darfst Nicholas nicht heiraten!«, platzte es aus mir heraus. Nichts war's mit den beabsichtigten eloquenten Worten, mit der ausgefeilten Liebesbekundung. Stattdessen kam ich direkt auf den Punkt, und an der Art, wie ihre Augen aufloderten, merkte ich, dass das ein Fehler war.

»Ich brauche Eure Erlaubnis nicht und Nicholas genauso wenig«, gab sie mit gerecktem Kinn zurück.

Ich versuchte, mich zu beruhigen. Schließlich war ich nicht hergekommen, um gleich wieder hinausgeworfen zu werden … »Verzeihung, so meinte ich das ganz und gar nicht und hätte es auch nicht so formulieren sollen. Ich habe nicht geschlafen und …« Ich hielt inne, denn ich merkte, dass ich im Begriff stand, wie ein wirrer Trunkenbold herumzusalbadern.

»Was ist das hier für ein Lärm … oh, Lord Ashington!« Lady Wellington betrat das Foyer und riss bei meinem Anblick überrascht die Augen auf. Ich konnte es ihr nicht verübeln. »Lord Ashington, Eure Haare … sie stehen nach allen Seiten ab … ist Euch nicht wohl?«

So allmählich glaubte ich, mich tatsächlich unwohl zu fühlen. Was meine Haare betraf, so hatte ich mich überhaupt nicht mit ihnen befasst, allerdings hatte ich sie mir möglicherweise gerauft, während ich die ganze Nacht über auf und ab gegangen war.

»Guten Morgen, Lady Wellington. Verzeihen Sie mein frühes Erscheinen«, sagte ich und bemerkte, dass sie keine Schuhe trug. Ihre Zehen lugten unter ihrem Tageskleid hervor.

»Ich würde Euch ja dazu einladen, mit uns zu frühstücken, aber unter den gegebenen Umständen könnte das …«

Sie verstummte und blickte zu Miriam.

»Lord Ashington wollte gerade gehen. Er kam her, um mir zu erklären, dass ich Nicholas nicht heiraten dürfe, wozu er keine Befugnis hat«, erklärte diese und sah mich trotzig an.

Am liebsten wäre ich auf sie zugegangen, hätte sie in meine Arme gezogen und den störrischen Zug um ihren Mund weggeküsst – doch ich hatte nichts als Worte, also legte ich mein ganzes Herz in das hinein, was ich ihr zu sagen hatte.

»Du hast recht. Ich habe nicht die Befugnis, dir zu sagen, wen du heiraten darfst und wen nicht. Deshalb bin ich auch nicht hier. Vielmehr bin ich hier, Miriam Bathurst, weil ich dich liebe und den Gedanken nicht ertragen kann, dich zu verlieren. Wenn ich sage, dass du Nicholas nicht heiraten darfst, dann deshalb, weil ich dich liebe. Alle meine Gedanken drehen sich nur um dich. Sie füllen die Leere in mir aus, und ich hätte nie geglaubt, dass ich für jemanden je so empfinden könnte. Bitte, Miriam, heirate Nicholas nicht. Was auch immer er für dich empfindet, es reicht nicht an das heran, was ich für dich fühle. Ich gehöre nur dir.«

Kurze Zeit herrschte Stille.

»Herrjemine!«, entfuhr es Lady Wellington dann.

Ich löste meinen Blick nicht von Miriam, die weiterhin ein Bild der Entschlossenheit abgab. Als hätte ich ihr nicht gerade meine unsterbliche Liebe verkündet. Dabei hätte ich niemals gedacht, dass ich es überhaupt je einmal tun würde. Und doch war ich hier und tat genau das.

»Nicholas hat um meine Hand angehalten. Ich glaube, er hegt tiefere Gefühle, als Ihr sie ihm zugestehen wollt.«

Nicholas mochte um ihre Hand angehalten haben, aber das hatte ich auch! Ihre Worte waren für mich die Bestätigung, dass sie nichts von meinem Treffen mit ihrem Onkel und meinem Heiratsantrag wusste. Doch ich wollte nicht derjenige sein, der sie über dieses Gespräch aufklärte. Nichts wünschte ich mir sehnlicher, als Miriam für immer an meiner Seite zu haben, doch ihre Familie hatte da noch ein Wörtchen mitzureden – und weil ihr Vater nicht mehr lebte, war es in erster Linie ihr Onkel, der zu entscheiden hatte. Ihr Onkel, an dem ihr lag. Den sie respektierte. Wie sollte ich ihr alles erklären, ohne ihr die ganze Wahrheit zu offenbaren? Es schien fast unmöglich.

»Er hat zuerst um deine Hand angehalten«, erklang da unvermittelt Alfred Wellingtons Stimme. Noch immer sah ich Miriam unverwandt an, die, ganz offensichtlich verwirrt über seine Verkündung, zu ihrem Onkel sah. In den letzten beiden Wochen hatte ich oft an Alfred Wellington denken müssen, allerdings nie wohlgesonnen. Der Mann hatte mir unumwunden mitgeteilt, ihm sei egal, dass ich ein Earl war. Ich sei nicht gut genug für seine Nichte. Sie verdiene mehr, als nur als Alibi-Mutter meines Bastards zu fungieren. Dass er Emma mit diesem Schimpfwort tituliert hatte, hatte ausgereicht, dass ich mein Anliegen nicht mehr weiterverfolgte, sondern sein Haus ohne ein weiteres Wort verließ.

»Wie meinst du das?«, fragte Miriam, während ihre Tante hysterisch »WAS?« kreischte.

Seufzend warf Wellington einen Blick in meine Richtung. Ich erwiderte seinen Blick und wartete ab, was er Miriam sagen würde. Ich hatte bei jenem verhängnisvollen Treffen nicht alles vorbringen können, was ich an diesem Tag eigentlich hatte sagen wollen. Seine Anschuldigung bezüglich Emma und mein Temperament hatten gereicht, um der Begegnung ein jähes Ende zu setzen. Dabei hätte ich bleiben und meinen Fall vortragen sollen. Hätte er von der Tiefe meiner Gefühle für Miriam erfahren, dann hätte er sich vielleicht umbesonnen.

»Es war am Tag nach unserer Rückkehr aus Chatwick Hall. Ihr beide habt mit Whitney einen Spaziergang im Park gemacht, und Lord Ashington erschien, um mit mir zu sprechen.« Er blickte kurz zu seiner Frau, dann zu Miriam. »Er hat um deine Hand angehalten, aber wir hatten gerade erst das kleine Mädchen gesehen. Ohne eine Erklärung abzugeben, was es mit ihr auf sich hatte, erwartete er, dass du akzeptierst, dass er sein uneheliches Kind behält. Meiner Meinung nach suchte er nur eine Frau, die angesichts eines unehelichen Kindes beide Augen zudrückt, und das war mir für dich nicht genug. Ich wollte, dass du das hast, was deine Tante und ich haben. Ich möchte, dass du geliebt wirst, Miriam. Du verdienst mehr!«

»Oh, Alfred!«, sagte Lady Wellington verstimmt. »Mein Lieber, der Mann liebt sie doch, und ganz gleich, wer das Mädchen ist, es ist nur ein Kind, und auch das braucht Liebe. Wie kannst du da so herzlos sein?«

Nun sah Miriam mich an. In ihrem Gesicht entdeckte ich viele verschiedene Gefühle, und einige davon erschreckten mich, andere machten mir Hoffnung. Hoffnung, dass es noch nicht zu spät war. Hoffnung, dass sie mich vielleicht auch liebte. Hoffnung, dass sie Emma mit anderen Augen sah als ihr Onkel. Denn sosehr ich Miriam auch liebte, war Emma doch in der Tat ein Kind, das mich brauchte. Das geliebt werden musste. Würde Miriam das einsehen?

»Ihr habt also damals auf dem Ball nur deshalb keine Notiz von mir genommen, weil Onkel Alfred Euch abgewiesen hatte?«, fragte Miriam schließlich.

Ich nickte. »Ich dachte, ich käme über meine Gefühle für dich vielleicht hinweg oder sie wären möglicherweise weniger tief als befürchtet. Aber das war ein Irrtum.«

»Und Emma? Ist sie Eure Tochter?«

Mit dieser Frage hatte ich gerechnet. Es handelte sich um ein Geheimnis, das ich noch nie jemandem offenbart hatte. Wenn ich es Miriam, ihrer Tante und ihrem Onkel erzählte, musste ich ihnen vertrauen können. Emmas Zukunft in dieser Gesellschaft war eine wackelige Angelegenheit. Jede meiner Entscheidungen hätte Auswirkungen auf ihren Werdegang.

»Das ist sie nicht. Aber sie ist eine Compton. Ich werde sie wie mein eigenes Kind aufziehen. Die Einzelheiten über ihre Geburt dürfen nicht ans Licht kommen, wenn sie jemals in unserer Welt leben können soll. Sie ist ein helles Köpfchen und wird ihren Weg später einmal mit Bravour meistern. Daran habe ich keinen Zweifel.«

Ich machte einen Schritt auf Miriam zu. »Zu Beginn dieser Saison hatte ich nur ein Ziel: für Emma eine Mutter zu finden. Jemanden, der schicklich und durch und durch eine englische Lady ist. Ich dachte, mit so einer Mutter würde sie sich zu einer Dame entwickeln. Sie ist nämlich ziemlich eigensinnig und wild. Wie dem auch sei, ich habe mich getäuscht … in vielen Dingen, wie es scheint.

Emma braucht eine Mutter, die versteht, was es heißt, sich von denen unerwünscht zu fühlen, die einen eigentlich am meisten lieben sollten. Ihre Mutter hatte sie bei einer alten Frau untergebracht, die sie kaum kannte, hatte dieser Geld gegeben und versprochen zurückzukommen. Was sie nicht tat. Schließlich erfuhr die alte Frau, dass Emmas Mutter gestorben war, und kam mit der Kleinen zu mir. Bis zu diesem Tag hatte ich keine Ahnung von Emmas Existenz. Emma erinnert sich noch an alles, was sie in der Zeit davor erlebt hat. Ich wünsche mir so oft, sie täte es nicht. Sie kann erzählen, welche Haarfarbe ihre Mutter hatte, wie sie aussah, ja, auch, wie sie bestimmte Wörter aussprach. Ihre Mutter war nämlich Französin und sprach mit einem starken Akzent.

Emma braucht eine Mutter, die sie so akzeptiert, wie sie ist, und bereit ist, sie zu beschützen, sollte es nötig sein. Emma braucht eine Mutter, die mutig, loyal, liebevoll und gütig ist. Und, ja, all das habe ich in dir gefunden. Ich würde jedoch dich und mich belügen, wenn ich hier stünde und dir sagte, ich hätte deinen Onkel Emma zuliebe um deine Hand gebeten.«

Ich trat zu Miriam und ergriff ihre Hand. Kurz betrachtete ich ihre zarte Hand, die sich in meiner wesentlich größeren fast verlor. Dann hob ich meinen Blick und sah sie an.

»Ich hatte nicht vor, mich zu verlieben. Ich dachte nämlich, so etwas gäbe es gar nicht zwischen Mann und Frau. Ich glaubte nur an Lust und Anziehung. Beides lässt mit der Zeit nach, und bei der Wahl meiner Gattin sollte keines davon eine Rolle spielen. Doch du, Miriam Bathurst, hast mich eines Besseren belehrt. Du hast alles verändert. Ich wusste auf Anhieb, dass du anders bist. Du warst die erste Dame, die je einen Tanz mit mir abgelehnt hat«, erinnerte ich sie und erntete dafür ein Lächeln von ihr.

»Nach dieser ersten Begegnung wusste ich, dass etwas an dir einzigartig ist. Allerdings begriff ich noch nicht, dass sich für mich durch dich alles verändern würde. Meine Überzeugungen, meine Sehnsüchte und meine Träume. Denn nun habe ich ohne dich nichts davon. Du bist alles, von dem ich nie wusste, dass ich es in diesem Leben brauche, aber ich fürchte, ohne dich kann ich nicht leben. Ich liebe dich!«

Aller Trotz, alle Trauer waren im Laufe meiner Rede aus Miriams Antlitz gewichen. Stattdessen hatten sich Unglaube, Freude, Erleichterung, ja, Glück auf ihrem Gesicht abgewechselt. Bei meinen letzten Worten drückte ihre Hand nun sanft die meine. »Und ich liebe dich«, erwiderte sie.

Mir ging das Herz auf, und ich wollte sie an mich ziehen und einmal mehr diese süßen Lippen küssen, aber wir waren nicht allein. Noch hieß es, zwei Hindernisse zu überwinden. Ihren Onkel und meinen Bruder.

»Mir scheint, wir haben ein Problem. Du bist mit dem falschen Bruder verlobt«, stellte Wellington fest.

»Das wäre sie nicht, wenn du nicht Nein gesagt hättest, als er um ihre Hand anhielt«, tadelte Lady Wellington ihren Gatten.

»Ich wollte sie beschützen. Wir wussten ja nichts über das Kind, und als er in mein Arbeitszimmer gekommen ist, war von Liebe keine Rede. In dem Fall hätte ich mich vielleicht umstimmen lassen«, erwiderte er.

»Nun, mein Lieber, da hast du ein ganz schönes Schlamassel angerichtet, und vielleicht musst du das nun wieder in Ordnung bringen. Miriam kann Mr Compton eindeutig nicht heiraten. Er ist charmant, und ich genieße seine Besuche, aber sie liebt ihn nicht«, erklärte Lady Wellington.

Ich würde im Notfall selbst mit Nicholas sprechen, wollte die beiden jetzt aber nicht unterbrechen. Sie schienen zu vertieft in ihr Wortgefecht.

Während sich ihre Tante und ihr Onkel weiter einen Schlagabtausch lieferten, lächelte Miriam amüsiert zu mir empor. Ich genoss es, sie glücklich zu sehen, und wollte den Rest meines Lebens damit verbringen, dieses Strahlen auf ihr Gesicht zu zaubern. Sofern es in meiner Macht lag, würde ich mich bemühen, genau das zu tun.

»Wenn ich mir die Frage erlauben darf: Wenn Emma nicht Eure Tochter, aber doch eine Compton ist, wessen Kind ist sie dann?«, wollte Lady Wellington wissen. Ich hatte diese Frage schon erwartet, aber auch nicht zu viel verraten wollen, ehe jemand mich ausdrücklich danach fragte.

»Tante Harriet, vielleicht ist das gerade kein guter Zeitpunkt. Es könnte sein, dass uns Lord Ashington das lieber noch nicht erzählen möchte«, begann Miriam und gab mir damit die Möglichkeit, Emmas Geheimnis noch zu wahren, auch vor ihr. Ich entschied mich dafür zu antworten.

»Ich weiß nicht, ob Emmas Vater von ihrer Existenz weiß. Die Frau, die sie bei mir abgegeben hat, meinte, er wisse von ihr und sie sei ihm egal. Emmas Mutter war ein Jahr lang meine Mätresse, doch als ich herausfand, dass sie auch noch einen anderen Mann in ihrem Haus empfing, das ich ihr zur Verfügung stellte, trennten sich unsere Wege. Jahre nach dieser Trennung wurde Emma zu mir gebracht. Der einzige Beweis, den ich außer der Behauptung der alten Frau hatte, war ihre Augenfarbe. Emma hat nämlich die gleiche Augenfarbe wie ihr Vater. Sie ist unverwechselbar und ein Merkmal, das er selbst von seiner Mutter geerbt hat. Sobald ich ihre Augen sah, wusste ich, wer ihr Vater ist, und genauso wusste ich, dass er für sie keine Verantwortung übernehmen würde.«

»Aber *wer* ist ihr Vater?«, fragte Lady Wellington wieder.

»Nicholas«, antwortete Miriam fast schon im Flüsterton.

EPILOG

Sechs Jahre darauf

Lady Ashington saß auf dem gepflegten Sommerrasen von Chatwick Hall, atmete tief ein und freute sich über die Pause von der trubeligen Londoner Saison. Es war schon etliche Jahre her, dass sie den Sommer in London verbracht hatte, und wenn ihre Schwester nicht gewesen wäre, so hätte sie es auch dieses Jahr nicht getan.

Allerdings ließ Whitneys pure Freude über diese Erfahrung alles eine Spur magisch erscheinen.

»Wie ich sehe, trägt Emma immer noch Kniehosen.« Nicholas Compton nahm schmunzelnd neben Lady Ashington auf dem Rasen Platz.

»Das ist eine Schlacht, die ich mir für später aufhebe«, erwiderte sie und grinste ihren Schwager an.

»Guter Plan«, räumte er ein.

»Mama! Philip gibt mir nichts von den Beeren ab!«, rief Lady Abigail, die nunmehr drei Jahre alt war, mit Tränen in den Augen.

»Oje«, murmelte Lady Ashington.

»Soll ich dem jungen Philip eine Standpauke halten, dass man Damen nicht zum Weinen bringt?«, fragte Nicholas.

Lady Ashington schüttelte den Kopf und stand auf. »Nein, das wird nicht nötig sein. Wenn Abigail weint, ist das eine Warnung, die Philip eigentlich schon zu Genüge kennen sollte.«

»Warnung?«

»Ja, eine Warnung. Von so kleiner Statur Abigail auch sein mag, ihr Temperament ist ziemlich hitzig, fürchte ich. Philip muss schauen, dass er wegkommt, bevor sie sich auf ihn stürzt.« Lady Ashington machte sich auf den Weg zu ihren Kindern.

»Gibt's eine Rauferei?«, rief Emma, die Lady Ashington auf Abigail zustreben sah.

»Bist du so lieb und holst von Philip ein paar Beeren?«, fragte diese sie.

»Ja, natürlich, Mutter.« Emma eilte davon.

Nicholas Compton beobachtete das Geschehen und hoffte aus reiner Neugierde insgeheim, die kleine Abigail würde die Chance bekommen, Philip eine Lektion zu erteilen.

Er schaffte es nicht oft, Chatwick Hall einen Besuch abzustatten, dabei war ihm klar, dass er das öfter tun sollte. Die Kinder wuchsen so schnell heran! Vor allem Emma. Er beobachtete, wie sie sich zu ihrem jüngeren Bruder herabbeugte und begann, mit ihm um die Beeren zu verhandeln.

Sie war ebenso klug und einfallsreich, wie sie schön war. Miriam war von der Sorte Mutter, unter der ein Kind wie Emma aufblühte, und genau das hatte sie auch getan. Ashington mochte ihm zwar vor sechs Jahren seine künftige Braut abspenstig gemacht haben, doch im Gegenzug hatte er seiner Tochter eine Familie geschenkt. Eine, das wusste Nicholas, die er ihr nie gegeben hätte. Wenn er sich vorstellte, wo Emma jetzt wäre, wenn die alte Frau sie zu ihm statt zu Ashington gebracht hätte, dann löste das keine schönen Gedanken aus. Heute war er ein ganz anderer Mensch als damals. Das Kind einer Mätresse hätte ihn gleichgültig gelassen. Wenn er Emma nun beobachtete, begriff er, was für eine Tragödie es gewesen wäre, ein solches Kind nicht gekannt zu haben. Er würde seinem Bruder für immer dankbar sein, dass er ihr ein Heim gegeben hatte, als sonst niemand für sie da gewesen war.

Miriam kam über den Rasen zu Nicholas zurück, und es sah danach aus, als sei das Problem in angemessener Weise gelöst worden. Sie war heute noch genauso bezaubernd wie bei ihrer ersten Begegnung. Miriam zu lieben war ihm so leichtgefallen. Er hatte sich auf den ersten Blick in sie verliebt – oder hatte es zumindest geglaubt. Sie war die Art von Frau, in die Männer verliebt waren, noch bevor sie es überhaupt realisierten.

Der Unterschied zwischen der Art, wie Nicholas Miriam geliebt hatte, und der Art, wie Hugh es tat, war der entscheidende Punkt. Denn Nicholas hatte den Gedanken an sie geliebt, die Vorstellung ihrer Gegenwart. Sie erhellte jeden Raum, und ebendas hatte ihn angezogen.

Hugh liebte sie einfach. Nur mit ihr an seiner Seite war er vollständig. Er betrachtete sie nicht als ein Mittel, um seine Laune zu heben, sondern als seine Gefährtin. Sie bewegten sich im Gleichklang, und selbst in einem überfüllten Ballsaal fanden sie zueinander, ihre Blicke trafen sich, und sie lächelten, als hätten sie soeben das intimste aller Geheimnisse miteinander geteilt.

»Whitney!«, hörte Nicholas in diesem Moment Emma rufen und wandte seine Aufmerksamkeit dem Objekt der Anbetung seiner Tochter zu. Ihrer Tante!

Mit ihren achtzehn Jahren war Whitney auf eine Weise atemberaubend, die erwachsene Männer die Worte und deren geziemenden Gebrauch vergessen ließ. Whitney breitete die Arme für Emma aus, und diese umarmte sie stürmisch, sobald sie sie erreichte.

»Sie ist hinreißend«, sagte Miriam, und Nicholas riss seinen Blick von Whitney los und wandte sich wieder seiner Schwägerin zu – leicht peinlich berührt, dabei erwischt worden zu sein, wie er ihre Schwester anstarrte. Miriam lächelte ihn mit einem wissenden Blick an. »Weißt du, der Herzog von Thorne hat ihr zweimal seine Aufwartung gemacht.«

»Pah, der ist zu alt für sie«, erwiderte Nicholas, keineswegs erfreut.

»Er ist neunundzwanzig. Sie ist achtzehn, Nicholas.«

Nicholas' Gesicht umwölkte sich. Lady Ashington verbarg ihr belustigtes Grinsen. Als sie den Blick wieder hob, sah sie, dass ihr Mann auf sie zustrebte. Seine langen, muskulösen Beine in der Reithose boten grundsätzlich einen erfreulichen Anblick. Miriam liebte ihn heute noch mehr als an ihrem Hochzeitstag. Wie sollte sie, wenn das so weiterging, mit all diesen Gefühlen, die in ihr überströmten, überhaupt noch zurande kommen?

»Ist ja klar, dass ich dich hier draußen finde, wie du meiner Frau schöne Augen machst«, scherzte Ashington, als er seine Frau und seinen Bruder fast erreicht hatte.

»Du hast sie mir vor dem Altar weggeschnappt«, gab Nicholas zurück. »Da ist das noch das Mindeste, was ich tun kann.«

»Du hast die Kirchentür doch nie auch nur gesehen. Deine Verlobung war die kürzeste in der Geschichte Londons!« Ashington ließ sich neben seiner Frau nieder und schob seine Hand auf ihre.

»In der Tat, Bruder, so war es. Am meisten wurmt mich ja, dass meine Geschichte noch immer nicht ihren Weg in einen von Miriams Romanen gefunden hat.«

Nicht zum ersten Mal fragte Nicholas, wann er als Figur in einem ihrer Romane vorkommen werde. Miriam hob achselzuckend die Schultern. »Vielleicht warte ich damit ja noch, bis deine Geschichte einen glücklichen Ausgang gefunden hat.«

Sowohl Nicholas als auch Ashington lachten, als würden sie die Vorstellung, Nicholas könnte sich eines Tages häuslich niederlassen, lächerlich finden. Miriam lächelte nur. Sie wusste, der Tag würde kommen, und das möglicherweise schon sehr bald.

Miriam sah zu Whitney hinüber, die gerade einer kichernden Abigail hinterherjagte.

Wenngleich Whitneys Gehbehinderung nie ganz verschwinden würde, fiel sie kaum mehr auf. Sie konnte sich ohne Schmerzen bewegen, ja sogar rennen, und noch dazu, ohne dass es sie erschöpfte. Alles, was sie sich für ihre Schwester erträumt hatte, war wahr geworden.

Der warme Junisonnenschein und das Gelächter der Kinder sorgten für einen vollkommenen Tag auf dem Anwesen von Chatwick Hall.

Ende

DANKSAGUNG

Noch nie habe ich ein Buch innerhalb eines halben Jahres geschrieben ... bis zu diesem. Ohne die Mitarbeit und Unterstützung anderer wäre das nicht möglich gewesen.

Britt ist die Numero uno derer, denen mein Dank gebührt. Während ich recherchierte, schrieb, weiterrecherchierte, wieder schrieb, COVID bekam, dann abermals ein wenig schrieb, hat er alles drangegeben, um für mich in die Bresche zu springen. Dass ich das hiermit niederschreibe, gefällt ihm bestimmt nicht. Hoffen wir mal, er liest es nicht.

Großer Dank gilt zudem:

Ava und Emerson, die sich oft anhören mussten: »Mum arbeitet. Ich kann jetzt nicht!« Meistens nahmen sie das ohne Murren hin. Emerson hatte so ihre Momente. Ava dagegen war großartig, dabei macht sie das Spielchen schon seit 2011 mit und weiß, wie der Hase läuft.

Meinen älteren Kindern, die in anderen Bundesstaaten leben. Sie reagierten toll darauf, dass ich ihre Anrufe oft nicht gleich entgegennehmen konnte und sie auf meinen Rückruf etwas warten mussten. Sie lieben mich dennoch und verstehen diesen Teil der Welt ihrer Mum.

Meiner Agentin für Auslandsrechte, Lauren Abramo, die im

Ausland bereits Verlagsverträge für dieses Buch an Land zog, bevor es überhaupt fertiggestellt war.

Meiner Lektorin Becky Barney von Fairest Reviews Proofreading Services. Durch die Zusammenarbeit mit ihr ist ein Roman entstanden, auf den ich stolz sein kann. Für ihre Hilfe bin ich ihr ungemein dankbar.

Meiner Formatiererin Melissa Stevens von The Illustrated Author. Ihre Arbeit haut mich immer wieder um. Noch nie wurden meine Bücher so gut formatiert wie von ihr.

Dem Team von Damonza für mein Buchcover. Besser geht es nicht. Ihre Umsetzung meiner Vorstellungen übertraf meine Erwartungen bei Weitem.

The Next Step PR für die Organisation der Promotion für den Erscheinungstag des Buches.

Abbi's Army ALWAYS. Ihr seid es, die mich bei Verstand halten, wenn ich ein neues Buch herausbringe. Danke, dass ihr mich immer unterstützt.

Meinen Leser*innen – was wäre ich ohne euch? Ich kann nur schreiben, weil ihr solche Leseratten seid. Ich liebe euch alle!

EINIGE ANMERKUNGEN VON ABBI …

So wie der englische Titel *Glitter* untypisch für einen Regency-Roman-Titel ist, so ist es auch diese Geschichte. Sobald ich beschlossen hatte, einen historischen Liebesroman zu schreiben, drängten sich eine Menge Fragen auf. Drei Dinge standen für mich allerdings von vornherein fest:

1. Der Roman würde im London der Regency-Zeit spielen. Denn seit ich denken kann, habe ich eine große Schwäche für England und seine Geschichte. Hat mir das beim Schreiben geholfen? Nicht wirklich. Im Durchschnitt musste ich täglich mindestens eine Stunde in Recherchearbeit stecken. Für so einfache Sachen wie zum Beispiel, wann der Spiegel erfunden wurde, oder die Frage, seit wann es in England den Nachmittagstee gibt. Oder etwa, ob man Anfang des 19. Jahrhunderts in London schon Speiseeis aß. Und, mein Favorit: Wann wurde Glitter erfunden?

2. Ich wollte den Roman in der ersten Person schreiben. Ich verschlinge historische Liebesromane, seit mir mit fünfzehn in der Bücherei *Whitney, My Love* von Judith McNaught in die Hände fiel. Danach konnte ich gar nicht mehr genug davon bekommen. Insofern weiß ich sehr wohl, dass diese Romane in der dritten Person verfasst werden. Zumindest verhielt es sich in den historischen Liebesromanen so, die ich gelesen habe. Da ich aber grund-

sätzlich in der ersten Person schreibe, wusste ich, ich würde es bei diesem auch so machen. Ganz klar.

3. Der Text würde immer noch nach mir klingen. Ich hatte nie vor, so wortgewaltig wie Jane Austen zu klingen. Ich wusste, noch so gute Recherche würde mich nicht davor bewahren, sprachliche Patzer zu begehen. Wie auch nicht? Ich stamme nun einmal aus Alabama, auch wenn ich noch so gern als Britin geboren worden wäre.

Zudem ist dieses Romangenre Neuland für mich. Doch ich kann euch sagen, es hat höllisch viel Spaß gemacht! Die Figuren sind mir sehr ans Herz gewachsen, und ich hoffe, es ist euch genauso gegangen!

Von Abbi Glines liegen im Piper Verlag vor:

Ashington – Verliebt in einen Earl
Once She Dreamed
Ein Moment für die Ewigkeit

»Sea Breeze«-Reihe
Breathe – Jax und Sadie
Because of Low – Marcus und Willow
While It Lasts – Cage und Eva
Just for Now – Preston und Amanda
Sometimes It Lasts – Cage und Eva
Misbehaving – Jason und Jess
Bad For You – Krit und Blythe
Hold On Tight – Dewayne und Sienna
Until the End – Rock und Trisha

»Vincent Boys«-Reihe
Little Secrets – Vollkommen verliebt
Little Lies – Vollkommen vertraut

»Rosemary Beach«-Reihe
Rush of Love – Verführt (Rush 1)
Rush of Love – Erlöst (Rush 2)
Rush of Love – Vereint (Rush 3)
Rush too Far – Erhofft (Rush 4)
Twisted Perfection – Ersehnt (Woods 1)
Simple Perfection – Erfüllt (Woods 2)
Take a Chance – Begehrt (Grant 1)
One more Chance – Befreit (Grant 2)
You were Mine – Unvergessen (Tripp)
Kiro's Emily – Für immer (Kiro; E-Novella)
When I'm Gone – Verloren (Mase 1)
When You're Back – Gefunden (Mase 2)
The Best Goodbye – Ganz nah (Captain)
Up in Flames – Entbrannt (Nan)

»Field Party«-Reihe
Until Friday Night – Maggie und West
Under the Lights – Gunner und Willa
After the Game – Riley und Brady

»Sea Breeze Meets Rosemary Beach«-Reihe
Like a Memory – Liebe kennt kein Zurück
Because of Lila – Füreinander bestimmt
Best I've Ever Had – Für jetzt und immer